シャッフル

『リセットロード』改題

南 英男

祥伝社文庫

目次

第一章　偶然の相乗り《ライドシェア》

1

視界が揺らいだ。

天井や壁が歪《ゆが》んで見える。足許《あしもと》もぐらついた。

激しい眩暈《めまい》だった。胸苦《むなぐる》しい。心臓にも痛みを覚えた。

心筋梗塞《しんきんこうそく》に見舞われて、死んでしまうのか。保坂忠章《ほさかただあき》は恐怖と不安に襲われた。

手早くガス栓《せん》を閉め、その場に屈《かが》み込《こ》む。

三月上旬のある朝だった。あと数分で、十時になる。カレーショップ『ガンジス』の厨房《ちゅうぼう》だ。

店は杉並《すぎなみ》区の下高井戸《しもたかいど》駅の近くにある。

保坂はオーナーシェフだ。店舗は駅前通りに面しているが、それほど大きくない。十五畳ほどの広さだった。

L字形のカウンターと三卓のテーブル席があるきりだ。客席は併《あわ》せて二十四席だった。繁昌《はんじょう》していたときは月商二百万円近かった。

しかし、最近は閑古鳥《かんこどり》が鳴いているような状態だった。月の売上高が五十万円に達しないことも珍しくない。

五十六歳の保坂は、ちょうど十年前に大手アパレルメーカーを早期退職した。企画室の次長職に就《つ》いていたのだが、会社の累積《るいせき》赤字は百億円を超《こ》えていた。

保坂は肩叩きに遭《あ》い、思い切ってサラリーマン生活に見切りをつけたわけだ。

妻の信子《のぶこ》とひとり娘の千穂《ちほ》は、保坂の決断に難色を示した。むろん、保坂自身もだいぶ迷った。どう考えても会社の将来は明るくなかった。

沈みかけている船から早々に逃げ出すことは、やはり後ろめたかった。

だが、背に腹は替えられない。保坂は、前々から組織には頼らない生き方に憧《あこが》れていた。そんなことで、保坂は希望退職したのである。

これといった資格は持っていなかった。何か自分で商売をしてみることにした。元手の割増退職金は、およそ一千六百万円だった。保坂は小規模店舗経営のハウツウ本を読み漁《あさ》り、独立経営セミナーも受講した。

検討に検討を重ね、カレーショップを経営することに決めた。妻の同意も得られた。子供のころから、カレーライスは大好物だった。といっても、自分で料理をしたことはなかった。

当然のことながら、一から学ぶ必要があった。保坂は麻布十番《あざぶじゅうばん》にある本場カリー料理店に頼み込み、半《なか》ば強引に見習いコックにしてもらった。

最初の三カ月間は皿洗いしかさせてもらえなかった。単調な労働だったが、保坂は手を抜かなかった。はるか年下の先輩たちの厳しい教えにも耐えた。

その謙虚さがインド人のオーナーシェフに評価され、保坂は四カ月目から直々《じきじき》に料理の手ほどきを受けられるようになった。前例のないことだったらしい。保坂は熱心に学んだ。

その甲斐《かい》があって、一年数カ月でインド料理の基本をマスターすることができた。ナンの焼き方にも及第点をもらえた。

保坂は本場のカリー料理を日本人向けにアレンジし、それを目玉メニューにすることを考えていた。本格的なインド料理店を開く気はなかった。

保坂は料理修業を終えると、すぐに貸店舗を探しはじめた。

開業資金は一千万円以下に留《とど》めたかった。数カ月かけて、杉並、渋谷《しぶや》、目黒《めぐろ》、世田谷《せたがや》の四区内にある貸店舗物件を見て回った。あいにく即決したくなるような物件とは巡り会えなかった。

疲れを感じはじめたころ、自宅から五百メートルほど離れた場所に条件に適《かな》う物件が見つかった。それが現在の店舗だ。

保坂はただちに家主と賃貸借契約書を交わし、改装工事を依頼した。厨房器具や調度品を揃《そろ》えてオープンに漕《こ》ぎつけたのは、およそ八年前だった。

保坂は三つ年下の妻と二人だけで店の切り盛りをしはじめた。

メニューは、ビーフカレー、ポークカレー、チキンカレー、シーフードカレー、野菜カレーの五つに絞った。ルウは本場のインドカリーに近い味付けにした。香辛料は三十数種も使い、こくを出してみた。

開店間もなく民放テレビ局のグルメ番組で紹介されたこともあって、四年余りは客足が途切《とぎ》れることはなかった。それで気を緩《ゆる》めたわけでもないのだが、五年目から徐々に客足が鈍《にぶ》くなった。理由はわからなかった。

保坂は焦《あせ》った。メニューの数を三倍に増やしてみたのだが、売上は落ちる一方だった。

さらに一年半前に近所に安い弁当屋とラーメン屋ができてからは、ずっと赤字経営のままだ。

　悪いことは重なるもので、ほぼ同時期に娘の千穂が離婚した。それで孫と一緒に実家に戻ってきた。娘は酒乱気味の夫の暴力に耐えられなくなって、女手ひとつで息子の駆《かける》を育てる気になったのである。

　孫は現在、三歳だ。母親は通販会社で電話オペレーターをしている。フルタイムで働いているが、手取りの月給は十六万円に満たなかった。

　元夫から駆の養育費はまったく貰《もら》っていない。千穂は実家の近くにアパートを借りる気でいたようだが、経済的な理由で断念した。

　そんな経緯《けいい》があって、妻の信子は孫の世話に専念するようになった。それで仕方なく、ホール係のパート従業員を雇っている。

　パートで午後五時から十時まで働いている多島《たじま》響子《きょうこ》は、近所に住む主婦だ。三十七歳だが、だいぶ若く見える。肢体《したい》は肉感的だった。

　響子は独身のころ、喫茶店でウェイトレスをしていた。そのせいか、接客術を心得ている。

　客の評判は悪くない。時給は九百五十円だった。近頃は、パート従業員の労賃も負担に感じている。

保坂はうずくまったまま、深呼吸を幾度も繰り返した。するとし、次第に息継《つ》ぎが楽になってきた。心臓の痛みも治《おさ》まった。店の売上が落ちてから、保坂は漠とした不安にさいなまれるようになっていた。

朝まで寝つけないこともあった。怒りっぽくもなった。

妻に伴《ともな》われ、健康診断を受けてみた。しかし、別に異常はなかった。先行きの不安が体調を崩させているようだ。

満六十五歳になれば、厚生年金が支給されるようになる。だが、その額は十数万円だ。信子は三十年以上も前に国民年金に加入しているが、保険料を満六十歳まで払いつづけても、四十年間に満たない。六十五歳になっても、満額の六万五千円の年金は貰えないはずだ。

建売住宅のローンがまだ九年も残っている。出戻ってきた千穂の稼ぎは当てにならない。それどころか、逆に少しばかり親が援助している始末だ。

貯《たくわ》えは三百万円そこそこしかない。店を繁昌させないと、家族を路頭《ろとう》に迷わせることになる。それだけは避けたい。

高校を卒業するまで九州の博多《はかた》で育った保坂は、考え方が割に保守的だった。

家族は、一家の大黒柱である世帯主が養うものだと考えている。それができない男は半人前だという思い込みが強い。

保坂は都内の中堅私大の経済学部を卒業しているが、生家は裕福ではなかった。両親はもう故人だ。

実家を継いでいる二つ違いの兄は地方公務員だった。経済的に余裕があるとは思えない。頼ったら、迷惑だろう。

なんとか『ガンジス』を以前のように流行《はや》らせたい。デフレだからといって、安易に値下げしたら、さらに赤字が嵩《かさ》むにちがいない。

何か集客の妙案はないものか。

保坂は調理台で体を支《ささ》えながら、ゆっくりと立ち上がった。もう目は回らなかった。

ガスバーナーに点火し、ふたたびルウを煮立たせはじめる。保坂は二台の炊飯器のスイッチを入れ、カウンターとテーブルを拭《ふ》いた。

きのうの売上は一万数千円だった。経費も出せない額だ。人件費を削減すれば、少しは赤字の額を減らせる。

保坂は一瞬、パート従業員を斬ることを考えた。自分がテーブル席にカレーライスを運んでもいいわけだ。

しかし、地味な五十男がひとりで店を切り盛りしていたら、冴《さ》えない印象を客に与えてしまう。響子が客に愛嬌《あいきょう》を振り撒《ま》くだけで、店の雰囲気が明るくなる。やはり、彼女は必要だ。

それに響子とは、五カ月前に酒の勢いで一度だけ肌を合わせていた。

その晩、保坂は早めに店を閉め、響子を駅前のスナックに誘った。日頃の労を犒《ねぎら》う気になったのだ。妙な下心はなかった。

ところが、おかしな展開になった。酔いが回ると、パート従業員は保坂の肩にしなだれかかり、腿《もも》の上に手を置いた。

保坂は何カ月も妻の体に触《ふ》れていなかった。中学一年生の息子と小学四年生の娘の母親である響子は、まだ色香を残していた。

保坂は、次第に妖《あや》しい気分になった。さりげなく響子の肩に片腕を回すと、彼女は体を密着させてきた。

保坂は冗談半分に響子を口説《くど》いてみた。響子は拍子抜けするほどあっさりと誘いに乗ってきた。二人はスナックを出て、タクシーを拾った。

保坂は三軒茶屋《さんげんぢゃや》の裏通りにあるラブホテルの一室で、パート従業員を抱いた。響子の裸身はまだ若さを留《とど》めていた。

乳房こそ少し張りを失っていたが、腰のくびれは深かった。むっちりとした腿もなまめかしかった。

響子は久しく夫と睦《むつ》み合っていなかったようで、乱れに乱れた。

保坂はそそられ、情熱的な愛撫を施《ほどこ》した。響子はたちまち体の芯《しん》を潤《うる》ませ、裸身をくねらせた。切なげに喘《あえ》ぎ、甘やかに呻《うめ》いた。しどけない痴態《ちたい》も大胆に晒《さら》した。

保坂は、さらに煽《あお》られた。狂おしく柔肌《やわはだ》を貪《むさぼ》り、獣《けもの》のように交わった。

響子は愉悦《ゆえつ》の声を放ち、全身を幾度も痙攣《けいれん》させた。啜《すす》り泣くような声は長く尾を曳《ひ》いた。なんとも煽情的《せんじょうてき》だった。

次の日、響子は厨房にいる保坂に何度も色目を使った。

保坂は気づかない振りをした。深みに嵌《は》まることを恐れたからだ。響子と淫《みだ》らな関係をつづけていたら、家庭不和を招くことになるだろう。

妻はもはや空気のような存在になっていたが、かけがえのない伴侶だった。信子に背を向ける気はなかった。

保坂は、響子が送ってくる秋波《しゅうは》を黙殺しつづけた。やがて、彼女は流し目をくれなくなった。二人は、ごく自然に雇い主とパート従業員に戻った。

保坂は汚れたダスターを丸め、厨房に戻ろうとした。ちょうどそのとき、店の前に藤色《ふじいろ》の婦人用自転車が停《と》まった。

保坂は視線を延ばした。

サドルから滑り降りたのは響子だった。彼女は定休日の月曜日を除き、毎日午後四時五十分ごろに店に顔を出している。小学生の娘が新型インフルエンザで高熱でも出したのだろうか。

「おはようございます」

響子が店に入ってきた。普段通りに化粧はしていたが、いつになく表情が暗い。

「お子さんが風邪でもひいて、きょうは休みたいってことなのかな?」

「ううん、そうじゃないの。実はお願いがあって来たんですよ」

「お願いって?」

保坂は早口で訊《き》いた。

「五万円だけ前借りさせてほしいの。うちの駄目亭主、生活費を勝手に持ち出して、馬券を買っちゃったんですよ」

「それで、オケラになっちゃったんだ?」

「ええ、そうなんですよ。身勝手で無責任な男なんで、ほとほと愛想が尽きました。子供がいなかったら、とうの昔に離婚してるんですけどね」

「店の経営がピンチだから、前借り分は三万にしてもらえないか」

「困ったな。どうしても、五万円足りないんですよ。三万じゃ、子供たちにカップ麺《めん》しか食べさせてあげられないわ」

「食費にも不自由してるのか」

「ええ。わたし、これからマスターのお宅に行って奥さんに相談してみます。ベテランの主婦なら、へそくりがあるだろうから」

響子が意味ありげに笑った。

「ま、まさかわたしを脅《おど》してるんじゃないよな⁉」

「マスター、曲解《きょっかい》しないで。わたし、そんなに怕《こわ》い女じゃありませんよ。五カ月前にマスターとは秘密を共有した仲なんだから、脅迫めいたことなんかするわけないでしょ？」

「そうだよな」

「浮気のことが奥さんに知られるのは、そんなに怖い？」

「うん、いや……」

「奥さんに棄《す》てられたら、わたしがマスターの世話をしてあげる。マスターが奥さんと正式に離婚したら、わたし、旦那と子供たちを棄ててもいいわ。わたしたち、年齢差はあるけど、体の相性《あいしょう》は最高でしょ？　わたし、ふしだらな女になってもいいわ」

「わ、わかったよ。とりあえず五万円あればいいんだね」

保坂はスラックスのヒップポケットから黒革の札入れを引き抜き、五枚の一万円札を抓《つま》み出した。残りは一万数千円になってしまった。

「恩に着ます。マスターは、やっぱり俠気《おとこぎ》があるわね。わたし、本気で惚《ほ》れそう。うぅん、もう好きになったのかもしれないわ」

「いつかのことは、大人同士の火遊びだったはずだ」

「ええ、わかってますよ。マスターを困らせたりしないから、安心して。前借りさせてもらった分、今月のお給料から差し引いてくださいね。助かります」

響子は紙幣を押しいただき、自分の財布に仕舞《しま》った。保坂は何か悪い予感を覚えたが、何も言わなかった。

「いつもの時刻に来ますね」

響子が店を出て、自転車のサドルに打ち跨《また》がった。自転車が見えなくなって間もなく、店の固定電話が鳴った。

保坂は反射的に受話器を取った。

電話をかけてきたのは、御徒町《おかちまち》でインド産の香辛料を販売している店の主《あるじ》のシンだった。在日三十数年のインド人男性で、日本語を滑《なめ》らかに操《あやつ》る。

「保坂さん、どうしたの？　先月分の代金、まだ店の銀行口座に振り込まれてませんよ」

「あっ、うっかり忘れてた」

「そうじゃないでしょう？　去年の九月と十二月も入金が遅かったよ。毎月ちゃんと振り込んでくれないと、掛け売りはできなくなります。それでもいいんですか？」

「それは困る。先月分の仕入れ代金は一両日中に必ず振り込みますから、今後も掛けで香辛料を購入させてくださいよ。ご迷惑をかけて、すみませんでした」

保坂は詫《わ》びて、受話器をフックに戻した。

数十分後、米が炊き上がった。保坂は店の外に営業中の札を掲《かか》げ、カウンターの内側に入った。後《あと》は客を待つだけだ。

やがて、正午になった。だが、客はひとりも来ない。保坂は溜息《ためいき》をつき通しだった。こんな状態が今後もつづいたら、廃業に追い込まれるだろう。不安が膨《ふく》らみ、また胸のあたりに圧迫感を覚えるようになった。

保坂は気分転換に、十日ほど前に来訪した創作パンのフランチャイズ・チェーン本部の営業マンが置いていった加盟店オーナー募集のパンフレットを開いた。ざっと目を通していたが、改めて文字を目で追う。

本部の製造工場で量産された成型済みの各種パンを加盟店で焼くだけで、そのまま商品になるという触《ふ》れ込みだった。特別な技能や経験は必要ないらしい。ただし、加盟料や設備費用などでオーナー希望者は約一千万円を用意することが義務づけられていた。

この店舗の賃貸借契約は三年ごとに更新してきた。契約期間は残り一年弱だが、家主とは親しくしている。業種が変わっても、店舗は借りつづけられるだろう。

フランチャイズ・チェーン本部に支払う月々のロイヤルティーは売上金の十二パーセントと割に安い。成型済みの創作パンを焼くだけなら、自分だけで作業をこなせそうだ。わざわざ売り子を雇うこともないだろう。

いっそカレーショップを畳んで、新業種に挑《いど》むべきなのではないか。新規蒔《ま》き直しを図らなければ、赤字経営から脱却できないかもしれない。坐して死を待つようでは、後《あと》で悔《く》やむことになるだろう。

パンフレットを眺めているうちに、保坂はそういう気持ちになってきた。

転業が成功すれば、シングルマザーになった娘にもっと経済的な援助をしてやれる。孫の駆も惨《みじ》めな思いをしなくて済むだろう。自分たち夫婦の老後の生活にも見通しが立つ。

リスキーだが、思い切ってリセットを試みてみるべきではないのか。失敗を恐れていたら、何もできない。とにかく、一歩踏み出してみよう。

決心がついたとき、店に十三人の男子高校生がなだれ込むように入ってきた。ほどの顔も見かけたことはなかった。初めての客だ。

揃《そろ》って体躯《たいく》が逞《たくま》しく、スポーツバッグを提《さ》げている。ラガーのようだ。他区から杉並区にある高校を訪れ、親善試合をすることになっているのだろうか。

保坂はほくほく顔で十三人のオーダーを受け、ライスを多めに盛りつけた。カレーのルウもたっぷりと添えてやる。

十人以上の客がどっと押しかけてきたのは、何年ぶりだろうか。とにかく喜ばしい。久しぶりに店が客で賑《にぎ》わったことで、保坂はいささか興奮していた。上がってしまって、手順を間違えたりもした。

高校生たちの食べっぷりは豪快だった。見ていて、気持ちがいい。じきに彼らは食べ終えた。

「勘定は、おれがまとめて払うよ。おまえらは先に出てろ」

主将らしい大柄な生徒が連れに声をかけた。十二人の男子が保坂に目礼し、次々に表に出ていく。

「全部でいくらになります？」

「えーと、一万二千三百五十円だね」

「二万円で、お釣りを貰ってもいいっすか？」

「いいとも。レジの前で待っててくれないか」

保坂は厨房からホールに回った。

そのとき、大柄な男子高校生がスポーツバッグを胸に抱えて店の外に飛び出した。喰《く》い逃げする気らしい。

「おい、待てよ！」

保坂は大声で叫び、すぐさま相手を追った。

表に走り出ると、早くも主将らしい若者はだいぶ遠のいていた。先に逃げた十二人ははるか先を駆けている。

保坂は全速力で疾駆《しっく》した。

しかし、みるみる引き離されていく。二百メートルも走ると、息が上がってしまった。心臓が破裂しそうだ。

保坂は街灯のポールにしがみついて、乱れた呼吸を整えはじめた。肩を弾《はず》ませているうちに、十三人の男子高校生の姿は掻《か》き消えてしまった。

喰い逃げは、れっきとした犯罪だ。保坂は警察に被害届を出す気になった。だが、すぐに思い直した。そうしたら、自分の間抜けぶりが露呈《ろてい》することになる。恥はかきたくなかった。忌々《いまいま》しいが、運が悪かったと諦《あきら》めるほかない。

世の中は悪意だらけだ。

過去にホームレスに無銭飲食されたり、酔っぱらいに軒灯《けんとう》を蹴破《けやぶ》られたことがあった。泣き寝入りするのは実に腹立たしいが、警察の事情聴取も煩《わずら》わしい。

カレーショップには見切りをつける潮時《しおどき》だろう。

保坂は『ガンジス』に引き返し、急いで戸締まりをした。駅前の地方銀行の支店には、三百万円ほど預金している。保坂は地銀の支店を訪れ、融資相談窓口に直行した。

応対に現われた四十年配の男性行員に創作パンの加盟店オーナー募集のパンフレットを見せ、転業資金の不足分七百万円を借りたいと申し出た。

だが、まともに相手にしてもらえなかった。自宅がメガバンクに第一抵当権を設定されているという理由で、あっさりと断られてしまった。それでも保坂は、しばらく粘《ねば》ってみた。しかし、徒労だった。

男性行員は、五十代半《なか》ばの保坂が転業するのは自滅に繋《つな》がると忠告した。その助言が、保坂の反骨精神を掻き立てた。

何事も試《ため》してみなければ、結果はわからないではないか。負け犬のように怯《ひる》んだままでは、男が廃《すた》る。

転業は確かに無謀かもしれない。しかし、トライしてみる価値はありそうだ。

兄の敏《さとし》から、いくらか借りられないだろうか。保坂は数日中に福岡に帰省《きせい》して、実兄に相談してみる気になった。

ただ、あまり交通費に金はかけられない。飛行機や新幹線の利用は避けて、マイカーで博多に帰るべきだろう。同乗者が何人かいれば、さらに安く済む。

保坂は自分の店に戻ると、せっかちにノートパソコンを起動させた。

自動車相乗りサイトにアクセスし、運営会社に登録をする。何か明るい未来が拓《ひら》ける気がして、心が弾んできた。

保坂はキーボードを操作し、募集サイトに書き込みをしはじめた。

2

麻酔が切れた。

無感覚だった下腹部に弱い疼痛《とうつう》があった。鉗子《かんし》か、別の手術器具が子宮を少し傷つけたのかもしれない。出血はしていないようだ。

湯川真知《ゆかわまち》は寝台の上に横たわっていた。

JR品川《しながわ》駅から七百メートルあまり離れた産婦人科医院の処置室のベッドだった。自分のほかには誰もいない。消毒液の臭《にお》いが鼻を衝《つ》く。

中絶手術が終わったのは、一時間半ほど前だった。堕《お》ろした子の父親は大学時代の先輩の石塚拓磨《いしづかたくま》である。

真知は二十九歳だ。半導体メーカーの資材管理課で働いている。二つ年上の石塚に交際を申し込まれたのは、大学一年の秋だった。

真知は大学の演劇サークルに入ったときから、石塚の存在が気になっていた。どこかニヒルな風貌《ふうぼう》の彼は演出家志望で、既成の演劇をすべて否定していた。新劇、商業演劇、小劇団を扱《こ》き下ろす弁舌は理論に裏打ちされていて、いちいち納得できた。

石塚は頭の回転が速《はや》く、容姿にも恵まれていた。カリスマ性のある彼に熱い想《おも》いを打ち明けられたとき、真知は何か誇らしい気持ちになった。サークルの女性たちの多くが石塚と恋仲になることを望んでいたからだ。

新入生の自分が石塚に選ばれた。真知は一も二もなく、彼の申し入れを受け入れた。デートを重ねるたびに、彼女は石塚に加速度的に魅《み》せられた。

体を求められたのは数カ月後だった。真知は迷うことなく、石塚の求めに応じた。

互いの気持ちを体で確かめ合ったことで、真知は一段と石塚にのめり込んだ。サークルの先輩女性たちにはやっかまれたが、少しも気にしなかった。さまざまな厭《いや》がらせにも耐えた。

石塚は大学を出ると、総合演劇集団の演出助手になった。

しかし、一年数カ月後に主宰者とぶつかり、その集団から脱《ぬ》けてしまった。その後は身過ぎ世過ぎのため、フリーの放送作家になった。二年ほどクイズ番組や旅番組の構成台本を書いていたが、急に世界放浪の旅に出てしまった。

真知は石塚が放送作家をしているころ、いまの会社に就職した。それ以来、ずっとOL生活をしている。

石塚は一年ほど世界各地をさすらってから帰国し、高校時代の先輩が経営しているネット広告会社に就職した。フリーのころと違って、定収入を得られるようになった。

真知は、そのころから石塚と結婚したいと願いつづけてきた。自分の気持ちをそれとなく仄《ほの》めかしてきたのだが、いっこうに彼はプロポーズしてくれない。

石塚は現在の仕事が面白くて仕方がないようだ。

連日、遅くまでオフィスで仕事に精出している。そのことで非難する気はみじんもない。しかし、彼は自分のことをいったいどう考えているのか。

真知は大学三年生のとき、石塚の子を堕《お》ろしていた。

石塚はカトリック教徒でもないのに、スキンを使うことを厭《いと》う。真知は石塚の機嫌を損《そこ》ねたくなくて、毎日、基礎体温を計ってきた。

無防備に情事を重ねてきたわけではなかったが、不幸にも孕《はら》んでしまった。真知が妊娠したことを知ると、石塚は当然のことのように中絶を迫《せま》った。

まだ大学生の身である。真知は堕胎《だたい》にある種の罪悪感を持っていたが、同意せざるを得なかった。

家族には内緒で中絶手術を受けた。石塚は手術費の都合《つごう》をつけ、同意書に署名捺印《なついん》してくれた。手術後、彼は真知にピルを処方してもらえと半《なか》ば命令口調で言った。

真知はうなずいたが、結局、ピルは処方してもらわなかった。未婚女性がピルを常用することに何か抵抗があったせいだ。

自分が選んだ避妊法が完璧《かんぺき》でないことは知っていた。

しかし、レディース・クリニックでペッサリーを装着してもらったり、ピルを処方してもらうことはできなかった。それでいて、ラブホテルに備《そな》えられているスキンを石塚に強引に使わせることもできなかった。

こうして、またもや身籠《みご》ってしまった。自業自得だろう。二度も罪深いことをしたことで、真知は自分を責めずにはいられなかった。

自分の意思を曲げてまで石塚に従いつづけるのは、なぜなのか。

真知は白い天井を見つめながら、自問してみた。

一年足《た》らずで三十路《みそじ》になる。女性も経済的に自立することがベストだ。しかし、これといったスキルや資格があるわけではない。男女雇用機会均等法はあるが、特にスペシャリティーもない平凡なＯＬが停年まで勤め上げることは難しいだろう。

真知は二十代のうちに石塚の妻になることを望んでいた。後輩の女性社員が次々に寿《ことぶき》退社したことで、二十七歳のころから焦りはじめていた。石塚との永い春に焦《じ》れて、〝婚活バー〟の会員になったこともある。

残念ながら、店で紹介された男性たちは魅力に乏《とぼ》しかった。価値観も異《こと》なっていた。そんな相手と結婚しても、精神的な充足感は得られないにちがいない。

やはり、石塚と添い遂《と》げたかった。恋愛は先に相手にのめり込んだほうが分《ぶ》が悪いと言われている。本気で先にのぼせたのは、自分だったと思う。

それにしても、長いこと石塚に振り回されてきた。彼を失うことが、そんなに怖いのか。五分と五分の関係が崩れた恋愛はどこか不自然だし、不健全な気もする。

そのことはわかっていた。

だが、石塚に去られることを考えると、強くは自己主張できない。そればかりではなく、二度目の妊娠のことも彼には打ち明けられなかった。

手術費用は自分で工面《くめん》し、同意書には幼馴染《おさななじ》みの男性の名を借りた。署名してもらい、三文判も捺《お》してもらった。

そこまで石塚に遠慮する自分が腑甲斐《ふがい》ない。いやでも自己嫌悪に陥《おちい》ってしまった。

男も女も、基本的には自分ひとりの力で生き抜いていかなければならない。それなのに、あまりにも自分は弱すぎる。男性に依存する気持ちを捨て、もっと逞《たくま》しくなりたい。

数こそ少ないが、職場にはキャリア志向の強い女性がいる。学生時代の先輩にも、素敵なキャリアウーマンがいる。彼女は少しもぎすぎすしていないし、肩肘《かたひじ》も張っていない。仕事をエネルギッシュにこなし、恋愛も愉《たの》しんでいる様子だ。

六つ年下の妹の沙矢《さや》も勁《つよ》い。沙矢は女子大を三年生のときに中退してしまった。両親と真知は強く反対したのだが、妹は勝手に退学届を出した。

沙矢は高校時代からシンガー・ソングライターになることを夢見ていた。単なる憧《あこが》れではなく、それなりの努力を重ねていた。

妹は幼いころから、ピアノを習ってきた。中学生のころから作詞と作曲を手がけ、自ら歌っている。自作曲は七十曲近い。

インディーズ・レーベルながらも、沙矢は二枚のCDシングルをリリースしている。妹はさまざまなアルバイトに励《はげ》みながら、月に二度は恵比寿《えびす》にあるライブハウスに出演していた。少数だが、熱烈なファンもいるようだ。

CDが極端に売れなくなって、ネットによる音楽配信もそれほど伸びていない。それでも、沙矢は二十五歳までにメジャーデビューすることを目標に夢を追いつづけている。

真知には、妹の才能がどれほどのものなのかわからない。しかし、たゆまぬ努力を重ねていることは確かだ。いつの日か、夢が叶《かな》うことを祈っている。

二人だけの姉妹だった。長女の真知は子供のころから親にほとんど逆《さか》らうことなく、優等生を演じてきた。父母の期待に背《そむ》いて、悲しませたくなかったからだ。

その結果、我《が》を殺すことがいつしか習わしになってしまった。失ったものは少なくない。だが、自己責任だろう。いまさら両親を恨《うら》む気持ちはなかった。

それにしても、自分の気持ちに忠実に行動している妹の沙矢が羨《うらや》ましい。雑草のような勁《つよ》さは妬《ねた》ましいぐらいだ。そうした強《した》かさがなければ、生きたいようには生きられないのだろう。

「弱っちいな、わたしは」

真知は自嘲《じちょう》的に呟《つぶや》いた。

そのすぐ後《あと》、ノックがあった。真知は短く応答した。

引き戸が開けられ、白衣姿の女医が処置室に入ってきた。五十代半《なか》ばの院長だ。

「こんな所で横にならせて悪かったわね。あいにく病室に空きがなかったのよ」

「いいんです、処置室でも」

「どう？」

「少し鈍い痛みが……」

真知は上体を起こそうとした。それを手で制止し、院長が白いカバーに覆《おお》われた毛布を捲《まく》り上げた。

思わず真知は両脚《りょうあし》をすぼめた。まだパンティーを穿《は》いていなかった。

「脚《あし》の力を緩《ゆる》めてちょうだい。そう、それでいいわ。出血はしてないわね。胎児を掻《か》き出したわけだから、子宮の内壁がほんの少し傷ついたのよ」

「大丈夫なんでしょうか？」

「ええ、心配ないわ。自然治癒《ちゆ》するはずよ」

「よかった」

「それより、中絶したのは初めてじゃないわね？」

「はい、二度目です」

「相手は同じ男性なの？」

女医がストレートに問いかけてきた。

「そうです」

「バース・コントロールに非協力的な男は、たいがい利己的な奴よ。女性の体を労《いたわ》れないような男性とつき合ってても、幸せになれないいんじゃない？」

「そうかもしれませんね」

「別れたほうがいいかもしれないな」

「彼とは大学生のころから交際してるし、いずれ結婚したいと思ってますんで……」

「でも、婚約をしてるわけじゃないんでしょう？」

「ええ」

「それだったら、ちゃんと避妊しないとね。彼氏は避妊具を使いたがらないんでしょ？」

「はい」

「それなら、あなたが自分の体を守らなきゃ。副作用の少ないピルもあるし、女性用のスキンもあるの。どちらかを試《ため》してみたら？」

「考えてみます」

「そうしなさい。もう帰ってもいいわよ。何かあったら、すぐ診《み》てあげるからね。お大事に！」

「先生、ありがとうございました」

真知は半身を起こし、謝意を表した。

院長が小さくうなずき、処置室から出ていった。

真知は静かに寝台から降り、予備のパンティーを穿いた。身繕《みづくろ》いを済ませ、会計窓口に足を向ける。

真知は手術費用を払い、外に出た。陽《ひ》は大きく傾いていた。真知は仮病《けびょう》を使って会社を早退《はやび》けして、産婦人科医院を訪れたのである。

レディース・クリニックを後《あと》にすると、すぐに真知は裏通りに走り入った。まるで犯罪者になったような気持ちで、ひどく人目が気になった。

どうして女の自分だけが惨《みじ》めさを味わわなければならないのか。なんとも理不尽だ。石塚が無性《むしょう》に憎らしくなった。彼に電話をかけて、二度目の中絶手術を受けたことを告げたい衝動にも駆られた。

だが、真知は思い留《とど》まった。石塚にうっとうしがられたら、去られてしまうかもしれない。そうなったら、これまでに紡《つむ》いできた愛は行き場を失ってしまう。十年の歳月は無に帰する。それでは哀《かな》しい。虚《むな》しくもある。

それが人生だと開き直る勁《つよ》さはない。

失恋の痛手から解き放たれることなく、いつまでも運の悪さを嘆《なげ》きつづけるだろう。それは見苦しい。そんな不様《ぶざま》な姿は誰にも見られたくなかった。

石塚は子供のようにわがままな面があるが、自分を必要としてくれているにちがいない。だからこそ、十年以上もつき合ってきたのだろう。

真知は自分に言い聞かせて、品川駅をめざした。

歩いているうちに、目が涙で霞《かす》みはじめた。いったん立ち止まったら、しばらく泣きじゃくりそうだった。

真知はハンカチで目頭《めがしら》を押さえながら、同じ歩度《ほど》で進んだ。

ほどなく品川駅に着いた。混雑した電車に揺られて帰宅する気分ではなかった。体もだるいし、充血した目を他人に見られたくもない。

真知は奮発《ふんぱつ》して、客待ち中のタクシーに乗り込んだ。世田谷区代田《だいた》にある自宅に着いたのは三十数分後である。

タクシー代は痛かったが、体は楽だった。自宅は閑静な住宅街の一角にある。

敷地は百六十坪で、庭木も多い。六年前からロンドン支局に単身赴任している父が祖父から相続した宅地だった。父親は新聞社に勤めている。

祖父母が住んでいた旧宅が取り壊されたのは、真知が中学に入った年だった。父がローンを組んで、6LDKのモダンな洋風住宅を建てたのである。

真知は門扉《もんぴ》を潜《くぐ》った。煉瓦《れんが》敷きのアプローチを進んでいると、ポーチに妹の沙矢が姿を見せた。

「沙矢、これからバイト？」

「ううん、きょうはライブがあるのよ。いつものライブハウスで、八曲も弾き語りするの。朝から緊張しまくりなんだ」

「沙矢、自信を持って。上がりそうになったら、掌《てのひら》に人《ひと》って字を書いて飲み込めばいいのよ」

「真知姉《ねえ》、おばさんっぽいことを言うようになったね。無理ないか。今年の暮れには、三十の大台だから」

「こら、ぶつぞ」

「石塚さん、相変わらず煮え切らないんだ？」

「彼は、まだ三十一歳だからね。いまは晩婚時代だから、もうちょっと独身貴族でいたいんじゃやない？」

「それだけなのかな」

「沙矢、どういう意味なの？」

「春が永すぎたんで、彼、真知姉とは結婚する気がなくなったのかもよ」

「そんなこと……」

「ないとは言えないんじゃない？　同じ相手と十年もつき合ってたら、いい加減に飽《あ》きがくるでしょ？」

「十年やそこらで飽きがくるんだったら、初めっから愛情なんかなかったのよ」

「とは言えないんじゃないのかな。そもそも愛なんて移《うつ》ろいやすいもんでしょ？　最初の何年かは、石塚さんも本気で真知姉に惚れてたんだと思うわ。だけど、だんだん愛情が冷めちゃったんで、プロポーズしてくれないのかもしれないよ」

「厭なことを言う子ね」

真知は妹を睨《にら》みつけた。

「ごめん！　つい本音を言っちゃった。でもさ、それなら、真知姉も新しい彼氏を見つければいいじゃないの。石塚さんよりランクが上の男は、いくらでもいる気がするな」

「そうは思えないわ」

「真知姉は呆《あき》れるほど一途《いちず》ね。永遠《とわ》の愛があれば素敵だけれども、そんなのは幻想でしょう？」

「そうかもしれないけど、二十年か三十年は持続する愛はあるはずだわ」

「真知姉はロマンティストだね。もっと醒《さ》めてないと、いつか生きにくくなっちゃうよ」

「そうかしら？」

「おっと、もうこんな時間か。リハがあるから、もう行くね。石塚さんと駄目になったら さ、真知姉、わたしの付き人になりなよ。わたし、そう遠くない日に必ずビッグになるから さ」

「気楽ね、沙矢は」

「わたし、大化《おおば》けする予感がしてるのよ」

「そう思ってないと、夢追い人になんかなれないよね」

「マジでそんな気がしてるの。わたしが大化けしたらさ、真知姉は誰とも結婚しなくても 一生ちゃんと食べていけるって。だから、焦って結婚する必要なんかないわよ。それじ ゃ、行ってくるから」

沙矢が片手を軽く挙《あ》げ、門扉《もんぴ》に向かった。

真知は玄関に入り、ダイニングキッチンを覗《のぞ》いた。母の小夜子《さやこ》が夕食の仕度をしてい た。五十四歳だが、まだ若々しい。

「きょうは、いつもより帰りが早いんじゃない？　あら、顔色が悪いわね」

「ちょっと熱っぽいの。風邪をひきかけてるのかもしれない。夕食の時間まで、部屋で寝《やす》 んでるわ」

真知は母に告げ、二階の自分の部屋に引き取った。

着替えをして、一月前《ひとつき》に届いた大学時代の友人の結婚披露宴の招待状を開く。ゼミも一緒だった池宮《いけみや》なつみは大学を卒業すると、郷里の広島に戻り、地元の交通会社に就職した。勤務先の社長の次男である常務と二年余りの交際を経《へ》て、このたび結婚することになったのだ。

真知は返信用の葉書に出席すると認《したた》め、吐息を洩《も》らした。結婚祝い金や宿泊交通費は、けっこうな額になる。中絶費用など予定外の出費があったので、今月は切り詰めた生活をしなければならない。

高速バスを乗り継《つ》いで広島に行けば、足代は安く上がりそうだ。真知はノートパソコンを開き、高速バス会社のホームページを覗いた。総額の料金を頭に入れ、ついでに自動車相乗りサイトを検索してみる。

杉並区に住む保坂忠章という自営業者が近日中に福岡県に帰省すると書き込み、同乗者を募《つの》っていた。広島は通り道だ。相乗りなら、高速バスの料金より安いだろう。

真知は相乗りサイトを利用する気になった。

3

タクシーが停止した。

六本木七丁目の裏通りにある高級ラブホテルの真ん前だった。シティホテル風の造りだが、情事に使われることで知られていた。午後七時過ぎだった。

百瀬《ももせ》一輝《かずてる》はアルファードをホテルの数十メートル手前の暗がりに停め、一眼レフのフィルムカメラを構えた。

車もフィルムカメラも、『東都《とうと》リサーチ』という調査会社の物である。百瀬は契約調査員だった。四十一歳で、独身だ。

「証拠映像は、ばっちり押さえないとね」

助手席の今岡恵美《いまおかえみ》がビデオカメラのレンズをタクシーに向けた。三十五歳の恵美は、正規の調査員だ。

五年前に陸上自衛官の夫と離婚し、いまは独身である。子供はいない。

タクシーの後部座席から、調査対象者の社長夫人が降りた。

ちょうど四十歳だが、若造りをしている。少し遅れて不倫相手の弁護士が姿を見せた。

ハンサムで、社長夫人よりも四つ年下だ。彼は調査依頼人が経営している流通会社の顧問弁護士を務《つと》めていた。

社長夫人が浮気相手と腕を絡《から》めた。

タクシーが走りだした。百瀬はシャッターを押しはじめた。恵美がビデオカメラも作動させる。

調査対象者の二人は身を寄り添わせながら、ホテルのエントランスロビーに吸い込まれた。馴《な》れた足取りだった。同じホテルを幾度も利用してきたのだろう。

百瀬はカメラを腿《もも》の上に置き、ラークに火を点《つ》けた。

「あの二人、三時間は部屋から出てこないでしょうね」

「だろうな」

「旦那に調査報告書と証拠映像を突きつけられたら、奥さんはアウトね」

「そうだな」

「身から出た錆《さび》だわ。顧問弁護士も、お払い箱になるだろうな。社長夫人を寝盗《ねと》ったわけだから。奥さんに誘惑されたんだろうけど、雇い主を裏切ってしまったんだから、どんな言い訳も通用しないわ」

「なんだか嬉しそうだな。他人の不幸は蜜の味ってわけか？」

「ま、そうね。わたし、いい思いしてる人間がなんとなく憎らしいの。真っ当に生きてても、割を喰《く》う者のほうが多いでしょ？」

「そうだろうな」

「ちょっと運がよかったり、世渡りがうまいだけで社会的地位、富、恋愛に恵まれてるのはなんか癪《しゃく》じゃない？」

「人は人さ」

「百瀬さんは、人生を達観しちゃってるんだ。わたしなんか、とてもそういう心境にはなれないな。元亭主は両刀遣い《バイセクシュアル》で結婚二年目から、同性と異性の両方と浮気してたの。最悪よね」

「そうだったのか。その話は初めて聞いたな」

「自慢できるようなことじゃないんで、職場のみんなには黙ってたの」

「なんでおれには喋《しゃべ》る気になったんだい？」

「百瀬さんも何か重い過去を引きずってるような気がしたからよ。そうなんでしょ？」

恵美が探《さぐ》るような眼差《まなざ》しを向けてきた。

「別に何も引きずってないよ」

「嘘《うそ》！　刑事時代に何かあったんでしょ？　だから、二流どころの調査会社の雇われ調査員をやってるんじゃない？」

「警察社会の閉鎖的な空気に耐えられなくなって、別の生き方をしたくなっただけだよ」

百瀬はもっともらしく言って、喫《す》いさしの煙草《たばこ》をダッシュボードの灰皿に突っ込んだ。

恵美が肩を竦《すく》め、口を結んだ。

百瀬は三年前まで、渋谷署生活安全課防犯係の主任だった。逮捕した窃盗団グループの首謀者《しゆぼうしや》が服役して間もなく、彼の妻である小野寺京香《おのでらきようか》と親密な仲になった。

七つ年下の京香は犯罪者の妻とは思えないほど擦《す》れていなかった。無垢《むく》で、純真だった。夫の小野寺稔《みのる》が捕まるまで貿易商だと信じ切っていた。

稚《おさな》いといえば、確かに未熟だろう。しかし、その危《あや》うさが男の保護本能をくすぐった。

百瀬はちょくちょく京香を訪ね、服役中の夫と離婚することを勧めた。京香は小野寺が仮出所するまでは、愚《おろ》かな伴侶を見捨てることはできないと繰り返した。

世間知らずだが、情《じよう》が深い。百瀬は京香が天女のように思えた。そのときから、隣人愛は恋情に変わった。百瀬は何かと京香の面倒を見はじめた。

やがて、二人は男と女になった。ベッドの上では、京香は別人のように淫《みだ》らだった。恣《ほしいまま》に本能に身を委《ゆだ》ね、男の欲情をそそった。

百瀬は愛欲に溺《おぼ》れた。昼夜を問わず京香と密会した。

しかし、罰《ばち》が当たった。京香とホテルで真昼の情事に耽《ふけ》っているとき、部下の土居健人《どいけんと》が張り込み中に麻薬密売人に射殺されてしまったのだ。

百瀬は五つ年下の土居と一緒に被疑者宅を張り込むことになっていた。だが、どうしても京香を抱きたかった。

百瀬は土居に身内が危篤《きとく》だと偽り、張り込み現場を離れた。京香の待つホテルにタクシーを飛ばし、爛《ただ》れた情交に没頭した。その最中に部下を殉職させた責任は重い。遺族に謝って済むことではなかった。

百瀬は土居の葬儀が終わった翌日、迷うことなく依願退職した。

上司や同僚たちは辞表を出した理由を知りたがり、慰留《いりゅう》もしてくれた。だが、職務を怠《おこた》った理由は誰にも明かせなかった。

百瀬は不倫相手の京香とも別れた。自分なりにけじめをつけたかったのだ。

京香は別れたがらなかった。やむなく百瀬は、密会中に部下を死なせてしまったことを話した。それで、京香はようやく納得してくれた。

職を失った百瀬は署長の紹介で、『東都リサーチ』を経営している進藤弓彦《しんどうゆみひこ》に拾われた。

六十四歳の進藤は警察OBだ。二十代のころから停年まで都内の所轄署の暴力団係刑事を務めていた。風体《ふうてい》は、やくざっぽい。

『東都リサーチ』の正社員は十六人だった。進藤は百瀬を正規のスタッフとして雇う余裕はないと言い、出来高払いの調査員として迎えてくれた。身分は不安定だが、贅沢《ぜいたく》は言っていられなかった。

百瀬は土居の納骨が終わった翌月から、未亡人の和歌子《わかこ》の銀行口座に月々十五万円ずつ振り込んできた。独身時代の故人から五百万円を借りていたという作り話をして、未亡人を納得させたのである。

和歌子は夫が亡くなると、遺児の陽平《ようへい》を連れて夫婦の出身地である岡山県に戻った。土居の息子は、いま五歳だ。

母子は土居の生家で暮らしている。和歌子は近所のスーパーマーケットで働いていて、十六、七万円の月給を得ていた。土居の死亡退職金と生命保険金も入ったはずだから、遺族が当座の生活に困ることはないだろう。

それでも百瀬は償《つぐな》いの気持ちから、未亡人に総額で一億円程度は与えるつもりでいる。月収はばらつきがあるが、均《なら》して四十五、六万円にはなる。

自分で遣《つか》える金は月に三十万円そこそこだが、目黒区内にある自宅マンションの家賃は十万数千円だ。無駄遣いをしなければ、土居の妻に毎月十五万円は払っていけるだろう。

百瀬は懐《ふところ》が寂しくなるたび、一攫千金《いっかくせんきん》を夢見る。

ドリームジャンボ宝くじで五億円を当てたら、土居和歌子にそっくり渡してもいい。しかし、自分の名で振り込んだら、怪しまれて大金は受け取ってもらえないだろう。匿名《とくめい》で寄附する形をとるべきか。数え切れないほど夢想してきたことだった。

くじ運には恵まれていない。一等を射止《いと》めることは夢のまた夢だろう。悪事で得た金を土居の遺族にカンパしたら、故人が悲しむにちがいない。

汚れた金は駄目だ。地道に働いて一億円を捻出《ねんしゅつ》するまで、いったいどれだけの年月がかかるのか。考えただけで、気持ちが萎《な》えそうになる。

それでも、命ある限り償いつづけなければならない。切実に金が欲しいと思う。一億円は無理でも、五千万円は得たい。それも叶《かな》わないなら、せめて数千万円でもかまわない。

その金で何か小商《こあきな》いをすれば、四、五倍に膨《ふく》らますことは可能なのではないか。契約調査員をつづけていても、多分、一千万円すら手にできないだろう。

「元刑事さんにこんなことを言ったら、叱《しか》り飛ばされちゃうかな」

相棒の女性調査員が歌うように言った。

「何？」

「この先もずっと男女の素行調査をしなきゃならないと思うと、なんか気が滅入《めい》らない？」

「だから？」

「きょうの対象者は社長夫人と弁護士だから、リッチなはずよね。依頼人の社長に二人がデキてるって調査報告をしても、たいした旨《うま》みはないでしょ？　会社には数十万円の調査費が入るけどね」

「読めたぞ。悪徳探偵がよくやってるように、不倫カップルの両方から少しまとまった口止め料をせしめようって魂胆《こんたん》だな？」

「うん、そう。あの二人なら、五、六百万ずつ強請《ゆす》れるんじゃない？　会社には、社長夫人と弁護士は不倫の仲じゃなかったって報告しておけばいいわけだし……」

「金は欲しいが、薄汚い小悪党にはなりたくないな」

百瀬は取り合わなかった。

「いっそ大悪党になっちゃわない？　これから素行調査の対象者の全員から口止め料を脅し取れば、軽く数千万円、ううん、一億ぐらいにはなりそうね。それを二人で山分けしちゃうのよ」

「進藤社長は警察ＯＢなんだ。悪さしたら、すぐにバレちまうさ」

「でしょうね。でも、うちの社長はわたしを警察には突き出せないはずよ」

「何か進藤さんの弱みを握ってるんだな？」

「うん、まあ」

「どんな弱みを押さえたんだ？」

「社長が長いこと暴力団係《マルボウ》をやってたことは知ってるでしょ？」

「ああ」

「百瀬さんがまだ渋谷署にいたころの話なんだけど、横浜の港友会《こうゆうかい》の大幹部が組織の覚醒剤十二キロを持ち逃げした若い構成員の潜伏先を突きとめてくれって調査を依頼してきたことがあるの」

「それで？」

「進藤社長がね、自ら調査に当たったのよ。麻薬を盗み出した構成員は浜名湖《はまなこ》近くのモーテルに潜《ひそ》んでたんだけど、室内で何者かに絞殺されてたの。問題の十二キロの覚醒剤は、どこにもなかったそうよ」

「港友会の者が社長より先に麻薬《ヤク》を盗った奴を見つけて、そいつを始末したんだろう。そして、覚醒剤《シャブ》を回収したにちがいない」

「わたしもそう思ったんだけど、その後、港友会の大幹部が何度も会社に訪ねてきたのよ」

「麻薬《ヤク》は回収してなかったんだな？」

「大幹部はそう言ってたし、組織の者に覚醒剤を持ち逃げした若い構成員も殺《や》らせてないとも語ってたわ」

「そっちは、進藤社長が調査対象者を殺害して、十二キロの覚醒剤を横奪《ど》りしたと疑ってるのか!?」

百瀬は恵美の横顔をまじまじと見た。

「物的な証拠があるわけじゃないけど、わたしはそう推測してるの。そのことがあってから、社長は急に金回りがよくなったのよ。嫁《とつ》いでる二人の娘さんに分譲マンションを買ってあげて、社員たちをハワイに連れてってくれたの。慰安旅行なんか、それ一度きりだったわ」

「急に金回りがよくなったことがちょっと気になるな」

「そうでしょ？　うちの社長がモーテルで若い構成員を絞め殺して、奪った十二キロの麻薬をどこかの暴力団に売っ払ったんじゃない？　元暴力団係だったわけだから、裏社会にはたくさん知り合いがいるはずよ」

「そうだろうな。しかし、覚醒剤の横奪りはともかく、殺人《コロシ》まではやらないだろう」

「わかんないわよ。ね、二人で組んで、その事件のことを少し調べてみない？　不倫してる男女から口止め料を脅し取るよりも、社長の弱みのほうがお金になりそうだから」

「強請《ゆすり》の片棒を担《かつ》ぐ気はない」

「百瀬さんなら、話に乗ってくると思ったんだけどな。あなた、どこかアウトローっぽいから、協力してくれるような気がしてたのよ」

「あいにくだったな」

「ま、いいわ。それより、女社長と弁護士がホテルから出てくるのを漫然と待ってるのは退屈よね。時間潰《つぶ》しに二人でいいことしない？」

恵美が細い指を百瀬の左の太腿《ふともも》に這《は》わせはじめた。その目は妖《あや》しい光をたたえていた。

「いまは張り込み中だぜ」

「わかってるわ。でも、対象者の二人はベッドの上でお娯《たの》しみよ。当分、外には出てこないわ。わたし、五年以上も男っ気なしだったの」

「ふうん」

「特別にスケベ女ってわけじゃないけど、無性に男の体が恋しくなるときもあるのよ。といって、行きずりの男とホテルに行くわけにもいかないじゃない？」

「だから？」

「そういう素っ気ない言い方されると、わたし、何がなんでも相手をなびかせたくなるの。ファスナーを引き下ろして、百瀬さんのアレをくわえちゃおうかな」

「女は嫌いじゃないが、そっちとカーセックスをする気はない」

百瀬は冷ややかに言って、恵美の手を乱暴に払い除《の》けた。

「あら、二枚目ぶっちゃって。女のほうから誘ってるんだから、恥をかかせないでよ。カーセックスに抵抗があるんだったら、目の前のホテルに入ってもいいわ。わたし、もう体が濡れはじめちゃってるの」

「だったら、自分で慰《なぐさ》めるんだな」

「それも悪くないわね。でも、指を動かしてるとこを百瀬さんに見られてないと、極《きわ》みまでには達せられないかもしれないな。ずっと見ててくれる？」

恵美が上擦《うわず》った声で言った。

「変態だな、そっちは」

「そうなのかしら？」

「つき合いきれないよ」

百瀬は苦笑し、アルファードの運転席から出た。

夜気《やき》は粒立《つぶだ》っていた。春とは名ばかりで、まだ寒い。

百瀬は車から何メートルか離れ、ラークをくわえた。アルファードの助手席には背を向ける恰好《かっこう》だった。

相棒の女性調査員が本気で自慰行為に及ぶとは思えなかった。しかし、視線が合うのは気まずい。

紫煙《しえん》をくゆらせていると、上着の内ポケットでスマートフォンが振動した。調査対象者の女社長を自宅から尾行する際にマナーモードに切り替えておいたのである。

百瀬は懐《ふところ》からスマートフォンを摑《つか》み出し、ディスプレイを見た。

発信者は進藤弓彦だった。調査会社の社長だ。

喫《す》いかけの煙草を足許に落とし、靴底で火を踏み消す。そうしながら、百瀬はスマートフォンを耳に当てた。

「例の社長夫人は、旦那の会社の顧問弁護士と親密な関係だったのか？」

「ええ。さきほど二人で六本木の高級ラブホテルにしけ込みました。ホテルに入るときの映像は盗み撮《ど》りしたんですが、二人の正面からのショットはまだ押さえてないんですよ。それでホテルの前でしばらく張り込んで、対象者たちが出てくるところも撮ろうと思ってるんです」

「証拠映像は、それだけで充分だろう。今岡女史と一緒に会社に戻ってきてくれよ」

進藤が言った。百瀬は短く応じ、通話終了キーを押した。

スマートフォンを懐に戻し、アルファードの運転席に乗り込む。

「ちょっと早く戻りすぎたかな」

「ひとりエッチなんかしてませんよ。わたし、いつか百瀬さんをなびかせるわ。必ず落としてみせる」

「それは男の台詞《せりふ》だろうが？」

「わたし、肉食系女子ですから。それはそうと、会社から電話があったの？」

恵美が問いかけてきた。

「ああ、社長からの電話だったんだ。対象者がホテルに入る映像は撮ったと報告したら、もう引き揚げてこいってさ」

「ラッキー！　いったん会社に戻ったら、一緒に帰らない？」

「喰《く》われたくないから、別々に会社を出よう」

百瀬は軽口をたたいて、アルファードを発進させた。

『東都リサーチ』のオフィスは、JR信濃町《しなのまち》駅の近くにある。雑居ビルの九階をワンフロア使っていた。
十七、八分で、雑居ビルに着いた。アルファードを雑居ビルの地下駐車場に駐《と》め、百瀬たちは九階に上がった。

七人のスタッフが社内に残っていた。百瀬は奥の社長室に直行した。

進藤はパターの練習をしていた。小太りで、顔は下脹《しもぶく》れだ。

「やあ、ご苦労さん！」

「いつでも報告書はまとめられます。依頼人の奥さんは、例の弁護士とだいぶ前から親密な間柄だったようですね」

「そうか。百瀬君、まだ報告書はまとめなくてもいいよ。決定的な証拠を押さえたかったんで、あと三、四日、尾行調査を続行した。依頼人には、そう言おう。それで、水増し請求するんだよ」

「わかりました」

百瀬は社長室を出て、自席に落ち着いた。

進藤はあまり良心的な商売をしていない。調査日数を必ず水増しし、自分の飲食代の大半を経費に紛《まぎ》れ込ませている。もっともらしい名目で、経費を二重取りもしていた。

金銭欲は強いが、進藤社長は捨て身で生きているわけではない。張り込み中に相棒の女性調査員が推測していたことは見当外れだろう。十二キロの覚醒剤を横奪りする気になったとしても、人殺しまではできないのではないか。

しかし、嫁いだ二人の娘たちに分譲マンションを買い与えたという話が事実なら、恵美の推測は正しいのかもしれない。

進藤社長が殺人者だったとしても、もう口止め料はせびれないだろう。隠し金があるとしたら、調査日数や経費を水増し請求などしないはずだ。あるいは、そうしたことは一種のカムフラージュなのか。

どちらにしても、恵美と共謀して進藤を強請る気はない。正社員ではないが、社長は自分を雇ってくれた警察OBだ。恩義のある人に矢を向ける気はなかった。

机の上の書類を片づけていると、脈絡《みゃくらく》もなく土居のありし日の姿が脳裏に浮かんだ。

そういえば、数日後に土居の三度目の命日が巡《めぐ》ってくる。

去年は遺族には内緒で、岡山まで墓参《ぼさん》に出かけた。今年も本命日《ほんめいにち》には、故人に花と線香を手向《たむ》ける予定だ。

できるだけ交通費は安く上げたい。浮かせた分で、土居の遺児に何かプレゼントしてあげるつもりだ。新幹線を使わずに、今年は高速バスを使うか。高速バスの料金よりも安く岡山に行く手段はなかったか。

ヒッチハイクなら、金はかからない。しかし、希望する日時に目的地に到着できる保証はなかった。車の相乗りサイトを利用すれば、低料金で岡山まで行けそうだ。

百瀬は仕事用のパソコンに目を向けた。

4

スポットライトが灯《とも》った。

恵比寿にあるライブハウスのステージだ。

大杉啓太《おおすぎけいた》は最後尾の席に坐っていた。

客は五十人ほどだった。二十歳《はたち》前後の女性が目立つ。

湯川沙矢のミニコンサートは、予定通りに午後八時に開演された。ほとんど無名のシンガー・ソングライターは黒いアップライトのピアノに向かっていた。ステージ衣裳は黒ずくめだった。

そのせいだろうか、二十三歳の沙矢は大人っぽく見えた。どこかミステリアスな雰囲気を漂《ただよ》わせている。

沙矢はアームマイクを手繰《たぐ》り寄せると、鍵盤を力強く叩《たた》きはじめた。前奏は、それほど長くなかった。

沙矢が『イノセント・ワールド』を歌いはじめた。ブルースだ。

歌詞は哲学的で、やや難解だった。しかし、流行《はや》りのJポップとは異《こと》なって、重みと深みがある。

自分らしく生きようとすれば、何かと他者とぶつかってしまう。しかし、それを避けたら、自分の魂は死に絶える。生き抜くことはたやすくない。だが、しぶとく生きることに何か意義があるのではないか。

そういった歌詞《ヴァース》だった。俗受けはしない内容だが、大杉は気に入っている。沙矢の声質も好きだった。ハスキーだが、声量はある。高音にも伸びがあった。

三十二歳の大杉は、インディーズ系音楽制作会社『パラダイスレコード』のディレクターである。

しかし、それは表の顔にすぎない。もうひとつの顔は誠友会《せいゆうかい》倉田組《くらたぐみ》の組員だった。誠友会は首都圏で四番目に勢力を誇る広域暴力団だ。倉田組は二次の下部組織である。組員は、およそ四百人だ。組事務所は赤坂に置かれている。

『パラダイスレコード』は倉田組の企業舎弟《フロント》の一つで、オフィスは南青山にある。ヴォーカリストやミュージシャンを志望している若い男女を喰《く》いものにしている悪徳音楽プロだ。

彼らにデモテープを送らせ、才能や素養があるととことん誉《ほ》めちぎる。だが、CDは売れなくなっている。大手レコード会社所属の歌手でさえ、CDシングルを一万枚売るのは骨だ。それが現状だった。

強力なコネがなければ、メジャーデビューは難しい。そこでインディーズ・レーベルからCDデビューして、飛躍のチャンスを待つべきだとアドバイスするわけだ。

インディーズ・レーベルからデビューした歌手やロックバンドがファンに熱く支持され、スターダムにのし上がったケースは少なくない。音楽で身を立てたいと願っている若者たちは、とりあえずインディーズ・レーベルからデビューCDを出したいと思うようになる。

そうなれば、後は簡単だ。ヴォーカリストやミュージシャンの卵たちにCD制作費の大半を用意させる。共同企画と称して、CD制作費、プロモーションビデオ制作費、宣伝費といった名目で百五十万円前後を納めてもらう。

アーティストの卵たちには最低一万枚はCDをプレスすると偽り、実際は百枚以下しか制作しない。プロモーションビデオやポスターは低予算で一応、こしらえる。しかし、放送局やCDショップには決して流さない。

早い話が、詐欺《さぎ》商法である。騙《だま》されていたことに気づいた者がいたら、さりげなく組の名を出す。それで、まず告訴されることはない。

『パラダイスレコード』は、そうしたあくどいビジネスで年商四億円以上を稼いでいる。

スタッフは社長を含めて八名しかいない。実質的な経費は売上高の十数パーセントだから、丸儲《もう》けだった。

ネット広告でデモテープを募集すると、連日、数十の郵便小包や宅配便が届く。大杉はデモテープをざっと聴き、送り主に電話をかけまくる。

ひどい音痴《おんち》でも、徹底的に持ち上げる。同封された写真にも必ず触《ふ》れる。どんなに不細工でも、スター性があると嘘をつく。明日にもビッグアーティストになれそうだと付け加えるのは常套《じょうとう》手段だった。

カモにできると判断したら、すぐさま当人に会いに行く。もっともらしい顔で、ダイヤモンドの原石を見つけた思いだと嬉しがってみせる。それで、たいがい相手は詐欺に引っかかってくれる。

大杉の同僚の中には、アイドル志望の娘を片っ端からホテルに連れ込んでいる者もいる。大杉自身は、そこまであこぎなことはしていない。

彼は倉田組の盃《さかずき》を受けているが、チンピラ上がりではなかった。名門私大の商学部を出て、いったんは大手商社に就職した。

勤め先は東南アジア諸国から日本政府の政府開発援助《ODA》を巧《たく》みな方法で吸い上げ、莫大な利益を貪《むさぼ》っていた。相手国の王族、政府高官、軍幹部と癒着《ゆちゃく》し、工作機器や資材の納入業者になっていたのである。

大杉は持ち前の正義感から、大手商社の贈賄《ぞうわい》の事実を知り合いの新聞記者にリークした。二十六歳のときだった。内部告発したことで彼は職場で裏切り者と疎《うと》まれ、孤立する羽目になった。

直属の上司だけではなく、同期の者たちにも憎まれた。その当時、交際していた女性も遠ざかった。会社に反旗を翻《ひるがえ》した男にもはや将来性はないと見切りをつけたのだろう。

案の定《じよう》、大杉は資料室に転属になった。室長は組合活動に熱心だった五十代後半の男である。部下の四十七歳の先輩社員は外国の国債の運用にしくじり、会社に三十億円以上の損失を与えていた。

二人は家族を養うため、死んだように生きていた。どちらも心を病《や》みかけていて、極端に無口だった。大杉は、ぞっとした。

資料室の三人には、仕事らしい仕事は課せられていなかった。会社は三人が自主的に退職することを待っているにちがいない。

それこそ毎日が地獄だった。憂《う》さを晴らしたくて、夜ごと盛り場に繰り出した。

大杉は給料を貰うと、キャバクラに通った。懐《ふところ》が寂しくなれば、安い居酒屋でコップ酒を傾けた。

そんな日々を送っているとき、大杉は元大学教授の路上生活者《ホームレス》と知り合った。その男は六十代で、ある女子大で長いこと西洋美術史を教えていたらしい。理智的な風貌で、博学だった。品格もあった。

元大学教授は恩師のひとり娘と結婚し、入り婿《むこ》になった。だが、家庭に自分の居場所はなかった。安らぎを求め、女性遍歴《へんれき》を重ねた。そのことが家庭不和の原因になり、妻に三行半《みくだりはん》を突きつけられた。すでに成人している息子たちは母親に加勢し、実に冷淡だったそうだ。

元大学教授は数百万円の金を懐に入れ、住み馴《な》れた家を出て安アパートで暮らすようになった。細々と翻訳の仕事をこなしていたが、病に倒れてしまった。一年ほどの闘病生活を送った後《あと》、ホームレスになったという話だった。

宿なしの高齢者はひもじい思いをしていても、誇りは保《たも》ちつづけていた。拾い集めた雑誌や空き缶を金に換え、パンや飲み物を手に入れていた。炊《た》き出しの列には決して並ばなかった。

大杉は孤高の路上生活者から、多くのことを学んだ。金がなくても、気構えひとつで人間らしさを失わずに自由に生きることはできる。

定期収入にしがみついて、屈辱感に耐えつづけていてもいいのか。それでは、あまりにも惨《みじ》めな気がする。人生は一度しかない。

大杉は辞表を書き、なんの束縛もない生き方をすることにした。代々木上原《うえはら》の賃貸マンションで寝起きし、趣味のパチンコで糊口《ここう》を凌《しの》ぎはじめた。

しかし、パチプロと胸を張れるほどは稼げなかった。月に十数万円稼ぐのがやっとだった。わずかな貯えを喰《く》い潰《つぶ》すことになった。

なんとなく心細さを覚えたころ、大杉は渋谷のパチンコ屋でチンピラに難癖をつけられ、所持金を巻き上げられそうになった。そのとき、たまたま倉田組の組員が店に居合わせた。大杉よりも六つ年上で、安西滋《あんざいしげる》という名の男だった。

安西はチンピラを追い払ってくれて、アルバイトも世話してくれた。デリバリー嬢を車で送り迎えするだけで、日当二万円を貰えた。

すぐに安西が筋者《すじもの》であることはわかったが、大杉は遠ざからなかった。真っ正直に生きたら、ばかを見る。サラリーマン時代の苦い体験で、そのことを学んでいた。

安西は、やくざ者にしては心優しかった。そんなこともあって、大杉は二十八歳の初夏に倉田組の構成員になった。渡世の仕来《しき》たりは兄貴分に厳しく教え込まれたが、彫《ほ》り物を入れることは強《し》いられなかった。

組長の倉田保《たもつ》は大杉が有名私大出身と知り、『パラダイスレコード』で働くことを命じた。五十七歳の組長は義務教育しか受けていないからか、大卒者を過大評価しているようだった。大杉は赤坂一帯の飲食店からみかじめ料を集めさせられると思っていたから、企業舎弟の『パラダイスレコード』で働けることを素直に喜んだ。

しかし、勤め先はまともなビジネスをしているわけではなかった。すぐに大杉は失望したが、逃げ出そうとは考えなかった。他人を騙《だま》すことに少し興味があったからだ。

考えてみれば、人間社会は騙し合いで成り立っているとも言える。意地の悪い見方をすれば、恋愛は男女の騙し合いではないか。

職場の上下関係にしても、本音を隠した建前だけの芝居ごっこだろう。家族同士でさえ、裸の心を晒《さら》し合っているわけではない。師弟の間も同じことが言えるのではないか。

商道というものがあるが、売り手と買い手はどちらも頭の中では算盤《そろばん》を弾《はじ》いている。駆け引きや誇大広告には、詐欺の側面があるのではなかろうか。

『パラダイスレコード』は、客から集めた共同企画の負担金をそっくり詐取《さしゅ》しているわけではない。実際にCDを制作し、プロモーションビデオや宣伝用ポスターも手がけている。ひところブームになった自費出版と本質的には変わらないのではないか。

そこまで考え、大杉は苦笑した。契約書通りの枚数をプレスしていないし、CDを販売ルートにも流していない。マスコミにも売り込んだことは一度もなかった。

やはり、犯意は拭《ぬぐ》えない。客観的に言えば、計画的な詐欺だろう。大杉はたくさんの〝夢追い人〟を騙してきたが、あまり罪の意識は持っていなかった。

しかし、いまステージで弾き語りをしている沙矢のデビューシングルを手がけたときから何か疚《やま》しさを感じていた。女子大を中退した彼女は寝る間を惜《お》しまず三つのアルバイトを掛け持ちして、百二十万円の負担金を工面《くめん》した。

それがデビューCDの『イノセント・ワールド』だった。カップリング曲のバラードも、すでにプロはだしの出来映《ば》えだ。サビの部分に工夫があって、歌詞もわかりやすかった。

大手レコード会社のディレクターが聴いたら、沙矢をスカウトする気になったかもしれない。

だが、CDシングルのプレス枚数は百枚にも満たなかった。有力な音楽関係者が沙矢の才能に気づくチャンスはない。沙矢は自分のデビュー曲にまるで反応がないことに愕然《がくぜん》としただろうし、納得もできなかったはずだ。

沙矢はどこで制作負担金を工面したのか、四カ月後には二枚目のCDシングルをリリースした。彼女が負担したのは百五十万円だった。デビューシングル分を併《あわ》せれば、すでに二百七十万円を投資した計算になる。だが、いまだに夢の欠片《かけら》も摑んでいない。

一途《いちず》に自分の夢を追っている彼女をこのまま喰いものにしつづけるのは、あまりにも惨《むご》い気がする。

沙矢には作曲の才があるし、歌唱力にも恵まれている。ルックスも悪くない。プロのシンガー・ソングライターになれる素質は充分に備《そな》わっている。

大杉はそう思いながら、ステージに目をやった。

いつの間にか、沙矢は二曲目のバラードを歌っていた。ラブソングだが、愛とか恋という安っぽい歌詞はまったく出てこない。客たちは聴き入っていた。

三曲目はアップテンポのロックだった。

転調部分はジャズ風で、どこか洗練されていた。四曲目はブルース調だったが、重さは排されている。そのセンスが斬新《ざんしん》だ。

大杉は専門知識はなかったが、ジャズ、ブルース、R&B《リズムブルース》、ボサノバ、ハードロック、テクノミュージック、ハウス、Jポップと幅広く聴いていた。沙矢が作る曲は、どれも聴き手の魂を揺さぶった。その歌声は何かを呼び醒《さ》ましてくれる。

大杉は沙矢の歌を聴きながら、急に本気で彼女の夢の後押《あとお》しをしたくなった。単なる罪滅《ほろ》ぼしの気持ちに衝《つ》き動かされたのではない。沙矢の歌をより多くの人たちに聴かせたくなったのだ。

メジャーデビューするには、『パラダイスレコード』との関係を消し去る必要がある。音楽業界にいる人々の中には、『パラダイスレコード』が誠友会倉田組の企業舎弟であることを知っている者がいるはずだからだ。別名で改めてCDをリリースすれば、多くのファンに熱烈に支持されるのではないか。

大手レコード会社に何人か知り合いがいることはいる。しかし、彼らは沙矢が『パラダイスレコード』から二枚のCDを出していることを知っているかもしれなかった。そうだったら、協力は期待できないだろう。

どうすれば、沙矢の夢を叶えてやれるのか。

大杉は沙矢の歌を聴きながら、思考を巡らせた。自分が堅気になって、音楽制作会社を立ち上げ、沙矢の新曲をネット配信する。それしかなさそうだ。

大杉は部屋住みから叩き上げた組員ではない。倉田組長にそれ相当の詫《わ》び料を払えば、足は洗えるだろう。昔と違って、小指を落とさなくて済むはずだ。

問題は詫び料の額である。

まさか数百万円では堅気にしてもらえないだろう。最低五百万円は必要なのではないか。場合によっては、一千万円を用意しなければならないかもしれない。

どちらにしても、大杉には貯えなどなかった。組に内緒で、個人的に非合法ビジネスで荒稼ぎするほかない。

といって、倉田組の武器庫にある拳銃や短機関銃を盗み出すわけにもいかないだろう。こっそりデリバリーヘルス派遣ビジネスをはじめることもできない。

いい考えが浮かばないうちに、ミニコンサートは終わってしまった。

沙矢はアンコールに応《こた》えて、『イノセント・ワールド』をふたたび熱唱し、ステージを降りた。拍手は、しばらく鳴り熄《や》まなかった。

大杉は椅子《いす》から立ち上がって、ステージ裏にある出演者控室に回った。沙矢はソファに腰かけ、ペットボトルの天然水を飲んでいた。

「いいミニコンサートだったよ」

「客席に大杉さんがいたんで、少し緊張しちゃいました」

「いけねえ。花も差し入れも持ってこなかったな。何かで埋め合わせをするよ、そのうちさ」

「そんな気を遣《つか》わないでください」

「前回のライブより客数が増えたな」

「ええ、少しね。でも、大手レコード会社のディレクターはひとりも来てくれなかった。わたし、二十人近くに招待状を出したんですよ」

「そうだったのか」

「大杉さんには悪いんだけど、やっぱりメジャーのシンガー・ソングライターになりたいんで、懸命に自己PRしたの。でも、誰も来てくれなかった。わたしって、あまり才能がないんでしょうね」

「そんなことないよ。うちの会社が弱小だから、沙矢ちゃんをうまく売り出せないだけさ。そのうち、必ず脚光を浴びる日がくるよ」

「そうかな？　わたし、だんだん自信がなくなってきちゃった」

「へこむなって。そう遠くない日に必ず陽《ひ》が当たるようになるよ。自信を持って、いい歌をどんどん作ればいいんだ。お疲れさん！」

大杉はことさら明るく言って、控室を出た。

ライブハウスの近くでタクシーを拾い、南青山の会社に戻る。九時を回ったばかりだが、オフィスには社長の藤森誠一郎《ふじもりせいいちろう》しか残っていなかった。

四十六歳の藤森は倉田組の若頭補佐を務めている。外見は勤め人風だが、武闘派やくざだ。藤森社長は二十代のころに対立関係にある筋者を日本刀で叩っ斬り、殺人罪で六年半ほど服役した。怒らせると、冷血ぶりが露《あらわ》になる。

「大杉、きょうもデモテープがたくさん送られてきたぜ。カモたち全員に電話をかけて、

CDデビューの話を持ちかけてくれや」

「もちろん、そのつもりです」

「カモの親が金持ちだったら、ひとり残らず喰っちまえ。デビューシングルを十数万枚プレスするからとか言って、一本持ってこさせろ」

「社長、いくらなんでも一億円は無理でしょう?」

「わからねえぞ。資産百数十億なんて大金持ちのドラ息子がロックシンガーに憧れてるとしたら、そのくらいの銭《ぜに》は惜しみなく出すだろうよ」

「そうですかね」

「数は少ねえだろうが、どこかにいいカモがいるはずだ。大杉、できるだけリッチマンの息子や娘をカモにしろよ。貧乏人を相手にしても、たいしておいしくないからな」

「わかってますよ」

大杉は机の上に積まれた郵便小包と宅配便の封を切り、次々にデモテープのイントロ部分を聴いた。大半は、プロの歌手をめざすレベルではなかった。

大杉は応募者のプロフィールに丹念に目を通した。その中に神戸の資産家の息子がいた。

桑原《くわばら》僚《りよう》という名で、二十一歳の大学生だった。大杉は個人的に資産家の倅《せがれ》を喰いものにして、大金をせしめる気になった。

しかし、社長に〝内職〟を知られたら、半殺しにされるだろう。下手をしたら、生きたままコンクリートで固められてしまうかもしれない。

大杉は藤森の目を盗んで、桑原僚のデモテープとプロフィールを上着の内ポケットに素早く入れた。出張を装って、密《ひそ》かに桑原宅を訪ねるつもりだ。

飛行機や新幹線を使って兵庫県に向かったら、空港や駅構内の防犯ビデオに映る恐れがある。そのことで、個人的な詐欺行為を社長に覚《さと》られるかもしれない。

細心の注意を払って、神戸まで出かけるべきだろう。大杉のマイカーは、かなり旧《ふる》いBMWだった。ロングドライブは無理だろう。高速バスで出かけることもちらりと考えたが、誰かの車に相乗りさせてもらったほうが無難かもしれない。

「社長、カモ探しに取りかかります」

大杉は藤森に告げ、受話器を勢いよく摑み上げた。

第二章　それぞれの渇望《かつぼう》

1

東の空が赤い。

朝焼けだ。午前五時四十分過ぎだった。

保坂忠章はマイカーの運転席で、三人の同乗希望者を待っていた。

七年落ちのクラウンは、宮益坂上《みやますざかうえ》歩道橋の階段近くの路肩《ろかた》に寄せてある。青山通りだ。渋谷駅の近くだった。

ハザードランプを明滅させていた。マイカーの色はグレイだ。

走行距離は四万キロを超えているが、エンジンの調子は悪くない。

タイヤは数カ月前に交換してあった。これから長距離をライドシェアするわけだが、特に不安はなかった。

相乗りネットで同乗者を募《つの》ったのは一昨日《おととい》だった。

湯川真知、百瀬一輝、大杉啓太の三人が応募してきた。保坂は同乗希望者とメールで連絡を取り合い、きょうの午前六時に現在地で待ち合わせる約束をしてあった。

同乗者は目的地までの新幹線利用料金の二割を払ってくれることになっていた。ガソリン代、高速通行料などを考慮し、保坂は三人に料金を打診してみた。揃って条件を呑《の》んでくれた。むろん、それぞれの目的地まで保坂がハンドルを握る。

マイカーで博多まで帰省したのは、もう何年も前だ。運転しつづけられるだろうか。少し不安だった。しかし、責任は果たさなければならない。

保坂は車を降り、ガードレールを跨《また》いだ。

舗道の端で体の筋肉をほぐしはじめる。妻の信子にはマイカーで九州の実家に行くことは告げてあった。

だが、帰省目的は曖昧《あいまい》にぼかしておいた。転業資金の金策に行くとは、なぜだか打ち明けられなかった。資金の目処《めど》がついたら、むろん話すつもりだ。

柔軟体操をしていると、三十歳そこそこの女性が近づいてきた。トラベルバッグを提《さ》げている。

「保坂さんですね？　わたし、湯川真知です」

「初めまして。保坂です」

「きょうはお世話になります。ほかのお二人はまだ……」

「ええ、見えてないんですよ。トラベルバッグ、トランクに入れましょう。よかったら、助手席に坐っててください」

「は、はい」

「五十代半《なか》ばの男の横に坐るのは気詰まりですかね？　それでしたら、後部座席でも結構なんですが」

「気詰まりということはありません」

「そうなら、どうぞ助手席に坐ってくれませんか。長旅ですから、横に男性がいるよりはこちらも心弾みますんで」

保坂は冗談混《ま》じりに言って、真知を促《うなが》した。

真知が小さく笑い、トラベルバッグを差し出した。保坂は先に真知を助手席に坐らせてから、彼女のトラベルバッグをトランクルームに収めた。

その数分後、百瀬一輝が現われた。手荷物は携《たずさ》えていない。保坂は自己紹介し、百瀬に湯川真知を引き合わせた。二人は会釈《えしやく》し、名乗り合った。

百瀬がリア・シートに腰を沈めたとき、大杉啓太が駆け寄ってきた。地味な茶系のスーツ姿だった。大杉は綿コートを小脇に抱《かか》え、黒革のビジネス鞄を手にしていた。

保坂は大杉と初対面の挨拶《あいさつ》を交わし、先に車に乗り込んだ二人を紹介した。大杉が二人に名乗って、百瀬のかたわらに腰を沈めた。

保坂はクラウンの運転席に乗り込んだ。

「こうして同じ車で長距離ドライブすることになったのは何かのご縁なんでしょう。お三《さん》方《かた》をそれぞれの目的地まで運ばせていただきますんで、ご安心ください。運転免許は十九歳のときに取得したんですよ。運転歴は四十年近いんで、事故を起こしたりしませんから」

「ずっと保坂さんひとりでハンドルを握るのは、少しきついでしょ？　疲れたときは遠慮なく言ってください。運転、代わりますよ」

真後ろで、百瀬が言った。真知と大杉が同じことを口にした。

「ありがとうございます。運転はわたしの役目ですんで、頑張りますよ。では、出発します」

保坂は自分の車を走らせはじめた。

青山通りから玉川《たまがわ》通りを直進し、東名高速道路に入る。平日の早朝とあって、車量は少ない。

四人は、きょう初めて会ったばかりだ。当然、会話は弾まなかった。

それでも厚木《あつぎ》IC《インターチエンジ》を通過すると、三人の同乗者は当たり障《さわ》りのない話をするようになった。誰も仕事や私生活を細かく明かそうとはしなかったが、保坂は胸を撫《な》で下ろした。ずっと気まずい沈黙がつづいていたら、自分が三人の口を開かせる努力をしなければならない。

保坂は車を高速で走らせ、名古屋まで一度もサービスエリアに寄らなかった。三時間半後には、三重県の桑名《くわな》ICを通過した。いつしか四人は自然に打ち解《と》けていた。ひたすら西下する。大津《おおつ》サービスエリアで小休止して、給油後にふたたび名神高速道路をたどりはじめた。

大阪の吹田《すいた》ICから中国自動車道に入り、大杉を兵庫県神戸市内の三宮《さんのみや》駅前まで送り届ける。正午前だった。

「よかったら、みんなで一緒に昼飯を喰《く》いませんか?」

クラウンを降りた大杉が誰にともなく言った。保坂はすぐにうなずき、百瀬と真知に同意を求めた。二人は、ほぼ同時に首を縦《たて》にした。

四人は下山手通《しもやまてどおり》にあるレストランに入り、昼食を摂《と》った。

「今夜は神戸市内に泊まる予定なんですよ。保坂さんは博多の実家に一泊するだけで、明日には東京に戻られるおつもりなんでしょ？」

大杉がナイフとフォークを使いながら、確かめるような口調で問いかけてきた。

「その予定です」

「実家を発《た》たれるのは、明日の何時ごろの予定なんです？」

「午前中には出発する気でいるんですよ」

「それだったら、帰りも保坂さんの車に同乗させてもらいたいな。もちろん、帰りの料金はちゃんと払いますよ。保坂さん、どうでしょう？」

「時間が合えば、大杉さんを拾ってあげますよ」

「そういうことなら、保坂さんの都合に合わせましょう。保坂さんが神戸を通る時刻まで適当に時間を潰《つぶ》してますよ」

「そう」

「こっちも、できたら帰りに保坂さんのクラウンに乗せてほしいな。岡山で知り合いの墓参りをしたら、現地で一泊する予定なんですよ」

百瀬が口を開いた。

それに釣られたように、真知が帰りも保坂の車に乗せてもらいたいと言いだした。彼女は広島市内で今夕《こんゆう》に開かれる学生時代の友人の結婚式と披露宴に列席後は市内に投宿し、明日中に帰京したいという。

「いいですよ。少し待たせることになるかもしれませんが、明日、広島で湯川さんを拾って、岡山で百瀬さんを車に乗せましょう。その後、神戸市内で大杉さんと合流することにしましょうか」

「お願いします」

同乗者の三人が声を揃えた。年下の者たちに頼りにされるのは、なんとなく嬉しい。保坂は快諾《かいだく》した。

袖振《そでふ》り合うも多生《たしょう》の縁という言葉がある。三人を目的地で降ろすだけでは、何やら名残《なごり》惜しい気もしていた。ありがたい申し出だ。たまたま相乗りサイトを通じて知り合った四人だが、出会ったことは運命づけられていたのかもしれない。

偶然に同じ電車やバスに乗り合わせたのとは少し違う。三人とせっかく知り合いになったわけだから、その出会いを大切にしたい。何よりも道連れがいたら、退屈しないで済む。居眠り運転をする心配もなくなるだろう。

「それじゃ、そういうことでよろしく！」

大杉が約束の同乗料金を払い、三人の食事代も払いたがった。

「それはよくないな。大杉さんは稼ぎがいいのかもしれないが、初対面の人間にむやみに奢《おご》るのはまずいですよ」

保坂は苦言を呈《てい》した。

「えっ、どうしてです？」

「わたしを含めて、どなたも働いてるわけです。収入が多くても少なくても、自分が食べた食事代はおのおのが払うべきですよ。それが社会人としての常識です。一食分浮いたと単純に喜ぶ大人はいないと思うな。それどころか、奢られて傷つく者もいるでしょう」

「保坂さんの言う通りだよ。大杉君、つき合いの浅い者にやたら奢ったりするのは傲慢《ごうまん》だと思うな」

百瀬が言い諭《さと》した。真知も遠慮がちに百瀬に同調する。

「そんなつもりで、あなた方の勘定を持つ気になったんじゃないんですよ。保坂さんの車に乗せてもらって、みんなと愉《たの》しい一刻《ひととき》を過ごさせていただいたんで、少し感謝の気持ちを表したかっただけなんです」

「まだ若いな、大杉君は。そうしたサービス精神が他者のプライドを傷つけたりするんだよ」

「いい勉強になりました。ありがとうございます」

大杉が百瀬に礼を述べた。言葉に皮肉や厭味《いやみ》は込められていなかった。

「他人《ひと》に偉そうなことを言えるほどの人間じゃないんだが、そっちより年上だから、つい説教じみたことを言っちまったんだ」

百瀬が照れ笑いを浮かべ、頭に手をやった。

保坂は百瀬に好感を持った。どこか謎めいた四十男だが、人間を見極《みきわ》める力はあるようだ。これまで多くの人間に接し、洞察力が備《そな》わったのか。

「わたしも割り勘にしてほしいですね」

真知が言った。大杉が大きくうなずき、自分のステーキセットの代金を卓上に置いた。

百瀬と真知が大杉に倣《なら》う。保坂は三人の代金をひとまとめにして、レジで自分の食事代を加え、支払いを済ませた。

四人はレストランを出た。

「明日、保坂さんの携帯に電話します。それで落ち合う場所と時間を決めましょう。それでは、みなさん、また明日!」

大杉が保坂たち三人に手を振り、大股で歩きだした。彼の後ろ姿を見ながら、真知が小さく呟《つぶや》いた。

「大杉さんは音楽関係の仕事に携《たずさ》わってるとおっしゃってましたけど、具体的には何をされてるんでしょう？」

「そこまでは、わたしも知らないんだ。詮索《せんさく》するのは何かはばかられたんですよ。湯川さんは、どうして大杉さんの仕事の内容を知りたがったのかな？」

「わたしの妹がシンガー・ソングライターをめざしてるんですよ。インディーズ・レーベルから二枚シングルＣＤを出してるんですけど、なかなか芽が出なくて……」

「そう」

「大杉さんが大手レコード会社のディレクターだったら、妹の作った曲を一度聴いてくれないかとお願いしたいですね。家族自慢になりますが、妹の歌はけっこうハートに染《し》みるんですよ」

「帰りに一緒になったら、直《じか》に彼に仕事の内容を訊《き》いてみたら？」

保坂は言った。

「いいえ、やめときます。大杉さんとは知り合ったばかりですから、妹の売り込みなんて図々しいでしょ？」

「彼が音楽関係の仕事をしてることは間違いないんだろうが、大手のレコード会社に勤務してるんじゃなさそうだね。そうなら、出張費を節約する必要はない。相乗りサイトなんか利用するはずないと思うな」

「そうですね。大杉さんは小さな音楽事務所を自分で経営してて、少しでも出張費を浮かせたかったんでしょうか?」

「そうじゃないな」

百瀬が保坂よりも先に口を開いた。

「どうしてそう思われたんです?」

「大杉君は昼飯に神戸牛のステーキを喰《く》って、われわれ三人の勘定を持とうとした。別に出張費を浮かせたかったわけじゃないんだろう。何か事情があって、新幹線や飛行機は使いたくなかったんだろうね」

「百瀬さんは各種の調査を請け負《うお》ってるというだけあって、推理力があるようですね。言われて、そうなのかもしれないと思いましたよ」

保坂は言って、百瀬と真知を目顔《めがお》で促した。

三人は近くの有料立体駐車場まで歩き、クラウンに乗り込んだ。どういうつもりか、真知は後部座席に百瀬と並んで腰かけた。

自分の体は加齢臭《かれいしゅう》を発しているのか。それで真知は、助手席に坐る気になれなかったのだろうか。保坂は、つい僻《ひが》んでしまった。

だが、別に不快な体臭は運転席には漂っていない。自分より十五も若い百瀬に関心があったただけなのだろう。

保坂は愛車を走らせはじめた。

神戸の市街地を抜け、山陽自動車道にクラウンを乗り入れる。姫路《ひめじ》市を抜け、赤穂《あこう》、備《び》前《ぜん》と通過して、岡山ＩＣで一般道に降りた。

ＪＲ岡山駅前で百瀬を車から降ろす。大津サービスエリアで休息したとき、保坂は三人の同乗者に自分の携帯電話の番号を教えてあった。

百瀬から岡山までの同乗料金を受け取り、ただちに広島に向かった。倉敷《くらしき》から福山《ふくやま》を経由して、山間部を疾走する。

広島東ＩＣの手前で、なんの脈絡もなく真知が問いかけてきた。

「岡山で降りた百瀬さんは昔、刑事さんだったんじゃありませんかね？」

「眼光はそれほど鋭くないけど、そうなのかもしれないな。本人は生命保険会社、弁護士事務所、調査会社なんかに雇われて各種の調査を手がけてると言ってたが、それが事実なのかどうか」

「どことなく猟犬のような雰囲気を漂わせていますでしょ、百瀬さんは」

「そう言われると、そうだね。それで、湯川さんは百瀬さんのことを元刑事ではないかと思ったわけか？」

「ええ、そうです。百瀬さんは知り合いのお墓参りに行くとか言ってましたけど、現職警官のころに故人を誤射してしまったんじゃないのかしら？　あの方、何か重い過去を背負ってるように見えるんですよ」

「そうなんだろうか。しかし、あれこれ詮索するのは慎もう。誰も他人《ひと》には喋りたくないことが一つや二つはあるんだろうから、そっとしといてやるのがマナーでしょう？」

「保坂さんは大人ですね。いまの言葉、とっても含蓄《がんちく》があると思いました。わたしだって、家族にも言えないことがないわけではありませんから、他人に干渉《かんしょう》されるのは困ります」

「まだお若いのに……」

「もうじき三十の大台に乗っちゃいますから、もう若いとは言えませんよ」

「わたしの年齢から見れば、ずっと若いでしょ？　深刻な悩みとは無縁だと思ってたがな」

「それなりに不安や心配事はありますよ」

「生きていくことは大変だね」

保坂はハンドルを捌《さば》きながら、しみじみと言った。

それきり会話は途《と》絶《だ》えた。

保坂は運転に専念した。広島ICから国道五四号線を下《くだ》る。広島市街地にある目的のシティホテルの前で真知を降ろし、料金を受け取った。

「帰りもよろしくお願いしますね」

真知はトラベルバッグを手に取ると、クラウンから離れた。

保坂は来た道を引き返し、広島ICから下り車線に入った。三人の同乗者を無事に目的地に送り届けたからか、急に気が緩《ゆる》んだ。眠気を覚えた。

保坂はビートルズのCDをかなりの音量で聴きながら、先を急いだ。博多まで三百キロ弱ある。山陽自動車道は山口県湯田《ゆだ》で中国自動車道と合流する。

保坂は中国自動車道をひた走りに進み、そのまま九州自動車道に入った。いつしか夕闇が迫っていた。

保坂は古賀《こが》サービスエリアで夕食を済ませ、福岡ICで一般道に降りた。坐りっ放しのせいか、腰が痛い。実家は福岡市博多区の外れにある。

福岡空港は近い。飛行機を使えば、日帰りも可能だった。数万円を惜しんだために、なんと時間を無駄にしたことか。少しばかり悔《く》やんだが、見知らぬ三人との道行きは、それなりに愉《たの》しかった。

生家の門を潜《くぐ》ったのは、午後八時少し前だった。

兄夫婦は豪華な夕食を用意して待ってくれていた。古賀サービスエリアで夕食を摂《と》ったことを兄の敏に伝えると、水臭いことをするなと本気で怒った。

保坂は前日に買っておいた東京の銘菓を両親の仏壇に供《そな》え、線香を手向《たむ》けた。兄嫁の澄《すみ》江《え》にビールを勧められ、彼も食卓に向かった。

箸《はし》を使いながら、兄夫婦と一時間ほど昔話をする。甥《おい》は、まだ勤め先から帰っていなかった。

保坂は頃合を計って、転業する気でいることを兄夫婦に語った。兄は弟の商売替えには難色を示しながらも、五百万円を用立ててくれると言った。

ありがたかった。しかし、なぜか義姉は困惑顔だった。

「兄貴、あまり無理しないでくれよ」

「五百万は貸すだけたい、無利子でな。だけん、妙な遠慮はせんでよか。跡取りのおいは、いわば親代わりたい」

「新しい商売が軌道《きどう》に乗ったら、なるべく早く返すよ」

「そうしてくれ。もっと飲んで、料理を平らげてくれると、嬉しかね」

「ああ、いただくよ」

「ちょっと風呂に入ってくるけん、先に飲《や》っちょってくれ」

兄が食卓を離れ、浴室に足を向けた。五分ほど経《た》つと、保坂より一つ年上の兄嫁が言いづらそうに切り出した。

「うちの人、長男だからって、だいぶ無理しとるんよ。うちの息子も、この秋にはようやく嫁ば貰う気になったと。もう三十六だけん、いい加減に所帯ば持たせんとね」

「和馬《かずま》は、どんな相手と結婚するの？」

「会社の同僚ばい。短大出で、器量は普通やけど、気立てのいい娘《こ》ばい。わたしら夫婦も好《す》いとるの」

「そう。泣き虫だった甥も身を固める年齢《とし》になったか。結構な話じゃないですか」

「そうなんやけど、和馬は親とは同居ばせんと言うて、福岡市内に分譲マンションを買《か》う気でいるとよ。で、お父さんね、和馬に一千万の頭金を出してやると言うてしもうたの」

「おれに貸してくれる金は、和馬のマンションの購入資金に回すつもりだった一千万円の半分なんだね？」

「そうばい、そうばい。うちのお父さんは怒るやろうけど、忠章さんにお貸しする分を半分にしてもらえん？」

「二百五十万円か」

「頭金が五百万も少のうなったら、和馬はがっかりすると思うばってん、できたら……」

「甥に恨まれるのは辛いから、半分でもいいですよ」

「そうしてもらうと、こちらも助かるわ。忠章さん、ごめんね」

「義姉《ねえ》さんが謝ることないって。こっちこそ、無理なことを頼んで申し訳ないと思ってるんだ。そういうことなら、二百五十万円だけ借りることにします」

保坂は言って、ビールを呷《あお》った。

創作パンの加盟店オーナーになるには、あと四百五十万円も足りない。金策の当てはなかったが、兄夫婦を困らせたくはなかった。

転業は諦《あきら》めるべきか。しかし、カレーショップを建て直す自信もない。

保坂は手許《てもと》の箸置きをじっと見つめた。

2

ショックがまだ尾を曳《ひ》いている。

湯川真知は缶ビールのプルトップを引き抜いた。

三缶目だった。広島駅前通りにあるビジネスホテルの一室だ。

シングルルームである。真知はコンパクトな椅子に腰かけ、窓の外の夜景をぼんやりと眺めていた。

街灯やネオンに彩《いろど》られた街は、どこか華《はな》やかだった。しかし、真知の心は厚く翳《かげ》っていた。

学生時代の友人の池宮なつみの結婚披露宴は盛大だった。地元の名士たちも祝宴に列席していた。交通会社の常務夫人になる旧友は、とても幸せそうだった。結婚相手も終始、笑みを絶《た》やさなかった。

真知は心から新婦を祝福した。祝いのスピーチで、池宮なつみは涙ぐんでくれた。真知は貰い泣きしそうになった。

だが、新婦は嬉し泣きしたのではなかったようだ。真知に対する謝罪の涙だったのだろう。

披露宴の席でワインに酔った旧友がうっかり口を滑らせ、驚くべきことを洩らした。あろうことか、学生時代に新婦のなつみが石塚拓磨とつき合っていたと暴露《ばくろ》したのだ。旧友はすぐに冗談だと打ち消したが、その狼狽《ろうばい》ぶりは隠しようもなかった。

口走ったことは事実にちがいない。真知は、そう直感した。自分は二股をかけられていたのか。屈辱感で全身が震えた。

学生時代、真知は割に池宮なつみとは親しくしていた。なつみは、真知と石塚が恋仲であることを知っていた。彼女は真知を妬《ねた》んで、石塚を誘惑したのだろうか。なつみがそれほど性悪《しょうわる》な女とは思えない。大学二年生のある時期、真知は石塚と性的な交渉を断った。会うたびに体を求められることで自分は性の捌《は》け口《ぐち》にされているだけなのではないかと悩み、あえて性愛を避けてみたのである。

わずか数カ月だったが、石塚は性エネルギーを抑《おさ》えきれなくなって、なつみに言い寄ったのかもしれない。なつみは後ろめたさを感じながらも、石塚に抱かれてしまった。そうなのではないだろうか。

そうだったとしても、友人に対する背信行為だろう。なつみと石塚の二人に裏切られていたことで、真知は二重に傷つけられた思いだった。人間不信の念は膨らむ一方だった。石塚は避妊に無頓着《むとんちゃく》な男だ。なつみを孕《はら》ませた可能性もある。なつみは石塚の子供を中絶し、何喰《く》わぬ顔で交通会社の常務夫人に収まったのか。

そうだとすれば、要領がよすぎる。狡《ずる》いし、腹黒い。真知は居たたまれない気持ちになって、結婚披露宴の席を抜け出した。そして、市街地を野良犬のようにほっつき歩き、このビジネスホテルにチェックインしたのだ。

各地から結婚披露宴に出席した学生時代の旧友たちは広島市内のシティホテルに一泊し、明日は観光名所を巡るようだ。真知も複数の旧友に誘われたが、最初から彼女たちとは別行動をとる気でいた。

なつみは今夜、新郎と結婚式を挙げたホテルで一泊し、明日の午後に大阪の関西国際空港からイタリアに旅発《だ》つことになっている。新婚カップルは、ホテルの部屋で寛《くつろ》いでいるころだろう。それとも早くも睦《むつ》み合っているのか。

そのシティホテルは数キロ離れた場所にある。真知はビールを呷《あお》っているうちに、なつみのいるホテルにタクシーを飛ばしたい衝動に駆られた。

新婚カップルのいる部屋に押しかけ、なつみの過去を新郎の前で暴《あば》く。なつみが石塚と他人ではなかったとしたら、新婚夫婦はぎくしゃくしはじめるだろう。その結果、夫婦は別れることになるかもしれない。

友情を踏みにじった報《むく》いだ。その程度の復讐はしてやりたい。

真知は腰を浮かせかけたが、結局、思い留《とど》まった。

なつみに何か仕返しをしてやりたい気持ちは萎《しぼ》まなかったが、そのような浅ましい行為に及んだら、自分が惨《みじ》めになるだけだろう。それに宴会場で新婦が見せたのは、謝罪の涙だったのかもしれない。

なつみは石塚に押し切られて深い関係になってしまったが、そのことで疚《やま》しさを感じつづけていたとも考えられる。

いつか真知に詫びたいと思いつつ、その勇気がなかったのかもしれない。そうなら、なつみは充分に苦しんだだろう。赦《ゆる》すべきなのではないか。

責《せ》めるべき相手は、石塚拓磨だろう。

真知は飲みかけの缶ビールを卓上に置き、バッグからスマートフォンを取り出した。石塚のスマートフォンの短縮番号は1だ。数字をタップし、すぐに電話をする。

石塚はスリーコールの途中で電話口に出た。

「真知、どうした？」

「いま広島にいるの」

「広島？　ああ、池宮なつみの結婚披露宴に招《よ》ばれてるとか言ってたな。結婚相手は勤めてる会社の常務だったっけ？」

「ええ」

「それじゃ、派手な披露宴だったんだろうな」

「盛大だったわ。なつみ、とっても幸せそうだった」

「そう。彼女、うまくやったじゃないか」

「わたし、大学時代の友達から妙な話を聞いたの」

真知は深呼吸し、一息に喋った。

「妙な話？」

「ええ、そう。拓磨さんは、なつみとも交際してたんだって？　要するに、二股をかけてたのよね」

「誰がそんなことを言ったんだ⁉」

「はぐらかさないで、ちゃんと答えて！」

「別に二股かけてたわけじゃないよ。本命は、ずっと真知だったさ。けど、そっちが二年生のとき、何カ月かナニさせてくれなかったよな。あのころは性衝動《リビドー》がものすごく強かったから、つい脇見運転しちゃったんだよ」

「性欲を充《み》たしたくて、なつみを口説《くど》いたのね？」

「早く言えば、そういうことになるな」

石塚は少しも悪びれた様子ではなかった。

「ひどい！　なつみの体を弄《もてあそ》びたくて、好きだの何だのって言ったのね？」

「ま、そうだな。女にはわからないだろうが、男の十七、八歳から二十五、六までは、やりたい盛りだからね。何カ月もセックスレスなんて耐えられないよ。だから、口説けそうな女に粉《こな》かけてみたんだ。そしたら、なつみが脈ありそうだったんで……」

「軽いわね。軽すぎるわ。それに利己的よ」

「若い男の烈《はげ》しい性欲は、女には永久に理解できないだろうな」

「そういう自己弁護は見苦しいし、卑怯《ひきょう》だわ。狂おしいほどの性エネルギーを抑《おさ》えることも、必要なはずよ。人間は、ただの動物じゃないんだから」

「小娘みたいなことを言うなって。真知も誕生日が来れば、もう三十じゃないか。男の生理がわからない年齢《とし》じゃないだろうが」

「それにしても……」

「若い男の性欲は、犬畜生と変わらない。ずっとナニできなかったら、性犯罪に走りかねないんだ。それほど強いんだよ」

「なつみとは、どのくらいつづいたの？」

「彼女とセックスしたのは、七、八回だよ。なつみは真知に悪いからって、おれから離れていったんだ。いまの年齢《とし》になって、なつみには済まないことをしたと思えるようになったよ」

「いまさら反省しても遅いわ」

「もういいじゃないか、昔のことは。なつみは将来性のある男と結婚できたんだから、めでたし、めでたしさ」

「わたしたち、もう終わりにしたほうがよさそうね」

「真知、何を言いだすんだ⁉　おれは、いつか真知と結婚したいと真剣に考えてるのに」

「いつかって、いつ？　あと何年待たせる気なのっ。わたしたち、もう十年以上もつき合ってきたのよ。わたし、待ちくたびれたわ」

真知は弾《はず》みで、つい本音を口走ってしまった。

「もう二、三年待ってくれよ。おれ、独立して、自分のネット広告会社を立ち上げたいんだ。今年は無理でも、来年から景気が好転すると思うから、もう少し早く独立できるかもしれない。そうしたら、結婚しよう。な、真知？」

「あなたは本当にわたしを必要だと思ってくれてるのかしら？　わたし、わからなくなってきたわ」

「いまさら何を言ってるんだっ」

「わたしは、単に都合のいい女だったんじゃない？　あなたのわがままはたいてい受け入れてきたし、金銭的な負担もかけてないわよね？」

「ああ」

「わたしをかけがえのない女だと思ってくれてるんだったら、もう少しこちらの気持ちを斟酌《しんしゃく》してくれてもいいんじゃない？　あなたに振り回されつづけて、わたし、疲れちゃったのよ」

「おれは、そんなに身勝手な男かね」

石塚は心外そうな口ぶりだった。

「そんなこともわからないの!?」

「何かあったのか?」

「わたしのことをちゃんと見守ってくれてないのね」

「ほかの男に求愛されて、揺れ惑《まど》いはじめてるわけ?」

「そんなんじゃないわ。一昨日《おととい》の午後、会社を早退して二度目の中絶手術を受けたのよ。生理がないことをいちいち告げなくても、こちらの様子がいつもと違うなと察してくれてもいいんじゃない? 大切な相手だと想ってくれていたら、気づくはずだわ」

「なんてことだ。てっきりピルを服《の》んで、バース・コントロールしてくれてると思ってたのに」

「女だけに避妊のことを考えろとでも言うの! 甘ったれるのも、いい加減にしてよ。思い遣《や》りがなさすぎるわ」

真知は神経を逆撫《さかな》でされ、思わず語気を強めた。

「ピルの副作用がまったくないとは言わないが、かなり安全性は高いはずだ。だから、一度目の妊娠をしたとき、ピルを処方してもらえばよかったんだよ」

「責任転嫁《てんか》ね。他人事《ひとごと》みたいなことを言わないでちょうだい。わたしを二度も孕《はら》ませたのは拓磨さんなのよ。少なくとも責任の半分は、そちらにあるんだからねっ」

「わかった。次から、なるべくスキンを使うようにするよ」

「そういう機会は、もうないでしょうね」

「真知、本気でおれと別れる気なのか⁉」

「そうしたほうがいいと思うわ」

「待てよ。そんなに簡単に別れることができるのか？　十年以上の仲なんだぞ。結婚こそしてないが、半《なか》ば夫婦みたいなものじゃないかっ」

「春が永すぎたのかもしれないわ」

「おれは絶対に真知と別れない。そんなに妻の座が欲しいんなら、この秋ぐらいに入籍してやってもいいよ。結婚式は、おれが独立してから挙げよう。それで、文句ないな？」

「そんな投げ遣りな言い方されたら、余計に傷つくわ。わたしは早く結婚することを望んでるわけじゃないの。好きな男性に望まれて嫁ぎたいのよ」

「どうしてもおれと別れると言うなら、真知を殺して、後《あと》を追う」

「子供っぽい脅し方しないで」

「おれは、本気で無理心中すると言ったんだ。それだけ真知に惚《ほ》れてるんだよ。それに十年越しの仲の相手に逃げられたとあっちゃ、恰好《かっこう》がつかない」

「ついボロが出ちゃったわね。それが、あなたの本心なのよ」

「とにかく広島から戻ってきたら、すぐに電話をくれないか。よく話し合おう。ちょっとした感情の行き違いがあっても、おれたちは必ずやり直せるさ。長くつき合ってきて、お互いに気心がわかってるんだから」

「当分、会いたくないわ」

「なつみとのことは、ただの遊びだったんだ。いつまでも拘《こだわ》ることはないじゃないかっ」

「いつも、そうね」

「え？」

「あなたはいつも自分に都合よく物事を運ぼうとして、相手の気持ちや立場を思い遣《や》ろうとしない。そういうとこが嫌いなの。とにかく、しばらく冷却期間を措《お》きましょう。お互いにそのほうがいいと思うわ。それじゃ、そういうことで！」

「おい、待てよ。電話を切らないでくれ」

石塚がうろたえた声で言った。

真知は黙殺して、通話終了キーを押した。ついでに手早く電源も切る。石塚がしつこく電話をかけてくることが予想できたからだ。

真知はスマートフォンを仕舞い、残りのビールも飲み干した。不意に視界が涙でぼやけ、窓の外の街灯がにじんで見えた。拗《す》ねて石塚にきつい言葉を投げつけたわけではなかった。真知は本気で永い春に訣別《けつべつ》する決意を固めていた。

しかし、長い歳月をかけて育《はぐく》んできたものが崩れ去る悲しみと虚《むな》しさに打ちひしがれてしまったのだ。

人の心は不変ではない。確かな結びつきと信じていた絆《きずな》は、驚くほど呆気《あっけ》なく断ち切れた。虚《むな》しくて遣り切れない。

自らリセットしたい気持ちに衝《つ》き動かされたわけだが、恋情の脆《もろ》さを改めて思い知らされ、悄然《しょうぜん》としてしまった。石塚のすべてが疎《うと》ましくなったわけではない。まだ未練は残っている。

この燃えくすぶっている炎を完全に消さないと、またぞろ石塚との関係がずるずるとつづくのだろう。そうこうしているうちに、いたずらに年齢を重ね、婚期を逸《いっ》することになるのではないか。

何かにつけて不誠実な男とは、関係をすっぱりと断ち切るべきだろう。そうしなければ、再出発はできない。胸の奥に横たわっている未練をふっ切るには、どうすればいいのか。

真知は夜景を見ながら、思いを巡らせてみた。

十分ほど経《た》つと、大胆な考えが閃《ひらめ》いた。行きずりの男に声をかけ、身を任せる。体を穢《けが》してしまえば、未練心を懐《いだ》く資格もなくなるだろう。恋の残り火が消えれば、新たな一歩を踏みだせるのではないか。

真知は捨て鉢《ばち》になりかけている自分に呆《あき》れながらも、危険な試《こころ》みを実行してみる気になった。迷いながらも部屋を出たのは、およそ二十分後だった。

部屋のある七階から一階ロビーに降り、ビジネスホテルを出る。真知は繁華街に足を向け、擦《す》れ違う男たちを次々に品定《しなさだ》めしはじめた。

ワンナイトラブとはいえ、相手は誰でもいいわけではない。

生理的に受けつけない脂《あぶら》ぎった男には絶対に抱かれたくなかった。できることなら、好みのタイプの三、四十代の男に空《から》っぽになった心ごと優しく抱いてほしい。

飲食街に足を踏み入れると、酔った五十年配の男が声をかけてきた。

「彼氏にフラれよったな。わしが慰めてあげるけん、飲みに行こや。な、ええじゃろ?」

「急いでるんで……」

真知は相手にしなかった。すると、酔漢《すいかん》は追いかけてきて後ろから抱きついた。ほとんど同時に、股間をヒップに擦《こす》りつけてきた。

「わし、テクニシャンじゃけん、たっぷりええ思いさせてやるけのう。すぐホテルに行こうや」

「やめてください」

真知はパンプスの踵《かかと》で、男の向こう臑《ずね》を蹴った。

相手が呻いて、少し怯《ひる》んだ。真知は路面を蹴った。駆け足で逃げだし、百数十メートル先の脇道に走り入った。酔った五十男は追いかけてこなかった。

真知は暗がりで、乱れた呼吸を整えた。

ふたたび歩きだそうとしたとき、三十七、八歳の男が近寄ってきた。工員か、職人風だ。流行遅れのレザーブルゾンを着込み、下はジーンズだった。

「なんぼ？」

「はあ？」

「ショートの遊び代がいくらか訊いたんじゃ。あんた、立ちんぼの新顔なんやろ？」

「ち、違います。わたし、街娼《がいしよう》なんかじゃありません」

「しゃあけ、ここで客を待っとるように見えたがのう」

「わたし、東京のＯＬです」

真知は言ってから、苦く笑った。そこまで喋る必要はなかった。

「やっぱり、そうけ。垢抜《あか》けとるもんね」

「失礼します」

「わし、東京の女を一遍《いっぺん》抱きとう思ってたんじゃ。三万払うから、どうじゃろ？　わし、性病持っとらん。じゃけ、ナマでさせてくれんかのう？」

「売春婦じゃないと言ったでしょ！」

「東京の女は気が強いのう。けど、それも面白いわ。泊まれるんやったら、わし、五万出してもええよ。どうじゃろ？」

相手が真知の肩に手を掛けた。

とっさに真知は男に体当たりして、全速力で走りだした。相手がよろけたことは見届けたが、路上に倒れたかどうかはわからない。

真知は裏通りから明るい表通りに出ると、そのまま投宿先に駆け戻った。部屋に入り、そのままベッドに身を投げる。

真知は恐怖心がなくなるまで、ベッドに突っ伏しつづけた。自分の思いつきが浅はかだったことを思い知らされると、また涙が込み上げてきた。

未練は自力で搔《か》き消す。それができなければ、石塚に振り回されつづけるほかない。ひとりで、妹のように勁《つよ》く生きよう。

真知は嗚咽《おえつ》を洩らしながら、胸に誓った。

3

予想外の展開になってしまった。

百瀬一輝は、殉職した土居の実家の奥座敷にいた。

死んだ元部下の生家は、岡山市建部町《たけべ》にある。岡山街道から少し逸《そ》れた場所にあった。旧《ふる》いが、間数《まかず》の多い二階家だった。午後九時を回っていた。

土居の墓は、数キロ離れた神目《こうめ》にある。寺は津山《つやま》線の神目駅の近くだ。百瀬は黄昏《たそがれ》が迫った時刻に栄楽寺《えいらくじ》を訪ねた。

住職一家が住む庫裡《くり》には立ち寄らずに境内《けいだい》を横切って、墓地に足を踏み入れた。

土居家の墓には、花と供物《くもつ》が供《そな》えられていた。法要はとうに済み、墓地はひっそりとしていた。

百瀬は携えてきた花束と供物を供え、線香を手向《たむ》けた。合掌していると、足音が近づいてきた。振り向く。

歩み寄ってきたのは寺の住職だった。四十代半《なか》ばで、背が高かった。僧衣姿だ。

「失礼ですが、あなたは百瀬さんではありませんか？」

「そうです。なぜ、ご住職がわたしの名をご存じなんでしょう？」

「亡くなられた土居健人さんの奥さんから、あなたのことを聞いたんですよ。去年の本命日にも、百瀬さんは当寺に墓参に来られましたでしょ？」

「ええ、まあ」

「未亡人はあなただと察して、今年も百瀬さんが訪れるかもしれないと数十分前まで本堂の前で待ってらっしゃったんですよ」

「そうなんですか」

「わざわざ東京から墓参に見えられるんで、直《じか》にお目にかかってお礼を言いたいとかおっしゃってね」

「土居を殉職させたことにわたしなりに責任を感じてますんで、彼の命日に手を合わせるぐらいは当然のことです」

「未亡人から聞いた話ですと、あなたがちょっとの間、張り込み現場を離れた隙《すき》に土居さんは容疑者に殺されてしまったとか？」

「ええ」

百瀬は目を伏せた。まさか職務を放棄《ほうき》して、人妻と午下《ひるさ》がりの情事に耽《ふけ》っていたとは明かせない。

　別段、いい子ぶりたかったわけではなかった。警察は土居の遺族に百瀬が職務を怠《おこた》っていたことをひた隠しにしていた。むろん百瀬を庇《かば》ってくれたわけではなく、警察の威信を保《たも》ちたかっただけだ。

「故人とは名コンビだったそうですね。それにしても、毎年、遠方から命日に墓参に訪れるのは大変なことです。土居さんの魂は、きっと百瀬さんに気づいてるにちがいありません」

「そうでしょうか」

「この寺にあなたが見えられたら、未亡人の和歌子さんはすぐに教えてくれと頼まれていたんですよ」

「ご住職、土居の奥さんにはわたしが栄楽寺に来たことは黙っててほしいんです。土居には何かと迷惑をかけたんで、せめて年に一度の墓参りはしてあげたいと思ってるだけなんですよ。遺族の方たちにスタンドプレイと受け取られるのは困りますんでね」

「そんなふうには受け取られないと思いますよ。とにかく、庫裡《くり》でお茶でも……」

　住職が体を反転させた。強く断る口実は思いつかなかった。百瀬は住職に従って、庫裡に入った。

導《みちび》かれたのは広い客間だった。二十畳ほどの和室で、赤漆塗《あかうるしぬ》りの座卓が三卓据《す》えられていた。

百瀬は座卓を挟んで住職と向かい合った。少し経《た》つと、住職の妻が茶と和菓子を運んで
きた。楚々《そそ》とした美人だった。

百瀬は住職夫人と短い挨拶を交わした。彼女はすぐに下がった。

「土居君のご両親は、お元気でしょうか？」

「お母さんは半月ほど前にバドミントンをやってて、アキレス腱《けん》を切ってしまったんです
よ。それで、津山市内の総合病院に入院中です」

「それは知りませんでした。だいぶ長く入院しなければならないんでしょうか？」

「あと二週間ぐらいで退院できるそうですよ。お父さんは元気で製材所で働きながら、農
業を兼業されてます」

「そうですか。土居君の奥さんは、スーパーで働いてるんですよね？」

「ええ、そうです。和歌子さんは働き者で、夫の両親によく仕《つか》えてますよ。息子の陽平君
もすくすく育ってます。もう五歳になりましたんで、それほど手はかからないでしょう。

顔立ちは母親似ですが、体つきは亡くなったお父さんにそっくりですね」

「そうですか」

「土居さんは若くして亡くなられたわけですが、彼の遺伝子は子供の陽平君に引き継《つ》がれてるから、ご遺族の悲しみも少しずつ薄れていくにちがいありません」

「そうでしょうか。そうだ、岡山駅の近くでグローブと軟球を買ってきたんですよ。これをご住職から陽平君に渡していただけませんか。後で土居君の実家の庭先にそっと置くつもりでいたんですが……」

百瀬は、かたわらに置いた灰色のビニール袋に目をやった。

「ご自分で陽平君にプレゼントなさってください。さっき家内に目配せしたんですが、気づかれなかったようですね。わたし、和歌子さんに電話をさせたんですよ。十数分もしたら、故人の未亡人が車でここに迎えに来るでしょう」

「困ったな」

「後ろ暗いことをしているわけではないんですから、故人の遺族に会ってやってください。お父さんの耕造《こうぞう》さんも百瀬さんにお目にかかりたがっているようですから」

住職が言って、茶を啜《すす》った。百瀬は困惑したが、逃げ出すのは不自然な気がした。

雑談をしているうちに、土居和歌子が寺にやってきた。

夫の葬儀のときとは違って、表情が明るい。それに、華《はな》やいで見えた。フルタイムで働いているからか、ファッションにも気を配っているようだった。

百瀬は土居の息子のプレゼントを和歌子に渡したら、じきに栄楽寺を辞する気でいた。しかし、未亡人に義父が百瀬に会いたがっていると何度も言われ、土居の実家に伺《うかが》うことになってしまったのだ。

七十一歳の土居耕造は背広姿で玄関先で待ち受けていた。孫の陽平も、小ざっぱりとした服装で出迎えてくれた。手土産《みやげ》を渡すと、土居の遺児は雀躍《こおど》りした。野球には興味があるようだ。

「百瀬さん、もっと飲んでくださいよ」

土居の父親が赤らんだ顔で、しきりに酒を勧めた。食卓には、山海《さんかい》の珍味《ちんみ》が並んでいる。和歌子が作ったという田舎《いなか》料理も載《の》っていた。

「もう充分にご馳走《ちそう》になりました。そろそろお暇《いとま》しなければ……」

「今夜は我が家に泊まってください。嫁がもう客間に夜具を伸《の》べましたから、じっくり飲みましょうよ」

「お気持ちはありがたいんですが、そういうわけにはいきません。土居、いや、あなたの息子さんには世話になりっ放しだったんです。その上、泊めていただくなんて厚かましいですから」

「遠慮せんでほしいのう。あなたと死んだ健人は、相棒同士やったんじゃから」

土居耕造が眠そうな目で言った。酒には弱い体質らしい。飲んだ日本酒は一合弱だった。

「お義父《とう》さん、失礼して先に寝《やす》ませてもらったら？」

和歌子が義理の父親に声をかけた。

「そんなことはでけん。客人に無礼じゃけんな」

「わたしが百瀬さんのお相手をしますから、お義父さんは自分の部屋で横になってください。酔って少し呂律《ろれつ》が怪しくなってますよ」

「それはいかんな。けど、瞼《まぶた》が垂れてきよった。悪いが、少しだけ仮眠をとらせてもらうかのう」

「ええ、そうしてください」

百瀬は故人の父に言った。

「うちに泊まってくれるんじゃね？」

「ご迷惑でなければ、お言葉に甘えさせてもらいます」

「そうしい、そうしぃ。ひと眠りしたら、また健人の思い出話につき合ってもらうつもりじゃ。では、ちょいと失礼して……」

土居耕造が立ち上がった。すかさず和歌子が腰を浮かせ、ふらつく義父の体を支えた。

二人が客間から出ていった。

百瀬は煙草をくわえた。妙な流れになってしまった。もう少し経《た》ったら、無線タクシーを呼んでもらい、岡山駅周辺のホテルにチェックインすることにしよう。

一服した直後、和歌子が客間に戻ってきた。

「ふだんは義父《ちち》、お酒を飲まないんですよ。百瀬さんが来てくださったんで、とても嬉しかったんだと思います。最後までおつき合いできなくて、ごめんなさいね」

「こっちこそ長居して、申し訳ない。もう少ししたら、無線タクシーを呼んでくれないか」

「どこかホテルを予約してあるわけじゃないんでしょ?」

「うん、まあ」

「それなら、ここに泊まってくださいよ。陽平はさっきベッドに入りましたから、わたしがおつき合いします」

「和歌子さんは飲めるくちだったかな」

「大酒飲みです。それは冗談ですけど、下戸《げこ》じゃありません」

「それじゃ、少し飲《や》りましょうか」

百瀬は、向かい合った和歌子に酌《しゃく》をした。和歌子は二口《ふたくち》で盃を空けた。二人は差しつ差されつしながら、盃を重ねた。

「夫が独身時代に百瀬さんに五百万円をお貸ししたという話は本当なんですか？　土居がそんな大金を貯えてたとは思えませんし、借用証も見せてもらってないんですよ」

突然、和歌子が言った。百瀬は内心の狼狽を隠して、努《つと》めて平静に応じた。

「土居は、どうしても借用証を受け取ろうとしなかったんですよ。水臭いと言ってね。奥さんは彼が五百万円の金を貯えてたとは思えないと言ったが、それは嘘じゃないんだ。土居は決してケチではなかったが、浪費はしなかったからね。毎年百万以上は貯蓄してたようですよ、社会人になってから」

「本当にそうなんですか？」

「ああ」

「わたし、百瀬さんが同情してくれて、そういう作り話を考え、月々十五万円ずつ借金の返済と称して、欠かさずに振り込んでくれてるのではないかと疑いはじめてたんです。そうなら、もう入金しないでください。土居の死亡退職金と生命保険金をいただけたんで、なんとか息子の大学卒業まで面倒を見られますんで」

「土居から五百万円を借りたことは事実なんだよ。これまでに約五百四十万を返済したことになるが、元金に五割の金利を乗っけたいと思ってるんです。総額で七百五十万円を返済するつもりでいるんだよ」

「もう五百万円をオーバーしてるんですか。わたし、別口座の残高をいちいち確かめてなかったんです。いずれ百瀬さんにそっくりお返しするつもりでしたんでね」

「こっちが言った話はフィクションだと思ってたのか」

「そんなふうに疑ってたことは確かです。わたしも働いてますんで、ちゃんと生計は立ってるんです。だから、別口座のお金にはまったく手をつけてないんですよ。それはそうと、土居が金利をいくらか付けてほしいと言ったんですか？」

「いや、無利子でいいと言ってくれたんだ。しかし、そういうわけにはいかないからね。それで、こっちが倍返しは無理だが、五割ぐらい乗せて返済しようと思ったんだよ」

「土居が無利子で五百万円を用立てたなら、四十万ほど貰いすぎです。近いうちに百瀬さんの指定口座に振り込みますね」

「それは困る。おれの気持ちとして、七百五十万円を払いたいんだ」

「金貸しではないんですから、利子なんか受け取れません」

和歌子が言い張った。

「口座番号は教えない。それで、総額七百五十万円になるまで入金しつづける。そうしないと、こっちの気持ちが済まないんだ」

「百瀬さんは頑固なんですね。そこまでおっしゃると、ちょっと勘繰《かんぐ》りたくなります」

「どういう意味なんだい？」

百瀬は未亡人の顔を正視した。

「夫が殉職した日、何かあったんですか？」

「別に変わったことなんかなかったよ。こっちが容疑者宅の裏口の様子をうかがいに行ってる隙《すき》に、土居は運悪く殺されてしまったんだ」

「署の幹部たちもそうおっしゃってたけど、何かを隠そうとしてる気配を感じたんですよ。この際《さい》、正直に話してくれませんか。夫が殺害されたとき、もしかしたら、あなたは張り込み現場にはいなかったんではありません？　つまり、職務をサボって、どこか別の場所にいらっしゃったんでは……」

和歌子が言った。百瀬は慌《あわ》てたが、表情は変えなかった。

「職務にはついてたよ。なんで、そんなふうに思ったのかな？」

「あなたと土居はコンビを組んでた。それだけで、夫が殉職したことに責任を感じるものでしょうか？　ちょっと不自然な気がしないでもないんですよ」

「土居は後輩の刑事だったからね。部下でもあった相棒をみすみす死なせてしまった責任は重いよ」

「部下思いなんですね。土居は心優しい上司に恵まれたんですから、あなたのことを少しも恨んでないと思います」

「何か含むものがあるような口ぶりだな」

「いいえ、含むものなんてありません。話を戻すようですけど、土居がお貸ししたという五百万円は何に遣《つか》われたんです？」

和歌子の質問は不意討《う》ちだった。

「知り合いの女性に回してやったんだ。その彼女には、切羽詰まった事情があったんでね」

「そうなんですか。よっぽど大切な女性《ひと》だったんでしょうね？」

「否定はしないよ」

百瀬は短い返事をして、冷めた酒を飲んだ。いっそ事実を未亡人に打ち明けたい気持ちにもなったが、口は結んだままだった。

別段、自分の名誉に拘《こだわ》ったわけではない。ありのままを語ったら、和歌子は百瀬が振り込んだ五百四十万円をそっくり返却する気になるだろう。

金銭で自分の無責任さを帳消しにできるとは考えていない。そもそも贖《あがな》えるものではないだろう。それでも百瀬は、土居の妻や息子に何らかの形で償《つぐな》いたかった。

身勝手で独善的な贖罪《しょくざい》だが、母子に最低一億円程度の弔慰金《ちょういきん》を届けなければ、どうしても気が済まない。その金を調達するためには、少しぐらい手を汚すことも厭《いと》わない気持ちでいる。

「百瀬さんが入金してくださったお金は一応、預からせていただきます。総額七百五十万円を振り込まないと気が済まないとおっしゃるんでしたら、それでも結構です」

「そうさせてもらうよ」

「でも、それ以上のことはなさらないでくださいね。女手ひとつで陽平を育て上げてみせると気負ってますけど、内心は心細くて自信もないんですよ」

「そうかもしれないな」

「百瀬さんにあんまり優しくされると、わたし、あなたに甘えたくなっちゃうかもしれないでしょ？　わたし、それが怖いんです。母親である前に女でいたいなんて思うようになったら、陽平がかわいそうですもんね。第一、百瀬さんに迷惑でしょ？」

「困ったことがあったら、なんでも相談に乗るよ」

「でも、わたしをひとりの女性としては見られない？」

「どう答えるべきかな」

「やだ、何を言ってるんだろう？　わたし、少し酔ったのかな。わたしが喋ったこと、忘れてくださいね。瘤《こぶ》つき女が血迷ってしまって、恥ずかしいわ」

「………」

「ちょっと湯加減をみてきます。よかったら、先にお風呂に入ってください」

「奥さん、やっぱり無線タクシーを呼んでくれないか」

「駄目です。今夜は帰らせません。といっても、女のわたしが夜這《よば》いなんかしませんから、安心してお寝《やす》みください」

和歌子が際《きわ》どいジョークを言って、勢いよく立ち上がった。

未亡人は女盛りだ。働くだけの日々に倦《う》み、ふと潤《うるお》いがほしくなることもあるのだろう。

和歌子が客間から消えて間もなく、懐でスマートフォンが着信音を発した。

百瀬はスマートフォンを取り出した。発信者は『東都リサーチ』の進藤社長だった。

「半ば強引に二日も休みを取って、申し訳ありませんね」

「いいんだ、それは。きみは正社員じゃないから、有給休暇にはならないんだから。それより、三年前に殉職した元相棒の墓参りは無事に済ませたの？」

「ええ」

「それはよかった。実はね、ちょっと確かめたいことがあって、電話したんだよ」

「何でしょう？」

「今岡女史がね、きょう、港友会に出向いて昔の調査依頼の件で何か嗅《か》ぎ回ってるようなんだ」

「昔の調査依頼って何なんです？」

「四年も前のことなんだが、港友会の構成員が組織の覚醒剤を持ち逃げして、わたしが幹部にそいつを捜してくれって頼まれたことがあるんだ。その構成員は静岡県内ですでに殺されてて、十二キロの麻薬も消えてたんだよ。ほかの組の者に覚醒剤を横奪《ど》りされて、消されたんだろうね」

「その昔の事件に社長が何か関わってると思って、今岡さんは個人的に調べてるのかな」

「ああ、ひょっとしたらね。今岡女史は、わたしが麻薬を持ち逃げした奴を始末して、品物《ブツ》をかっさらったと疑ってるのかもしれないんだ。彼女から、何か聞いてないかね？」

「特に何も聞いてませんが……」

百瀬は空とぼけた。今岡恵美は社長の犯罪の証拠を押さえ、どうやら強請《ゆすり》を働く気になったらしい。

「そうか。それなら、それでいいんだ。ところで、リーマン・ショック以降、依頼件数が減る一方だから、本気で〝別れさせ工作〟を営業品目に入れようと思ってるんだよ」

「妻や夫と別れたがってる依頼人の希望に応じて、ターゲットを色仕掛けで罠《わな》に嵌《は》め、浮気の事実をでっち上げるわけですか。悪質なビジネスですね」

「ま、そうだがね。しかし、いい商売になるはずだ。多くのリッチマンは古女房と別れて、若い愛人と一緒になりたがってるようだからな。成功報酬《ほうしゅう》は三、四百万にはなるだろう。百瀬君は女にモテそうだから、うまく人妻を引っかけられると思うよ」

「汚れ役を押しつけようってわけですか」

「依頼人の女房や愛人にうまく接近してホテルに連れ込んでくれたら、一件百万円の報酬を払うよ」

「社長は依頼人から三、四百万ぶったくるつもりなんでしょ？　汚れ役の取り分が少なすぎるな」

「わかったよ。きみには二百万払おう。もちろん、必要経費は別途《べっと》渡すよ。浮気調査を出来高払いで請け負ってるよりも、はるかに稼げるだろう。百瀬君、やってみないかね？」

「少し考えさせてください。五、六十代の人妻を抱かなきゃならない仕事は、それほど愉《たの》しくないでしょうからね」

「二、三十代の愛人と別れたがってるパトロンも少なくないと思うよ。極力、そういう依頼を受けるようにするからさ」

「二、三日、時間をください」

「いいだろう。明後日《あさって》は、事務所に顔を出してもらえるね？」

「そのつもりです」

百瀬は電話を切った。一件二百万円の報酬は魅力があったが、なんの罪もない女たちを陥《おとしい》れる気にはなれなかった。

酒の肴《さかな》をつついていると、和歌子が客間に戻ってきた。

「湯加減はちょうどよかったわ。すぐにお風呂に入れますけど、まだ飲み足りない感じね。どうせ泊まるんだから、もっと飲みましょうよ。わたしも今夜は酔いたいわ。百瀬さん、つき合ってくださいよ」

「女性の頼みは断りにくいな。お言葉に甘えて、お宅に泊めてもらうか」

「そうしてくださいよ。二人で、へべれけになっちゃいましょう？」

「そこまでは……」

百瀬は微苦笑《びくしょう》して、煙草とライターを引き寄せた。

4

眺望が素晴らしい。

神戸の夜景が東西に細長く拡《ひろ》がっている。

すぐ眼下に北野《きたの》異人館街が横たわり、神戸港に浮かぶポートアイランドや神戸空港の灯火がくっきりと見える。幻想的だった。

大杉啓太は桑原邸の大広間《サロン》にいた。

五十畳ほどの広さで、床は大理石だった。頭上のシャンデリアは、バカラの特注品らしい。桑原邸は宮殿を想《おも》わせるような豪邸だ。

神戸の市街地を一望できる高台にあり、その敷地は千坪以上あった。家屋《かおく》は三階建てで、部屋は二十三室もあるという話だ。

大杉は午後一時半過ぎに桑原邸を訪問した。ひとり息子の僚だけではなく、両親も盛装で待ち受けていた。

世帯主の桑原清《きよし》は五十四歳で、関西では知られた企業グループの総帥《そうすい》である。傘下企業は三十社に及ぶ。企業グループの年商は、大証《だいしょう》二部でベストテンに入っていた。

妻の香苗《かなえ》は四十七歳で、女優のように美しい。しかし、どこかがさつな印象を与える。美貌だけで夫に見初《みそ》められたのだろう。

大杉は桑原僚の歌唱力とルックスを誉《ほ》めちぎり、生で歌を聴かせてほしいと頼んだ。僚はギターを抱え、自作曲を次々に歌った。声質は悪かった。声量もない。

曲作りにも才能は感じられなかった。コードもC、Am、G、F、E7と限られていた。素人芸の域を出ていない。過去のヒット曲の摸倣《もほう》と思われる曲ばかりだった。どう努力してもピンの歌手になれる力量ではない。ロックバンドの一員さえ務まらないだろう。プロの作曲家になれる素質も備わっていなかった。

素直な感想を述べたら、桑原僚をカモにはできない。大杉は本人はもちろん、両親にも最大級のお世辞を並べた。一、二年のうちにビッグ・アーティストになれると太鼓判すら押した。

桑原一家は上機嫌になり、なかなか大杉を帰らせてくれなかった。

夕方になると、桑原邸にフランス料理のベテランコックが五人も訪れた。彼らはケータリング会社のスタッフで、揃ってパリの三つ星レストランで修業を積んでいた。

持ち込んだ食材の多くは、フランスから空輸されたものだった。鴨肉、鹿肉、雉《きじ》、鳩、オマール海老《えび》、トリュフ、フォアグラ、キャビアは最高級品だ。

用意された夕食は豪華なものだった。抜かれたシャンパンはドン・ペリニョンのゴールドで、ワインはロマネ・コンティという贅沢《ぜいたく》ぶりだ。大杉は自分が王侯貴族になったような気分になった。

ゴージャスな夕餉《ゆうげ》が終わると、大広間でショーが催《もよお》された。フラメンコダンスとベリーダンスが披露された。桑原清が大杉をもてなすためにわざわざプロの踊り子たちを招《よ》んでくれたのである。

いまは午後十時近い。シャンパンとワインの酔いがだいぶ回ってきた。そろそろ本題に入らなければならない。

大杉はドラ息子に顔を向けた。

「きみは絶対にビッグスターになれるよ」

「ほんまにそう思ってくれてはります？」

「もちろんさ。ただね、『パラダイスレコード』からCDデビューしても、大きくは飛躍できないだろうな。インディーズ・レーベルからデビューして大化けしたアーティストは何人もいるんだが、それぞれブレイクするまで三年とか五年とかかかってるんだよ」

「そうやろね。何年も下積みをせんならんのは、なんやかったるいな。ぼく、せっかちやし、飽きっぽい性格やから、そこまで辛抱できん気ぃするわ」

「だろうね。いっそ大手レコード会社から、デビューしちゃうか？」

「そないなこと、無理ちゃう？　メジャーレーベルは、どこも系列の音楽プロダクションのオーディションで勝ち抜いた子たちをデビューさせてるやんか」

「原則はそうだよね。ＣＤは売れなくなったが、応募者は何万人、何十万人といる。実力があっても、運がなければ、最終選考には残れない」

「それは、そうやと思うわ」

「ただね、最初っからオーディションの最終選考に残すという裏技もあるんだよ」

「ほんまに？」

「ああ。これはイケると思う新人ヴォーカリストがいれば、大手レコード会社は億単位の金をかけて売り出しにかかる。しかし、プロモートが必ずしも実を結ぶわけじゃない。デビュー曲が五万枚以上売れないと、会社は赤字になることが多いんだよ」

「いまはほんまにＣＤが売れなくなってるそうやから、五万枚はかなりハードルが高いんちゃう？」

「その通りだね。だから、どのレコード会社も新人の売り出しに慎重になってるわけさ」

「当然やろね」

カモの僚がうなずき、かたわらの父親の顔をうかがった。大杉は、ほくそ笑《え》みそうになった。緩《ゆる》みかけた顔面を引き締める。

「要するに、レコード会社の負担を少なくしてやれば、倅《せがれ》がメジャーデビューを果たせる可能性もあるわけやね？」

　桑原清が大杉に問いかけてきた。

「ええ、まあ」

「大手レコード会社に強力なコネがあるん？」

「ええ、コネはあります。わたしの高校時代の先輩が『マッハ・エンターテインメント』のチーフプロデューサーをやってるんです」

「そりゃ、強力なコネやないか。大杉さん、そのチーフプロデューサーを動かせるん？」

「僚君にはスター性がありますんで、間違いなく先輩は関心を示してくれると思います。ただ、深刻なCD不況ですから、先輩がどこまでリスクをとってくれるか……」

「なんぼ用意すれば、息子をメジャーデビューさせられるんや？　大杉さん、はっきり言うてんか。一億もあれば、ええんか？」

「新人を本格的に売り出すということになると、制作費でそれぐらいは必要でしょうね。プロモーションビデオは海外ロケってことになれば、諸々《もろもろ》の宣伝費を含めて最低一億円はかかるでしょう」

「根回しの軍資金なんかをプラスすると、二億は用意せないかんのやろうな」

「それぐらいあれば、なんとかなりますよ」

「二億か。ちょっと重い額やな」

「あなた、なんとか僚の夢を叶えてあげてえな。僚は中学生のころからミュージシャンになりたがってたんやから」

香苗が夫の腕を揺さぶった。

「けど、二億は重いで。僚のデビュー曲がヒットせんかったら、金をドブに捨てたようなもんやないか」

「あなたがお金を出し惜《お》しみするんやったら、わたしの持ち株を処分してもええわ」

「香苗がそこまで言うんやったら、わし、二億円を出したる。ただし、一つだけ条件があるねん」

桑原がひとり息子を見た。

「何やねん、条件って？」

「僚はデビューできたら、大学を中退する気でいるんやないか。そうなんやろ？」

「売れたら、大学は退学してもええと思っとる。もともと勉強は好きやないしね」

「中退はようないで。仮におまえが人気者になれたとしても、おっさんになるまで音楽で喰《く》っていけるとは思えへん。行く行くは、親の事業を引き継ぐことになるんやから、大学はちゃんと卒業せんとな」

「音楽活動が忙しくなったら、一、二年休学してもええやろ?」

「ああ、それはかまへん。けど、七年八年かかっても、卒業はせんとな。それが条件やで」

「わかった。そうするわ」

「なら、おまえの夢は叶えてやる」

「よかったやないの。な、僚?」

香苗が息子を見ながら、目を細めた。僚が子供のようなうなずき方をした。

「そういうことなら、早速、『マッハ・エンターテインメント』にいる先輩に働きかけますよ」

「よろしく頼むで」

「お父さん、わたしが裏で息子さんを大手レコード会社に売り込みをかけることは『パラダイスレコード』の人間には覚《さと》られないようにしてほしいんですよ」

「わかっとるがな。息子の売り込みは、大杉さんのおいしい内職ってわけなんやろ?」

「ええ、おっしゃる通りです。わたしが裏で動いていることが勤め先に知れたら、解雇されてしまいますからね」

「会社にはバレんよう気をつけるわ。それはそうと、『マッハ・エンターテインメント』にいる先輩の名は？」

「高橋友樹《たかはしともき》です」

大杉は澄《す》ました顔で答えた。

実在する人物だったが、高校の先輩ではない。ある芸能人が主催するパーティーで名刺交換したことがあるだけで、別に親しくはなかった。高橋は三十八、九歳だろう。

「近いうちに上京して、その方に挨拶するわ。そのとき、軍資金を現金《キャッシュ》で二億ばかり持参するつもりや」

「お父さん、高橋氏と直《じか》に接触するのはやめてください。先輩は息子さんをえこひいきすることを会社の上司に知られたら、立場が悪くなりますんでね」

「そうか、そうやろうな」

「わたしが責任を持ってパイプ役を務めますんで、すべて任せてほしいんです」

「ええやろう。根回しは大杉さんに任せるわ。軍資金も後日、指定口座に振り込んでやろう。先方さんから領収証は貰えんやろうから、使途《しと》の明細はいらんわ」

「そうですか。明日から密《みっ》に連絡を取らせていただきます。わたしに電話をくださるときは会社のほうではなく、必ず携帯のほうに……」

「わかっとるがな」

「きょうは長居した上《うえ》にすっかりご馳走になりました。ありがとうございます。そろそろ三宮か元町《もとまち》あたりまで下《くだ》って、今夜の塒《ねぐら》を決めませんといけませんので、これで失礼します」

「もう大杉さんの泊まるとこは、確保してあるんや。秘書にポートアイランドにある『神戸ポートピアホテル』の部屋を予約させてあんねん。フロントでカードキーを受け取るだけで、料金は払うことないで。請求書は会社に回してもらうことになってるさかいな」

「何から何まで申し訳ありません」

「ほな、玄関先まで見送らせてもらうわ」

桑原が深々としたソファから立ち上がった。夫人と息子も相前後して、腰を浮かせた。

大杉はサロンを出て、玄関ホールを進んだ。桑原家の三人が従《つ》いてくる。

靴を履《は》き終えたとき、香苗が黄色いマニラ封筒を差し出した。底の部分が膨らんでいる。

「少しですけど、お車代ですよって、お収めください」

「そ、そんなお気遣いは無用です」

「たいした額やない。受け取ってんか。それから、ホテルまで車で送らせるから……」

桑原が言いながら、サンダルを突っかけた。

大杉は恐縮しつつ、マニラ封筒を受け取った。香苗と僚が履物《はきもの》に足を入れる。大杉は桑原に促《うなが》され、ポーチに出た。

車寄せには、アイボリーホワイトのロールス・ロイス・ファントムが横づけされていた。リア・ドアの脇には、初老のお抱え運転手が立っていた。六十二、三歳だろうか。

「大杉さん、頑張ってや。ぼく、必ずビッグになって、恩返しするよってね」

「きみの売り出しに全力を傾けるよ」

大杉は僚に言って、彼の両親に目礼した。

細身の運転手が恭《うやうや》しく頭を下げ、リア・ドアを開けた。大杉は後部座席に乗り込んだ。ふかふかで、坐り心地は最高だった。

ドライバーがドアを静かに閉め、運転席に乗り込んだ。大杉は、桑原一家にふたたび目顔で別れを告げた。

ロールス・ロイスは地を這《は》うようにロータリーを回り込んだ。アプローチは長かった。

青銅製の門扉《もんぴ》は、遠隔操作器《リモート・コントローラー》で開けられた。

超高級外車は邸宅街の坂道を優美に下《くだ》り、北野異人館街を抜けた。市街地を通過し、生《いく》田川《たがわ》ランプからポートアイランド方面に向かった。

ポートアイランドに入ると、お抱え運転手が口を開いた。

「お客さまがホテルの部屋に入られて数十分以内に若い外国人女性が訪れるはずですが、驚かれないでくださいね」

「外国人女性って、何者なんです?」

「カトリーヌという名のフランス系カナダ人で、二十四歳やったと思います。エスコート・レディーですわ。高級売春クラブに所属してる娘《こ》ですよ」

「桑原さんが手配したんですね?」

「そうです。客人に侘《わ》び寝をさせるのは気の毒や言うてね。神戸は昔からの国際都市やから、その種の秘密のクラブが多いんですわ」

「そのクラブは、灘区《なだく》に本部がある最大組織が仕切ってるんだね?」

「ご質問にはお答えできまへんけど、クラブのお客さんは関西の政財界人が多いという話ですから、エスコート・レディーが枕探しをするようなことはないはずですわ。安心して白人女性と娯《たの》しんでください」

「桑原さんには、借りを作ってしまったな」

大杉は呟いた。

「会長は何か得る物がなければ、客人をもてなしたりしまへん。何かメリットがあると判断されたんで、お客さまにとことんサービスされる気になったんでしょう」

「そうなんだろうな」

「ご子息のことで、会長はお客さまに何かお願いしたようやね？」

「………」

「あっ、失礼しました。余計な詮索はあかんですよね」

お抱え運転手が口を結んだ。

それから一分ほどで、ロールス・ロイスは目的のホテルに着いた。大杉は礼を言って、車を降りた。

フロントに直行する。名乗ると、若いホテルマンが笑顔でカードキーを差し出した。部屋は十階にあった。

大杉はエレベーターに乗り込み、一〇〇六号室に入った。

ダブルの部屋で、ベッドはキングサイズだった。三畳分ほどはありそうだ。

大杉はソファに坐り込み、マニラ封筒の中身を検《あらた》めた。帯封の掛かった札束が三束入っていた。三百万円の臨時収入はありがたい。

これで後戻りはできなくなった。

大杉は幾分、緊張した。個人的な詐欺をもう働いたことになる。引き返せなくなったわけだから、桑原一家を上手に騙《だま》し通すほかない。

いずれ嘘は発覚するだろう。それまでに二億円を手に入れなければならない。闇社会に身を置いている自分は、たやすく他人名義の預金口座を入手できる。

桑原が息子の売り込み用の資金を入金してくれたら、複数の第三者を使って、全額を引き下ろす。同時に姿をくらまし、偽名でネット音楽配信会社を立ち上げる。そして、湯川沙矢の全曲をただちにネット配信する。

ダウンロード数は十万を数《かぞ》え、大手レコード会社は沙矢に注目するだろう。彼女は念願のメジャーデビューを果たし、期待の歌姫として快進撃《かいしんげき》をつづけるにちがいない。

そうなれば、罪滅ぼしはできる。ここまで沙矢のことを思い遣《や》れるのはどうしてなのか。いつの間にか、彼女に惚れていたのか。そうなのかもしれない。

沙矢も自分に恋情を寄せてくれているとしたら、素直に嬉しいと思う。

しかし、特別な感情を懐《いだ》いていなくても仕方がない。二度も沙矢に詐欺商法をひた隠しにして、総額二百七十万円も騙し取った。その罪は消えない。

沙矢を騙しておきながら、自分を特別な他人と想ってくれと望むのはあまりにも虫がよすぎるだろう。

彼女は自分が詐欺商法に引っかかったことを知ったら、担当ディレクターを極悪人《ごくあくにん》と思うのではないか。そして烈《はげ》しく憎悪し、軽蔑もするにちがいない。

大杉はそこまで考え、ライドシェアの同乗者仲間に湯川真知がいることに思い当たった。沙矢と同姓だ。まさか二人は血縁者ではないだろう。

湯川は、さほど珍しい苗字ではない。たまたま二人は同姓だったのだろう。そう思いながらも、なんとなく落ち着かない。

明日、また保坂のクラウンにどちらも同乗させてもらうことになっている。湯川真知に沙矢という妹か従妹《いとこ》がいるかどうか直接、確かめてみようか。

だが、二人に血の繋《つな》がりがあったら、冷静さを失いそうだ。そればかりか、悪事を糊塗《こと》したくて、逆に不審がられるようなことを口走りそうな気もする。

できることなら、沙矢には詐欺を働いたことは知られたくない。ひたむきに夢を追いかけている若者たちを騙す人間は、それこそ下《げ》の下《げ》だろう。憎からず想っている女性に恨まれるのは辛い。救いようのない悪党とは思われたくなかった。

悪に徹しきれない人間が筋者《すじもの》になっても、大きくは伸《の》し上がれないだろう。アウトローを志願したのは土台、間違っていたのではないか。

大杉は長く息を吐いた。

そのすぐ後《あと》、藤森社長から電話がかかってきた。

「仙台の大地主だかのミーハー娘は、すんなり引っかかりそうか?」

「それがなんか警戒してるようなんですよ」

大杉は話を合わせた。きょうは、仙台在住の歌手志望の短大生に会うと社長には言ってあった。

「警戒気味だって? 同じ手口に引っかかって、別の悪徳音楽プロにCD制作費をほぼ全額負担させられたのかな?」

「おそらく、そうなんでしょうね。明日、また会うつもりです」

「あんまり時間がかかるようだったら、その娘《こ》をホテルに連れ込んで姦《や》っちまえ。それでスマホのカメラでハメ撮《ど》りすりゃ、いやでも銭を出すさ」

「そこまではやれませんが、もう少し粘ってみます」

「ああ、そうしてくれ。おまえは安西の世話で、倉田組《うち》に足《ゲソ》つけることになったんだったな?」

「ええ、そうです。安西さんがどうかしました?」

「安西の奴は掟《おきて》を破ったんで、的《まと》かけられることになった。野郎は管理を任されてるデートクラブの収益《アガリ》を一年以上も前から月に六、七十万ずつネコババして、喰えねえ準構成員に家賃や飯代を回してたんだ」

「安西さんは俠気《おとこぎ》があるから、つい面倒を見てしまったんでしょう」

「身銭《みぜに》で若い者に金を恵《もん》んでやってるんだったら、カッコいいよな。けど、安西の野郎は組の金に手をつけやがったんだ。倉田の組長《オヤジ》は怒《いか》り狂ってる。若い衆に取っ捕まったら、安西は山の中に生き埋めにされるだろうよ」

「社長、安西さんを救《たす》けてやってくれませんか。おれ、安西さんには目をかけてもらってたんです」

「自業自得だな。奴は掟破りをしちまったんだから、始末されても仕方ねえよ」

「そ、そんな……」

「おまえも妙な考えを起こして、会社の金をネコババなんかしたら、若死にすることになるぜ」

社長が通話を切り上げた。

大杉は慄然《りつぜん》とした。世話になった兄貴分の逃亡を手助けしてやりたい気持ちはあったが、その手立てがない。安西が追っ手を振り切って逃げきることを祈るほかなかった。

頭髪を掻き毟《むし》ったとき、部屋のチャイムが鳴った。大杉はソファから立ち上がり、ドアに足を向けた。

「わたし、カトリーヌです」

ドア越しに滑らかな日本語が響いてきた。

大杉はドアを開けた。栗毛の美しい白人女性が立っていた。やや小柄で、瞳は澄んだブルーだった。

「あなた、大杉さんね？」

「そうだ」

「今夜だけ、わたし、あなたのワイフね」

カトリーヌが後ろ手にドアを閉めると、全身で抱きついてきた。

大杉はカトリーヌの顎《あご》を上向かせ、唇を重ねた。二人は互いに唇をついばみ合ってから、舌を絡めた。

ディープキスを交わしているうちに、大杉の下腹部は熱を孕《はら》んだ。白人女性との情事は初めてではなかった。六本木のバルトパブのホステスと戯《たわむ》れたことがあった。リトアニア人で、金髪だった。

「一緒にシャワーを浴びよう」

大杉は顔を離し、カトリーヌの白い手を取った。

第三章　汚れた大金

1

紙幣を数え終えた。

万札だ。間違いなく二百五十枚ある。

保坂忠章は札束を押しいただき、銀行の白い袋に収《おさ》めた。実家の茶の間である。

朝食を摂《と》った直後だった。午前九時前だ。

「五百万貸す言うといて、こげなことになって悪かね」

座卓の向こうで、兄の敏がきまり悪げに言った。

背広姿だった。兄嫁と甥は隣のダイニングにいる。だが、襖《ふすま》で二人の姿は見えない。

「兄貴、気にしないでくれ。二百五十万借りられただけでも、本当にありがたいと思ってるんだ。なるべく早く返済するよ」

「焦《あせ》らんでもよか。創作パンの店が軌道に乗ってから、少しずつ返してくれればいいとよ。それにしても、おいも頼りにならん兄貴ばね。和馬にマンションの頭金の一千万円ば出してやる言うちゃったから、弟に回す金が半分になってしもうた」

「いいんだって。足りない分は四百五十万だから、なんとか工面《くめん》するよ」

保坂は言って、借用証を認《したた》めた。

「借用証なんちいらんて。兄弟じゃろうが」

「それでも嫁さんもいるし、息子の和馬もおるんだ。ちゃんと借用証は渡さんとね」

「そうか。博多に戻ってきても、忠章はこっちの言葉ば遣《つか》わんようになったな。親父とおふくろが生きとったら、妙な気持ちになったやろうね。それはなかろうもん言うち、顔をしかめたかもしれん」

「そうだろうな。十八のときに東京に出て、ずっと向こうで暮らしてるからね。しかし、いまも九州訛《なまり》が残ってるみたいなんだ。先生をセンセイとちゃんと発音してるつもりなんだが、女房と娘の耳にはシェンシェイと聞こえるそうだよ」

「その通りなんやろうが、無理に東京弁ば喋ることはなか。博多育ちなんやぞ。堂々と方言ば遣えばよかよ」

「そうだね。兄貴、そろそろ仕事に行かないと……」

「そうばい、そうばい。帰りに女房から土産《みやげ》ば受けとっちくれ。今度は家族揃って遊びに来るとよか」

「ああ、そうさせてもらうよ」

「そいじゃ、おいは仕事ば行くわ」

兄が借用証を二つに折り、掛け声とともに立ち上がった。入れ代わりに甥の和馬が茶の間にやってきた。

「叔父《おじ》さん、もっとこっちにおられんの？　きょうの夜、結婚する娘《こ》が来ることになっとるとよ。紹介ばしようと思っとったのに」

「結婚式のとき、じっくり和馬の嫁さんの顔を拝ませてもらうよ。転業を考えてるんで、ちょっと忙しいんだ」

「その話ば、母ちゃんから聞いたよ。叔父さんのカレーライスはうまいんやけど、なして流行《はや》らなくなったんとかね？」

「東京は飲食店が多いから、競争が烈《はげ》しいんだよ。同じ商売を二十年、三十年とつづけることは難しいんだろう」

「そげんしても、残念やな。それから叔父さん、予定額が半分になって勘弁ね。おいは高給取りやないから、マンションの頭金が五百万だと、ローンの月々の返済額が重くなるんよ」

「こっちこそ悪いと思ってる。兄貴が和馬のマンション購入の頭金として貯えてた一千万から、二百五十万借りてしまったわけだからさ」

「叔父さんが済まながることなか。親類は扶《たす》け合わんとね。おいも、そろそろ出勤せんといかんとよ」

「結婚式のとき、また会おう」

保坂は片手を挙げた。甥が和室を出て、自分の部屋に向かった。

それから間もなく、兄嫁が和室に入ってきた。手提《さ》げの紙袋を持っていた。

「いつもの博多銘菓やけど、家族の方たちと食べて」

「気を遣ってもらって、すみません。金を借りた上に土産まで貰ってしまって……」

「こちらこそ、五百を二百五十にしてもろうて、ごめんなさいね」

「とんでもない。長距離ドライブだから、大型スーパーでちょっと買いたいものがあるんだ。そろそろ出発しないとね」

保坂は腰を上げた。義姉が大声で二階の和馬を呼んだ。

ほどなく保坂は兄嫁と甥に見送られ、実家の玄関を出た。内庭に駐《と》めたマイカーに乗り込み、エンジンを始動させる。

保坂は少しアイドリングさせてから、クラウンを発進させた。目抜き通りに向かい、大型スーパーマーケットの広い駐車場に入る。

営業開始直後とあって、客の車は少なかった。保坂は建物の近くに車を駐め、まず地下一階の食料品売場に足を向けた。

どうせ湯川真知たち三人を帰りの車に同乗させることになるだろう。缶ジュース、缶ビール、柿ピー、調理パン、スナック菓子などを適当に買い込む。勘定を払い終わったとき、妻の信子から電話があった。

「博多の実家の方たちは変わりなかった？」

「ああ。そうだ、甥っ子がそう遠くないうちに嫁さんを貰うそうだよ」

「和馬さんもやっと身を固める気になったのか。これで、お義兄《にい》さん夫婦も安心ね」

「そうだな」

「急に実家に行ったのは、お金を借りるためだったんじゃないの？」

「えっ⁉」

「やっぱり、そうなのね。きのうの夕方、駅前通りで多島さんにばったり会ったのよ。響子さんの話だと、お店はとっても閑《ひま》らしいわね。お父さんは月に数万の赤字だと言ってたけど、実際は火の車なんでしょ？　それで、博多に金策に出かけたんじゃないの？」

「そうじゃないよ。おれももう若くないから、元気なうちに兄貴に会っておく気になっただけさ」

保坂は、まだ転業する気になったことを妻には言えなかった。

あと四百五十万円も足りない。いま打ち明けたら、信子は強硬に反対するだろう。妻は堅実派だった。

「本当にそうなの？」

「ああ」

「お店の経営が大変なら、多島さんに辞めてもらいましょうよ。わたし、駆を保育所に預けて、またお店を手伝うわ。そうすれば、パート代を払わなくて済むでしょ？」

「彼女、多島さんも家計の足しにするために働いてるんだ。一方的に解雇はできないよ。それに駆の保育料だって、何万かかかるんだろうから、パート従業員に辞めてもらってもさほど経費は削減できないさ」

「そうなんだろうけど、大変なときだから、少しでも無駄を省《はぶ》くべきだと思ったの。お父さん、多島さんを解雇できない理由でもあるわけ？」

信子が訊いた。

「くだらん邪推《じやすい》はよせっ」

「何も怒ることはないでしょうが。わたしは、そういう意味で言ったわけじゃないんだから。何か思い当たることでもあるのかしら？」

「何を言ってるんだ。相手は人妻だぞ。妙な関係になるわけないっ」

「むきになって否定すると、かえって怪しく思えてくるわね。響子さんは、けっこう色っぽいし、まだ三十代だから。お店で二人っきりで働いてるうちに、妙な気が起こっても不思議じゃないわ。男は動物的だからね」

「おれは、そんな浮気者じゃないっ。そんなことより、千穂と駆に何か土産を買っていってやらないとな。兄貴んとこで、博多の銘菓は持たせてもらったんだがね」

「それなら、何も買わなくてもいいわよ。お店が赤字つづきなんだし、無理することないって」

「それじゃ、何も買わないぞ。帰りは深夜になるかもしれないよ」

「そう。気をつけてね」

「ああ」

保坂は折り畳んだ携帯電話を懐に戻し、店の外に出た。

マイカーのドア・ロックを解除したとき、駐車場に青いスポーツバッグを抱えた三十

五、六の男が駆け込んできた。
丸刈りで、どこか荒《すさ》んだ感じだ。堅気ではないだろう。

保坂は目を逸《そ》らした。

男が駆け寄ってきた。保坂は身構えた。

「車に乗せてくれんね？　おたくに迷惑ばかけんから」

「しかし……」

「追われてるとよ。そいつらに見つかったら、殺されるかもしれん。人助けや思うて、乗せてくれんね。数キロ逃げたら、おいは車から降りるばってん」

「そういうことなら、いいでしょう」

保坂は運転席に乗り込み、助手席のドア・ロックを外した。男が助手席に乗り込むなり、急《せ》かした。

「早《はよ》う車ば出しちくれ」

「は、はい」

保坂はクラウンを走らせはじめた。大型スーパーマーケットの大駐車場を出て、福岡ＩＣに向かう。

「練馬ナンバーやったけど、東京に住んどると？」

「そうなんだが、高校を卒業するまで博多で暮らしてたんだ。ちょっと実家に用があったんですよ」

「そうね。おいは長崎育ちやけど、博多に縁ばあって……」

「そう。誰に追われてるんです？」

「九仁会浦辺組《きゆうじんかいうらべぐみ》の連中に追われてるとよ。浦辺組は知っとろうもん？」

「もちろん、知ってますよ。博多一帯を縄張りにしてる組織だからね」

「おいは財津譲司《ざいつじようじ》という者《もん》や。極道暮らしに厭気《いやけ》がさしたんで、足洗う気になったんよ。それで、行きがけの駄賃に組の違法カジノの売上金を無断で持ち出しおったとよ」

「それじゃ、抱え込んでるスポーツバッグの中には札束が入ってるわけか」

「そうばい。おいは、この金で人生ばやり直す。だから、兄貴分や舎弟《しやてい》に取っ捕まるわけにはいかんとよ」

「犯罪に巻き込まれるのは迷惑だな。福岡ＩＣの手前で降りてくれないか。いいね？」

「あっ、危《ヤバ》い！」

財津と名乗った男がルームミラーとドアミラーを交互に見て、慌《あわ》てて身を屈《かが》めた。

「追っ手の車が見えたんだね？」

「そうばい、そうばい。四、五台後ろに、ブリリアントシルバーのベンツが見えろうもん？」

「ああ、見えるね」

「あのベンツにやくざ者が四人乗っとる。二人は拳銃《チャカ》持っとるわ。脇道に入って、尾行を撒《ま》いてくれんね？」

「なんてことだ」

保坂は不運を嘆いて、次の交差点を左折した。ベンツが追尾《ついび》してくる。恐怖が膨らんだ。

「車を降りてくれないか。頼むよ」

「おいを見殺しばする気かっ。絶対に降りりん。裏通りを何度も右左折して、とにかく追っ手を振り切ってくれんね。お礼ばする」

「礼なんかいらないから、とにかく車を降りてくれ」

「車ば停めたら、刺すけんな！」

財津が凄《すご》んだ。

次の瞬間、保坂は脇腹に匕首《あいくち》の切っ先を突きつけられていた。全身が竦《すく》んだ。刃物は左手に握られている。左利きなのか。

「おいは本気やぞ」

「わかった。だから、刃物を引っ込めてくれ。落ち着いて運転できないじゃないか」

「黙って運転せんと、痛い思いばするけんね」

財津が強く刃先を押しつけてきた。保坂は腹部に尖鋭《せんえい》な痛みを覚えた。

ベンツがホーンを高く響かせながら、猛然と追走してくる。四十メートルほど後方だった。助手席の男が窓から、片腕を突き出している。なんと黒っぽい拳銃を握っていた。

「助手席にいる奴がピストルを手にしてる。この車のタイヤを狙《ねら》ってるんだろう」

「ビビることなかとよ。拳銃《チャカ》は標的から二十メートル以上も離れとったら、まず当たらん。もっとアクセルば踏まんかい！」

「こんな裏通りでさらに加速したら、事故を起こすよ」

「対向車を撥《は》ね飛ばして、通行人を轢《ひ》いても突っ走ってくれ！　さもないと、おいは殺《や》られる。ついでに、おたくも始末させられるやろ」

「じょ、冗談じゃない。こっちは一般市民なんだ。逃げ回った揚句《あげく》、殺されたんじゃたまらないよ」

「いいから、飛ばさんかい。何度も右左折して、狭い一方通行の道があったら、そこば入っちくれ。でっかいベンツは小回りが利《き》かんから、そのうち撒けるはずや」

「簡単に言うなっ」

保坂は怒鳴《どな》り返しながらも、財津の指示に従わざるを得なかった。

住宅街を走り回っているうちに、一方通行の路地が見つかった。保坂はクラウンを狭い裏通りに乗り入れた。ドアミラーが民家のブロック塀に触《ふ》れそうになったが、なんとか通り抜けることができた。

「ベンツは迂回《うかい》する気やな。路地に入らずに直進していきおった。反対側の裏通りを選んで遠ざかってくれんね？」

財津の声には、余裕が感じられた。追っ手を振り切れそうな確信を深めたのだろう。

裏通りをたどりつづけていると、いつしか民家が疎《まば》らになった。畑と雑木林が点在する地域に入ると、財津が口を開いた。

「車ば停めんね」

「何を考えてるんだ？」

「おたくの車を二、三時間貸りる。十万ば払《はろ》うてやるわ。山口か広島のどこかに車を乗り捨てるつもりやから、後《あと》で取りに行けばよかろうが」

「この車をそっちに貸すわけにはいかない。東京まで三人の同乗者を送り届けることになってるんだよ。ライドシェアしてるんだよ」

「その何とかシェアって何ねん？」

「車に相乗りすることだよ」

「そげんこつ、おいには関係なか」

「こっちは困るんだよ。ここで降りて、後は勝手に逃げればいいさ。警察には余計なことは言わない」

保坂は車を大根畑の際《きわ》に停めた。

財津が片手を伸ばし、車のエンジンを切った。すぐにキーを引き抜く。

「何をするんだ。キーを返せ！」

「刺されとうなかったら、早《はよ》う車から出るんやな。車は借りるだけ言うたろうが。借り賃も払《はろ》うてやる言うとろうもん」

「なんて奴なんだっ」

保坂は毒づいて、運転席から出た。

財津がスポーツバッグを助手席の上に置き、素早くクラウンを降りる。車の前を回り込み、保坂の前に立った。

「車の借り賃は十五万にしてやると」

「百万積まれたって、車を貸すわけにはいかないな」

「なら、この車は只《ただ》で借りることにするばい」

「そうはさせないっ」

保坂は怯《ひる》まなかった。高校時代に柔道二段の段位を取得していた。

「おいが刃物《ヤッパ》持っとることを忘れたと？」

「いや……」

「おっさん、元気やな。死んでもかまわんちことだ？」

「くたばるもんかっ」

「上等ばい。相手になってやるけんな」

財津が短刀をちらつかせながら、イグニッションに鍵を差し込んだ。匕首《あいくち》を舐《な》め、斜め中段に構えた。滑りをよくしたのだ。濡れた刀身は筋肉に抵抗なく沈む。

財津のナイフのような鋭い目は細められている。殺気が漲《みなぎ》っていた。財津は本気で刺す気になったのだろう。

保坂は半歩踏み出し、すぐ退《さ》がった。

誘いだった。財津が匕首をほぼ水平に薙《な》いだ。刃風《はかぜ》は重かった。

威嚇《いかく》の一閃《いっせん》ではなかったのだろう。しかし、切っ先は三十センチ以上も離れていた。

「何か武道ば心得てるみたいやな？」

「ほんの少し柔道を齧《かじ》っただけだよ。刃物にはかなわない。しかし、三人の人間をこの車に乗せることになってるんで、そっちに貸すわけにはいかないんだよ」

「おいも車が必要なんで、引き下がらんぞ」

財津が短刀を逆手《さかて》に持ち替えた。腰撓《だ》めに構えると、体ごと突進してきた。

保坂は相手を引き寄せてから、横に跳《と》んだ。すぐさま財津の右腕を掴み、後ろ襟《えり》に手を掛ける。そのまま引き寄せ、保坂は捻《ひね》った腰に財津を乗せた。跳ね腰は極《き》まった。

財津が路上に倒れ、長く唸《うな》った。

保坂が路面に落ちている刃物を蹴《け》った。短刀は滑走し、反対側の畑で止まった。財津が這って刃物を拾いにいった。

保坂はクラウンの運転席に乗り込み、急発進させた。

半ドアのままだった。四、五十メートル先で、ドアを閉める。

ミラーを仰《あお》ぐと、財津が追いかけてきた。何か大声で喚《わめ》いている。

保坂はアクセルを深く踏んだ。瞬《また》く間に、財津の姿は遠のいた。

クラウンのナンバーを読み取られてしまったかもしれない。後日、財津は自宅に乗り込んでくるだろう。そのときはそのときだ。

数百メートル走ってから、保坂は助手席のスポーツバッグを車外に放り出さなかったことを後悔した。といって、近くの畑や雑木林に投げ捨てることもためらわれた。

財津のいる場所に引き返したら、刺し殺されかねない。

中身の札束を見てみたくなった。

保坂は車を数キロ走らせ、まったく人気《ひとけ》のない場所でブレーキペダルを踏んだ。

なんとなく後ろめたかったが、中身を確認したいという誘惑には克《か》てなかった。震える指で、ファスナーを少しずつ引いていく。

スポーツ新聞を取り除くと、帯封の掛かった札束がびっしりと詰まっていた。ひとつの束で百万円あるのだろう。

保坂は思わず口笛を吹いた。これだけの量の万札を見るのは生まれて初めてだ。全部で、いくらあるのか。

保坂は札束を数えはじめた。

八十束あった。総額八千万円だ。これだけの大金があれば、カレーショップ『ガンジス』の立て直しができる。創作パンの加盟店オーナーに転身することも可能だ。

住宅ローンも一括返済できる。子連れで出戻った娘に中古分譲マンションを買い与えてもいい。

財津は、浦辺組の違法カジノの売上金を持ち逃げしたと語っていた。

その通りなら、スポーツバッグの中の八千万円は非合法ビジネスで得た汚れた金ということになる。当然、浦辺組は警察に被害届は出せない。

財津が車のナンバーから保坂の住所を突きとめ、大金のありかを詰問する心配はある。しかし、財津がクラウンの助手席に八千万円入りのスポーツバッグを置く場面を目撃した者はいないと思われる。

財津には九州自動車道に乗り入れる前にスポーツバッグごと八千万円を山林に投げ捨てたと偽りつづければ、そのうち諦めてくれるのではないか。財津を追っていた浦辺組の組員たちが仮に保坂の住まいを調べ上げても、同じように空とぼけることによって、追及を躱《かわ》せるだろう。

暴力団の裏金とはいえ、八千万円を着服したら、れっきとした占有離脱物横領罪《せんゆうりだつぶつおうりょうざい》だ。犯罪が発覚すれば、もちろん手が後ろに回る。執行猶予《しっこうゆうよ》が付かなければ、一年ほど服役することになるだろう。そうなったら、人生は暗転する。

最悪の場合は一家離散になり、親類、友人、知人がことごとく遠のくだろう。孤立無援で生きることは想像を超えるほど辛苦に悩まされるのではないか。晩節《ばんせつ》を汚しては、これまでの人生が無になってしまう。

あらゆる犯罪は割に合わないはずだ。

保坂は大金に目が眩《くら》みそうになって、慌《あわ》てて邪念を払いのけた。しかし、すぐに金銭欲が頭をもたげてきた。

八千万円が手に入れば、自営業者特有の生活の不安が消える。老後の生活費は確保できるだろう。

大金を横領したことさえ頑《かたく》なに白状しなければ、罪人にならなくても済む。浦辺組も財津も弱みだらけにちがいない。万が一にも、警察に泣きつくことはないのではないか。

肚《はら》を括《くく》ってしまえば、八千万円という大金が懐に転がり込む。

汚れた金を着服しても、まっとうな人間を困らせるわけではない。一般市民には関係のないことだ。

そうだろうか。

悪銭《あくせん》は、新たな違法行為を生み出す原資になるかもしれない。それによって、地道に生きている男女が苦しめられることにもなるのではないか。

自分なら、暴力団のブラックマネーを浄化することもできる。やや我田引水めいてしまうが、着服した金を悪事に注《つ》ぎ込む気はみじんもない。横領は感心できることではないが、そうしてやれば、汚濁《おだく》に塗《まみ》れていた八千万円も喜ぶのではないか。

「こじつけだな」

保坂は声に出して呟き、札束を次々にスポーツバッグに戻した。スポーツ新聞で札束をすっぽりと覆《おお》い隠してから、ファスナーを閉じる。

万札で一億円だと、約十キロの重さがあるらしい。八千万円なら、およそ八キロだ。

保坂は試しにスポーツバッグを片手で持ち上げようとした。

ずしりと重い。両手を使って、持ち上げてみる。

ようやくシートから浮かせることができた。

それでも、かなり重かった。両腕の筋肉が浮き立ったほどだ。

その重量感が金銭に対する執着心を強めた。保坂は、ひとまずスポーツバッグごと大金を車のトランクルームに仕舞《しま》う気になった。八千万円をどうするかは、ゆっくりと考えればいい。

保坂はオープナーを操作して、トランクリッドを浮かせた。札束の詰まったスポーツバッグを両手で持ち、車の後ろに回る。

トランクルームの奥に入れ、リッドを閉めた。保坂は運転席に戻り、ギアをD《ドライブ》レンジに移した。

数秒後、携帯電話が鳴った。保坂は携帯電話を耳に当てた。

発信人は湯川真知だった。

「もう博多のご実家を出られたんですか？」

「うん、少し前にね。湯川さんは、もう宿泊先を出られたのかな？」

「まだチェックアウト前ですが、もう広島に用事はないんです。どこかで適当に時間を潰して、保坂さんの車を待とうと思います」

「そう。広島駅前には三時間弱で行けると思うが、広島県に入ったら、あなたに電話しますよ。それで、待ち合わせの場所と時間を決めよう。それでいいかな？」

「はい。連絡を待ってます。よろしくお願いしますね」

「必ず連絡して、あなたを拾うからね」

保坂は電話を切ると、すぐにマイカーを走らせはじめた。

福岡ＩＣ付近で財津か、浦辺組の四人が待ち伏せしているかもしれない。保坂は県道と市道を使い久山《ひさやま》町を抜け、犬鳴《いぬなき》峠を越えた。宮若《みやわか》市の外にある若宮《わかみや》ＩＣに接近した。気になる人影は目に留《と》まらなかった。

保坂は若宮ＩＣから九州自動車道に乗り入れ、クラウンを右のレーンに移動した。高速で八幡《やはた》、小倉南《こくらみなみ》、小倉東、新門司《しんもじ》、門司の各ＩＣを走り抜けて、関門《かんもん》海峡を渡った。もう山口県だ。

保坂は本州に入ると、さらに車のスピードを上げた。誰かに追われているような気がして、ついアクセルを深く踏み込んでしまったのである。しかし、追跡されている様子はなかった。

保坂は中国自動車道に入ってから、少し減速した。車の流れはスムーズだった。

2

頭の中で二つの裸身が絡《から》み合っている。

なんの脈絡もなく、屈辱的な想像が蘇《よみがえ》った。湯川真知は眉根《まゆね》を寄せ、頭を振った。脳裏から石塚と池宮なつみの姿が消えた。

真知は広島駅近くの喫茶店にいた。二階の窓際の席に坐っている。卓上には、コーヒーとミックスサンドイッチが載《の》っていた。

間もなく午前十一時半になる。四十分ほど前にビジネスホテルをチェックアウトして、百数十メートル離れた喫茶店に落ち着いたのだ。

コーヒーを半分ほど飲んだだけで、サンドイッチには手をつけていない。ここで軽い昼食を摂《と》る気でいたのだが、食欲がなかった。

寝不足のせいか。昨夜は数時間しか眠っていない。

たとえ短い期間であっても、恋人と学生時代の友人が濃密な関係にあったことは驚きだった。哀《かな》しく、腹立たしかった。

罪の重さで言えば、なつみのほうが軽い。それでも彼女を恨む気持ちは萎《しぼ》まなかった。もう積極的に旧友とつき合う気はない。できることなら、なつみを面罵《めんば》してやりたかった。

しかし、そうしたら、もっと自分が惨《みじ》めになるだろう。彼女とは早晩《そうばん》、縁が切れるにちがいない。少し寂しい気もするが、仕方がないことだ。

石塚は絶対に赦《ゆる》せない。真知は今朝《けさ》七時過ぎにスマートフォンの電源を入れた。ほとんど同時に、石塚から電話がかかってきた。真知は通話しなかった。石塚は別れ話は受け入れられないとメッセージを残し、コールバックしてほしいと付け加えた。

だが、真知は無視した。石塚はその後も二十回近く電話をしてきた。伝言も吹き込んだ。

真知は彼からの着信履歴をすべて削除した。アドレスから石塚の名を消去しかけたが、それは思い留《とど》まった。

もう未練はなくなったはずだが、なぜか彼の登録番号を削除することはできなかった。十年余《よ》の交際歴の重みが、ためらわせたのだろうか。

あるいは、まだ石塚とやり直したいと願っているのだろうか。後者だとしたら、まだ未練があることになる。誠実さに欠ける男性に潔《いさぎよ》く背を向けられない優柔不断《ゆうじゅうふだん》な自分が厭《いと》わしい。

コップの水で喉を潤《うるお》したとき、セカンドバッグの中でスマートフォンがくぐもった着信音を発した。保坂からの電話かもしれない。

真知はかたわらの椅子の上に置いたセカンドバッグからスマートフォンを取り出し、ディスプレイに目をやった。近くに客はいなかった。

発信者は同期入社の筒美玲華《つつみれいか》だった。玲華はキャリアウーマン・タイプで、アジア販売開発課に所属していた。

「真知、大変なことになってるわよ」

「何があったの？」

「別の部署の男性社員がネットの書き込みサイトに真知の下半身スキャンダルが面白おかしくアップされてることに気づいて、職場で噂《うわさ》を流してるのよ」

「えっ⁉」

「どうせ悪質なデマだろうと思ってたんだけど、わたし、一応、チェックしてみたのよ。そうしたらね、真知はスーパー級の淫乱女だという書き込みがあって、ベッドに横たわってる全裸写真まで……」

「合成かもしれないけど、真知の顔がもろに映ってた。それから体型から察して、本人のヌード写真っぽいわね。誰か思い当たる奴がいる?」

「嘘でしょ?」

「いることはいるわ」

真知は石塚の顔を思い浮かべていた。

たった一度だが、石塚の自宅マンションの寝室で全裸写真を撮《と》らせたことがある。数年前のことだった。石塚は数日中にはデジタルカメラの画像を削除すると約束してくれたが、それは果たされなかったようだ。

「まさか十年以上もつき合ってる石塚って彼氏じゃないわよね?」

「彼の仕業《しわざ》かもしれないわ」

「何かの間違いでしょう⁉ いくらなんでも、そんなことは考えられない。彼と何かあったの?」

玲華が訊いた。真知は短く考えてから、石塚の背信行為のことを喋った。

「学生時代の友達と二股かけられてたのか。そりゃ、ひどいね。彼氏と旧友に長いこと欺《あざむ》かれてたんなら、どっちも赦せない気持ちになるだろうな。真知、辛いだろうけど、彼氏と別れるべきよ」

「わたしはそうしようと気持ちを固めたんだけど、彼のほうは……」

「別れたくないって、ぐずってるわけ？」

「そうなの。二十回近く彼から電話があったんだけど、黙殺してるのよ」

「だから、腹いせにネットに厭《いや》がらせの書き込みをしたんだろうね。そういう男は最低だわ。真知、彼氏とは別れるべきよ。石塚という彼は真知にフラれたことで自尊心を傷つけられた気がして、逆上しちゃったにちがいないわ。そういったタイプの男はナルシストが多いから、女はハッピーになれないって」

「そうかもしれないね」

「真知、恋愛や彼氏にしがみつくような女は駄目よ。これからの女性は、経済的にも精神的にも自立してなきゃね。恋愛至上《しじょう》主義だと、結局は男に従わされることになるのよ。まだまだ男性社会だからさ。自分の生き方を貫《つらぬ》き通したかったら、死ぬまで男なんかには頼らないことよ」

「わたしには、玲華みたいに男性と伍《ご》していけるだけの能力がないから」

「自分でそう思っちゃ駄目よ。体力面では男にはかなわないけど、女だって少し努力すれば、互角に生きていけるはずだって」

「わたしは平凡な女だからなあ」

「でも、男に黙って従《つ》いていけばいいと思ってるわけじゃないんでしょ？」

「ええ、それはね」

「それだったら、ちゃんと自立しないと。世の中と闘いながら、女も人間らしく生きるべきよ。その気構えさえあれば、ひとりでも生きていけるわ。肩肘《かたひじ》張って生きることに疲れたら、好みの男に心と体を癒《い》やしてもらえばいいのよ」

「玲華のように？」

「そう。でも、恋愛なんかに溺《おぼ》れちゃ駄目だからね。悲しいけど、男に多くを求めちゃ、失望するに決まってる。束《つか》の間《ま》、心を安らがせてくれて、官能をそそってくれるだけでいいじゃないの。それ以上のことは期待しないことよ」

「あなたは勁《つよ》い女ね。どうすれば、そんなに逞しくなれるの？」

「悔いを残したくないと考えてたら、自然に勁くなれるわよ。たった一度の人生なんだから、生きたいように生き抜く。そのためには世間体は気にしないで、常識や通念なんかに囚《とら》われないことね」

「わたしも少し勁くならないとな」

「真知なら、自立した女になれるわよ。それはそうと、妙な噂話が広まったら、ちょっと会社で働きにくくなるだろうね」

「悪質な書き込みをそのまま鵜呑《うの》みにする人はそれほどいないかもしれないだろうけど、好奇な目で見られそうだな」

「気にしないようにするのね。どうしても耐えられなくなったら、転職しちゃえばいいのよ。ぎりぎりだけど、まだ二十代なんだから、再就職先は必ず見つかるって。どこも雇ってくれなかったら、起業すればいいわけだしね」

「わたしには、それだけの才覚はないわ」

「トライしてみなきゃ、わからないでしょ！」

玲華が叱るように言った。

「そうだけど……」

「動物は基本的には自分で餌《えさ》を見つけて、生命を繋いでいかなければならないのよ。他人《ひと》に甘えてたら、飢えて死んじゃうかもしれない」

「そうだね」

「女こそ度胸よ。真知、負けるな！」

「わたし、強《したた》かに生き抜く」

「その意気、その意気！　それから彼氏が悪質な書き込みをしたとわかっても、文句を言わないほうがいいわね」

「それじゃ、癪《しゃく》じゃないの。わたし、後で彼に電話で書き込みのことを問い詰めてみようと思ってたのよ」

「腹立たしいだろうけど、石塚って彼氏に見切りをつけたんだったら、放っておくことね。そういう最低男は怒鳴りつける価値もないわよ。どうせ自分はそんな卑劣なことはやってないとシラを切るに決まってるもの」

「うん、そうだろうね」

「そんな屑《くず》野郎は、もう相手にしないことよ。それで気を取り直して、しっかり生きるのね。わたしは、ずっと真知の味方だから。あなたが職場に居づらくなって、クレープとかお弁当の移動販売をやるんだったら、毎日、売上に協力してあげる。知り合いにも宣伝するわよ」

「頼もしい同期ね。小さな商売をやるのも悪くないわね。それでも、けっこう開業資金が必要なんだろうな」

「わたしの大学の後輩がイタリアンのランチの移動販売をやってるんだけど、三百万ぐらいでミニバンや調理器具を買い揃えて開業したって話だったわよ」

「そう。小資本でも、商売はできるのね」

「やる気があればね。従妹《いとこ》の友達は出張ネイリストをやってるんだけど、その娘《こ》はわずか数十万円で商売道具を揃えて、広告チラシもパソコンで作っちゃったんだって。車はＯＬ時代から乗ってる軽自動車を使ってるそうよ」

「みんな、逞しいな」

「真知だって、その気になれば、ＯＬ以外のこともできるって」

「そうかな」

「妙な書き込みをされたんで働きにくくなるだろうけど、とりあえず会社でしぶとく仕事をつづけなよ。明日は出勤するんでしょ？」

「ええ、そのつもりよ。玲華、わざわざありがとう」

真知はスマートフォンをマナーモードに切り替え、卓上に置いた。一瞬だけ石塚にネットの書き込みをしたかどうか詰問したくなったが、玲華の忠告に従うことにした。

「強くならなきゃ」

真知は独《ひと》りごち、ミックスサンドイッチを食べはじめた。卵サンドはおいしかったが、ハムサンドと野菜サンドはまずかった。それでも、真知はきれいに平らげた。

ペーパーナプキンを使っていると、メールが送信されてきた。

送信者は、なんと石塚だった。真知は身構える気持ちになった。迷いながら、ディスプレイの文字を読む。

〈おまえがその気なら、別れてやるよ。その代わり、不幸にしてやる。そのうち全国の男たちから、卑猥《ひわい》なメールが届くだろう。あばよ〉

通信文は、それだけだった。

なんと陰険な男なのか。ネットに陰湿な書き込みをしたのは、石塚に間違いない。軽蔑という二文字が頭の中を駆け巡りはじめた。

真知は、十年以上も唾棄《だき》すべき男と関わってしまった自分の愚かさを改めて痛感させられた。できることなら、石塚と過ごした日々を記憶から消し去りたかった。

生きている限り、それはできない。悪意に充《み》ちたメールの文字を読み終えた瞬間から、未練めいた感情は消し飛んでいた。心の中が空っぽになったことが妙に嬉しかった。これで、新たな一歩を踏み出せる。

しかし、すぐに不安に襲われた。

石塚は、書き込みサイトに真知のメールアドレスを掲《かか》げたようだ。不特定多数の男から不快なメールが次々に寄せられてくるのか。

全身が粟立《あわだ》った。スマートフォンの電源を切りかけたとき、妹の沙矢が発信してきた。

「真知姉《ねえ》……」

涙声だった。

「母さんか、父さんに何かあったの？」

「ううん、そうじゃない、わたしのことなの」

「沙矢、話してみて」

「かけ直す。わたし、泣きそうだから」

「こっちからコールするわ、後でね」

真知は通話終了キーを押し、スマートフォンをセカンドバッグに突っ込んだ。トラベルバッグを手にして、卓上の伝票を抓《つま》む。

真知は喫茶店を出ると、駅とは反対方向に歩きだした。数百メートル先に広い公園があった。樹木が多く、人影は見当たらない。

真知は園内に足を踏み入れた。

遊歩道を少したどると、ベンチがあった。人影は見当たらなかった。真知はベンチに腰かけ、トラベルバッグを横に置いた。

陽《ひ》が当たり、寒くはない。この場所なら、妹と存分に話し込める。

真知は沙矢のスマートフォンを鳴らした。しばらく妹は電話に出なかった。涙にくれているようだ。

数分後にかけ直す気になったとき、電話が繋がった。

「真知姉、さっきはごめん！　もう大丈夫だよ。わたし、ちゃんと喋れるから」

「何があったのか教えて」

「うん、うん。わたし、詐欺商法に引っかかっちゃったの」

「話がよくわからないわ」

「わたし、『パラダイスレコード』からCDを二枚リリースしたでしょ？」

「それがどうかしたの？」

「一枚目に百二十万、二枚目のCDに百五十万の制作費を負担したわけだけど、どっちもたったの百枚しかプレスされなかったみたいなのよ」

「確か二枚とも一万枚プレスするって話だったわよね？」

真知は確かめた。

「会社の人たちはそう言ってたけど、わたしのCDは二枚とも販売ルートに乗せられてなかったの。要するに、特約CDショップに搬入するって話は真っ赤な嘘だったわけよ。会社はプロのアーティストをめざしてる連中をおだてまくって、初めっからCD制作費を捻出させ、浮いた分を騙し取るつもりだったの。わずか百枚のCDなら、スタジオ代やミキシング経費を入れても制作費は十万もかかりっこない。プロモーションビデオ、ジャケット写真、宣伝用ポスターの撮影はしたけど、その費用だって二十万は遣《つか》ってないと思うわ。テレビ局や音楽関係会社にもまったくPRした気配はないみたいだから、詐欺商法だったことに間違いないわよ」

「プレス枚数とかリリースしたシングルが特約CDショップで売られていないことは、どうやって調べたの？」

「知り合いの音楽雑誌の寄稿家《ライター》と一緒に特約CDショップを回って、マスコミや大手レコード会社も訪ねてみたのよ。それで、わたしの二枚のCDが販売ルートに流されてないことと宣伝活動なんかされてないことがわかったの」

「夢を持ってる人たちを喰《く》いものにするなんて、悪質なビジネスだわね」

「わたし、赦《ゆる》せないよ。デビュー曲の『イノセント・ワールド』の制作負担金百二十万円はわたしがバイトで稼いだお金だったんだけど、二枚目の分の百五十万を工面《くめん》できなくて、実は母さんのへそくりから八十万円出してもらったの。わたしが用意したのは、トータルで百九十万なのよ」

　沙矢が打ち明けた。

「そうだったの」

「そのお金はともかく、母さんがカンパしてくれた八十万円まで詐取するなんて、絶対に赦せない。アーティストの卵の親まで騙すなんて、あこぎすぎるわよ。母さんの親心まで踏みにじられたことになるわけでしょ？」

「そうね。確かにあくどいわ」

「わたしの担当ディレクターは出張中らしいから、『パラダイスレコード』のオフィスに乗り込んで、藤森という社長に支払った制作費負担分の総額二百七十万円の返還を求めようと思ってるの。当然よね？　向こうは最初から、わたしを騙す気だったわけだから。お金に余裕があったら、弁護士と一緒に談判に行くんだけど、そんなゆとりはないから」

「知り合いの音楽ライターの方に頼んで一緒には行ってもらえないの？」

「その彼、ちょっとビビってるの。悪質な音楽制作プロのバックには暴力団が控えてることもあるらしいのよ。企業舎弟になってるケースもあるんだって。『パラダイスレコード』もその類《たぐい》だったりしたら、危《ヤバ》いからって怖気《おじけ》づいちゃったの」

「沙矢、若い娘《こ》がたったひとりで会社に談判に出かけるなんて無謀よ。暴力団の息がかかってる会社だったら、無事には帰してもらえないかもしれないでしょ？」

「やくざだって、人の子でしょ？　素人の女に無茶なことはしないんじゃないかな」

「その筋《すじ》の人たちを甘く見ないほうがいいわ。お金をすんなり返してくれるとは思えないし、刑事告発してやるなんて言ったら、殺されちゃうかもしれないのよ」

「真知姉は心配性《しょう》ね。テレビドラマじゃないんだから、そんなことにはならないって。二百七十万円を返したくなくて、人殺しをやっちゃう？　それは考えられないわ」

「沙矢、よく考えて。何百人、何千人というアーティスト志望の男女が詐欺商法に引っかかってるかもしれないのよ。法に触れるようなビジネスを告発されたら、会社は畳まざるを得なくなるわけでしょ？」

「あっ、そうか」

「ひとりで会社に乗り込むのは絶対にやめなさい。沙矢、わかった？」

「わかったけど、頭にくるな。せめて母さんが出世払いで回してくれた八十万だけでも取り返さないと、腹の虫が収まらない感じだわ」

「母さんに申し訳ないって気持ちはわかるけど、わたしの言う通りにして。夜には家に帰る予定だから、みんなでどうするか考えようよ」

「真知姉にも心配かけちゃって、わたし、いけない娘《こ》だね」

「沙矢が優等生になったら、ちょっとつまらないよ」

「喜ぶべきか、へこむべきか。リアクションの選択が難しいな」

「うふふ。くどいようだけど、『パラダイスレコード』のオフィスには絶対にひとりで行かないでね」

　真知は念を押して、通話を切り上げた。

おかしなメールは届いていなかった。石塚は真知のメールアドレスまではネットのサイトには書き込まなかったようだ。

ひと安心して、脚《あし》を組む。その直後、保坂から電話があった。あと二十分そこそこで広島駅に到着するらしい。落ち合う場所が決められた。

真知は公園を出て、急ぎ足で広島駅に向かった。指定された場所で七、八分待つと、保坂の車が目の前に停まった。

「待たせちゃったかな」

「いいえ。トラベルバッグをトランクの中に入れさせてください」

真知は、パワーウインドーを下げた保坂に頼んだ。すると、なぜだか保坂が困惑顔になった。

「もう一杯になっちゃいました？」

「いや、スペースはあるんだ。あなたは、そこにいていいよ。わたしがトラベルバッグをトランクに入れてあげよう」

「それでは悪いわ。自分で入れますから、トランクリッドを開けてください」

「わたしの言う通りにしてくれっ」

「は、はい」

真知は戸惑《とまど》った。どうして保坂は声を荒らげたのか。トランクルームの中に何か見られたくない物でも入っているのだろうか。

「大声を出して済まなかった。湯川さんはライドシェアの大切なお客さんなんで、わたしが動くのが筋だと思ったんだよ」

「そうだったんですか」

「いま、トランクを開けるね」

保坂が穏《おだ》やかな顔つきで言い、オープナーを引いた。きびきびと運転席を降り、クラウンを回り込んでくる。

「お願いします」

真知は、自分のトラベルバッグを保坂に手渡した。

保坂はリッドを高い位置まで押し上げようとしなかった。なんだか怪しい。真知はそっと横に動いた。保坂が片手でリッドを押さえたまま、真知のトラベルバッグを収めた。

真知は、さらに横に移動した。

トランクルームの奥に青いスポーツバッグが置いてあった。往路では見かけたことのない手荷物だった。博多の実家で積み込んだのだろうか。

保坂がリッドを閉めた。不自然なほど動作が早かった。やはり、他人にはスポーツバッグを見られたくないようだ。中身はいったい何なのか。

「青いスポーツバッグ、福岡で積んだみたいですね？」

「そ、そうなんですよ。兄貴が読書家でね。邪魔になった文庫本を貰ってくれと言ったもんで、あのスポーツバッグにたくさん積めてもらったんだ」

「そうなんですか」

「先を急ぎましょう。助手席でも後部座席でもお好きなほうにどうぞ！」

「次の方が来るまで後ろに坐ることにします」

「ええ、結構ですよ」

保坂が運転席に戻った。真知はリア・シートに乗り込み、シートベルトを掛けた。

クラウンが走りだした。

3

まだ焦《こ》げ臭い。

梁《はり》と柱が何本か焼け残っているが、ほぼ全焼だった。庭木も炎に炙《あぶ》られ、枝葉が茶色っぽくなっている。

百瀬一輝は、土居の実家の庭に立っていた。

足許はぬかっている。放水の名残《なごり》だ。正午を回っていた。

土居宅は焼け落ちてしまったわけだが、およそ現実味がなかった。依然として悪い夢を見ているような気持ちだ。

放火されたのは、今朝の五時ごろだった。

百瀬はすでに目覚め、客間で身繕《みづくろ》いをしていた。朝食の仕度をしていた土居和歌子が火事に気づいて、それを教えてくれたのである。

客間を飛び出したときは、あらかた家屋は炎に包まれていた。

百瀬は先に和歌子と陽平を避難させ、土居の父親を誘導して表に出た。一段と強まった火勢は不気味な音をたてていた。

庭の隅で火達磨《ひだるま》になって転げ回っている二十代後半の男に最初に気がついたのは、土居の遺児だった。百瀬は、燃えている男に駆け寄った。しかし、消火器も水も見当たらない。

手の施《ほどこ》しようがなかった。やがて、男は動かなくなった。頭髪や肉の焦げる異臭が漂いはじめ、じきに炭化しはじめた。

茫然《ぼうぜん》としていると、三台の消防車が駆けつけた。すぐに放水が開始されたが、手遅れだった。全焼は免《まぬか》れなかった。

所轄署と消防署による合同検証で、ガソリンを全身に浴びて焼身自殺した男が放火犯と断定された。死んだ男は和歌子が働いているスーパーマーケットに青果物を納入している会社のトラック運転手で、長谷勇也《はせゆうや》という名だった。二十七歳だ。

長谷は一方的に和歌子に恋い焦がれ、一年あまり前からストーカーじみたことを繰り返していたらしい。和歌子は数日前、長谷に交際を申し込まれていたそうだ。だが、きっぱりと断ったという。

長谷はそのことで和歌子を逆恨《さかうら》みし、凶行に走ったようだ。遺書はなかった。

警察は当初、和歌子が年下の長谷を誘惑したと疑ってかかっていた。彼女に対する事情聴取は厳しかった。

百瀬は見かねて、和歌子が殉職警官の未亡人であることを告げた。さらに自分も元刑事だと明かした。そのとたん、相手側の物腰が穏《おだ》やかになった。和歌子に同情し、励ましもした。身内意識があるからだろう。

警察と消防署の者たちが引き揚げていったのは、午前十時半過ぎだった。被災した土居一家は、近くの親類宅に身を寄せた。

土居耕造はショックのあまり、自立歩行もままならなくなった。孫の陽平も泣きじゃくり通しだった。和歌子も打ちひしがれていた。

百瀬はすぐに去るわけにはいかなくなった。和歌子たちと一緒に土居家の親戚宅に行き、しばらく被災家族に付き添っていた。早めの昼食を振る舞われたが、とても喉を通らなかった。

百瀬は中座して、火災現場にやって来たのである。親類宅は二百メートルほどしか離れていない。

土居の父親は火災保険をかけていたのだろうか。保険金だけで、新しい家の総工費を賄《まかな》えるのか。賄えたとしても、放火犯は土居宅の庭で焼身自殺を遂《と》げた。同じ敷地に新居を構える気にはなれないのではないか。

そうなら、別の場所に宅地を買い求めなければならない。現在の敷地内で放火した男が焼死している。売りに出しても、買い手はつかないだろう。

となれば、新たに宅地購入資金が必要になってくる。未亡人は土居の死亡退職金と生命保険金を吐き出すことになりそうだ。

和歌子の月給と百瀬のカンパを足しても、生活は楽ではなくなるだろう。陽平が現役で学費の安い国公立大学にでも合格できなければ、私大の二部に通うほかなくなるかもしれない。

働きながら、大学の二部に通うのはそれなりの苦労を伴《ともな》うはずだ。土居の遺児が若いうちに経済的な負担を背負い込むのは忍《しの》びない。のびのびと学業に励み、青春を謳歌《おうか》してもらいたいと思う。

労働で収入を得るのは尊いことだ。だが、あまり若いうちに金の苦労をしていると、どうしても人間としての器《うつわ》が小さくなりがちだ。土居のひとり息子には、こせこせとした大人になってほしくない。

父親と同じように、おおらかで温かみのある大人になってもらいたいものだ。土居が生きていれば、そう願うにちがいない。

百瀬は土居の遺族をなんとしてでも支えたくなった。

まとまった金をまともな方法で稼ぎ出すことは容易ではない。一億円を調達するには何十年も要するだろう。

それでは、間に合わない。和歌子が子育て中に億単位の金を匿名で寄附するのが理想だ。手を汚してもかまわない。といっても、ごく普通の暮らしをしている市井人《しせいじん》から金品を脅し取る気はなかった。

狙うのは、脛《すね》に傷を持つ悪党たちだ。狡《ずる》く立ち回って悪銭《あくせん》や泡銭《あぶくぜに》を貯《た》め込んでいる連中から、大金を吐き出させることには少しも抵抗はない。

恐喝や強請は犯罪だが、相手が救いようのない悪人なら、別に罪悪感はなかった。無頼漢になることにためらいはない。

さりとて、義賊を気取るつもりは毛頭なかった。

土居を自分の都合で殉職させてしまった償いをしたいと考えているだけだ。安っぽいヒロイズムに酔いたいわけではない。

誰かに借りをつくったままで悶々《もんもん》と生きている日々は重く辛すぎる。一日も早く背負った物を下ろしたい。それが本音だった。

「金が欲しいな」

百瀬は呟いて、ラークをくわえた。

一服し終えたとき、背後で足音が響いた。振り返る。歩み寄ってきたのは、和歌子だった。

「ここにいらしたんですね」

「とんだことになってしまって、かける言葉もないよ」

「罰《ばち》が当たったのかもしれません」

「放火した長谷って奴と実は隠れて交際してたのかな？」

「やめて。わたし、あんな気持ちの悪い男に言い寄られたって、なびいたりしませんよ。

昨夜《ゆうべ》、わたし、夜遅くまで百瀬さんと浮かれて飲んでましたよね」

「うん、まあ」

「告白しちゃうと、わたし、百瀬さんとなら、どうかなってもいいと思ってたんです。それとなくサインを出したんだけど、あなたは気づいてくれなかった」

「気づいてたさ。しかし、きみは土居の奥さんだったわけだから、腥《なまぐさ》い関係にはなれないよ」

「ひとりの女としては見てもらえなかったわけね」

「そんなことはないんだが、踏み込えてはいけないという気持ちが強かったんだ」

「結果的には、何もなかったほうがよかったんでしょうね。それはともかく、百瀬さんなら抱かれてもいいなんて考えてたんで、つい深酒してしまったんですよ。それだから、朝食の準備をしてても、頭がぼんやりしてたの」

「そう」

「お酒を飲んでなかったら、長谷が家の周りにガソリンを振りかけて回ってる気配を感じ取れてたと思うの。でも、放火犯が敷地に侵入したことさえ気がつきませんでした。台所に立ちながらも、前夜の余韻《よいん》に浸《ひた》ってたんですよ。その罰が当たったのね」

「そんなふうに自分を責めないほうがいいな。運が悪かっただけだよ」

百瀬は慰めた。

「そうなんでしょうが、もしかしたら……」

「え？」

「あの世にいる土居がわたしの邪《よこし》まな気持ちを知って、ストーカーの長谷を唆《そそのか》したのかもしれません。半分は冗談だけど、そんな気もしてるんです」

「考えすぎだよ。余計な心配かもしれないが、自宅の火災保険は？」

「一応、掛けてます。ただ、去年の秋、義父《ちち》が契約更新のときに火災保険金を二千六百万円から一千三百万円に減額して、新たに地震保険に入ったんですよ。まず火事にはならないだろうと言ってね」

「それが裏目に出てしまったか」

「ええ、そうですね。世話になってる親類の家で、土居の父親もそのことをしきりに悔やんでました。あのお宅は、義父の妹の嫁ぎ先なの。空いてる部屋がたくさんあるから、わたしたち一家をずっと住まわせてくれると言ってくれたんです。でも、いつまでも居候《いそうろう》生活はできませんから、すぐに新しい家を建てるつもりです」

「この土地に建てるの？」

「いいえ。庭で放火犯が焼身自殺したんで、別の場所に建てたいと義父は言ってます。わたしも、そうしたいですね」

「となると、新たに宅地を買うことになるね」

「いいえ。少し離れた所に、義父は宅地に転用できる農地を所有してるんですよ。ここよりも土地は狭いんですけど、それでも約百五十坪あるの。田舎としては敷地は小さいんだけど、そこに4LDKぐらいの家屋を新築する予定でいます。これまでより間数《まかず》は少なくなりますけど、義理の父母、わたし、陽平の四人暮らしですんで」

「火災保険金が一千三百万しか下《お》りないんだったら、建築費が足りないね。放火犯の遺族を相手取って民事訴訟を起こせば、いくらか賠償金は取れると思うんだが……」

「犯人の両親はどちらも病弱で、生活保護の支給を受けてるの。だから、裁判に勝っても賠償金は少しずつ分割で払ってもらうことになるでしょうね」

「それじゃ、建設業者は工事を請け負ってくれないだろうな」

「ええ、多分。義父は何とか新築費用と家財道具を揃えるお金は工面すると言ってくれてるんですけど、貯蓄額は数百万円しかないはずなんです」

「それだと、火災保険金が千三百万円下りても、とても足りないな」

「わたし、夫の生命保険金の二千万円をそっくり土居の両親に渡そうと思ってるの。そうしても夫の死亡退職金には手をつけてませんし、わたしも働いてますんで、陽平を育てられると思います」

「しかし、土居の両親は高齢者だから、どっちかが長期入院したりするかもしれないよ。何かと不安だね。こっちがリッチなら、支援も可能なんだが、金儲けは下手なんだ」

「百瀬さん、そこまで心配しないでください。子持ちの女は逞しいんです。なんとか遣《や》り繰りしますよ。任せてください」

和歌子がおどけて、胸を叩いてみせた。虚勢を張っていることは明らかだった。言葉とは裏腹に未亡人の表情は、いかにも心細げだ。

百瀬は保護者意識を強めたが、土居の妻の不安を取り除いてやることはできなかった。無力な自分が呪《のろ》わしい。

会話が途切れたとき、陽平が走り寄ってきた。

「ぼく、もう泣かないよ。お祖父《じい》ちゃんと約束したんだ、めそめそしないってね。お父さんの代わりに、いろいろお母さんを助けてあげるよ」

「そうしてやってくれないか」

「おじさん、ごめんね。せっかく買ってくれたグローブとボールを家から持ち出せなくってさ」

「気にしなくてもいいんだ。どっちも買える物だからね。でも、人間の命はお金じゃ買えない。燃える家から逃げ出すことが先だよ。そのうち、グローブとボールを東京から送ってやろう」

「嬉しいな。ぼく、大事に使うよ。そうだ、お祖父ちゃんに百瀬さんを捜してきてくれって頼まれたんだ。おじさんがいなかったら、自分は焼け死んでたかもしれないとか言って、お礼の品物を渡したいんだってさ」

「お礼の品?」

「そう。すぐには銀行に行けないんで、自分が使ってるオメダ、の腕時計を百瀬のおじさんにあげたいんだってさ」

「ああ、オメガだね」

「うん、そう。オメダじゃなくて、オメガだったよ。スイス製とかで、お祖父ちゃんはずっと大事に使ってたんだって。でもね、命の恩人にプレゼントしたいとか言ってた。おじさん、お祖父ちゃんの妹の家に一緒に戻ろう?」

「おじさん、そろそろ東京に戻らなきゃならないんだよ。お祖父ちゃんには、『気持ちだけ貰っときます』って伝えといてくれないか」

百瀬は言った。

「それ、腕時計はいらないってこと?」

「うん、そういうことになるね。きみのお祖父ちゃんが大切にしてる物なんか貰えないよ」

「お祖父ちゃん、がっかりすると思うな。本当にオメダをおじさんにプレゼントしたいみたいだったからさ」

「大事な物は他人《ひと》にあげないほうがいいんだよ。ついでに、そうも言っといてくれないか」

「わかった。おじさん、また遊びに来てね。バイバイ！」

陽平が手を振り、踵《きびす》を返した。あっという間に走り去った。

「年々、息子さんも成長するだろう」

「まだまだ子供ですけど、陽平の存在は生きる張りになってます」

「そうだろうね。これから何かと大変だと思うが、気を張って苦境を乗り越えてほしいな」

「ええ、頑張ります。もっと岡山にいてほしいけど、引き留《と》めません」

「また来年の命日には、こっちに来るつもりだよ。その前に何か困ったことがあったら、遠慮なく相談してくれないか。たいした力にはなれないだろうが、できるだけのことはさせてもらう」

「そう言っていただけると、なんだか心強いわ。来年の命日と言わないで、気が向いたら、いつでも遊びに来てください。半年ぐらいしたら、新しい家で暮らせるようになってるでしょうから」

「いつか寄らせてもらうかもしれない」

「岡山駅に向かわれるんでしょ？　無線タクシーを呼びましょうか？」

「取り込んでるんだから、おれにかまわないでくれないか。確か岡山街道は岡山駅行きのバスの路線になってたね？」

「ええ、歩いて数分の所にバス停があるんです」

「それじゃ、バスに乗ることにするよ」

「わたし、バス停まで見送ります」

「災難に遭《あ》ったばかりなんだから、そういう気遣いをしなくてもいいんだ。ここで、失礼するよ」

「それでは、ここでお別れします。百瀬さん、くれぐれもお気をつけて。また会える日を楽しみにしています」

和歌子が右手を差し出した。

百瀬は未亡人と握手し、土居宅を出た。背中に和歌子の視線が貼《は》りついていたが、意図《いと》的《てき》に振り返らなかった。気があるような素振りを見せたら、和歌子の心を掻《か》き乱すことになる。

強がっていても、まだ三十代の未亡人である。優しく接してくれる男がいたら、つい縋《すが》りつきたくもなるだろう。

和歌子が自分を嫌っていないことは間違いないだろうが、それは恋愛感情まで高まっていないはずだ。据え膳《ぜん》を喰うことはできただろう。しかし、軽はずみに肌を合わせたら、のちのち和歌子を苦しめることになる。土居の妻にそのような罪深いことはできない。

百瀬は歩度《ほど》を速《はや》めた。

いくらも進まないうちに、岡山街道に出た。バス停は右手にあった。無人だった。

百瀬はバス停に達すると、時刻表を見た。

岡山駅行きのバスは、十七分後に来る。まだ待ち時間がある。

百瀬は保坂に電話をかけた。保坂の車には、ハンズフリーの装置が搭載《とうさい》されている。運転中でも通話は可能なはずだ。

待つほどもなく、保坂の声で応答があった。

百瀬は現在地を伝え、帰りの車に同乗させてもらえるかどうか打診してみた。

「いま、倉敷市内を走行中なんです。広島から湯川さんが同乗しました。岡山駅の前で待ってもらえば、必ず拾いますよ」

「それじゃ、また相乗りさせてもらいます。大杉君から連絡は？」

「まだ確認の電話はありませんが、彼も神戸あたりで乗せることになると思います」

「そうでしょうね」

「では、岡山駅前で落ち合いましょう」

電話が切られた。

百瀬は通話終了キーを押した。そのすぐ後、着信した。ディスプレイに表示された電話番号には馴染《なじ》みがなかった。

「どなたかな？」

「昔と同じスマホを使ってるのね」

小野寺京香の声だった。土居が殺された日にホテルで密会していた人妻だ。すでに三年近く前に別れた相手である。

「しばらくだな。旦那は、もう仮出所したのか？」

「小野寺とは二年九カ月前に離婚したの。夫がいながら、あなたにのめり込んじゃったわけだから、それなりのけじめをつけたかったのよ」

「獄中にいる亭主は、すんなり離婚届に判子を捺《お》してくれたのか？」

「二カ月ほど渋ってたけど、署名捺印《なついん》してくれたの。いまは旧姓の平尾《ひらお》京香よ」

「その後のことを訊いてもいいかな？」

「ええ、父から資金を借りて、代官山《だいかんやま》で小さなブティックをやってるの。あんまり儲かってはないけど、一応、黒字経営よ」

「それはよかった。新しい彼氏は？」

「いないわ」

「不器用な女だ」

「百瀬さんはどうなの？」

「特定な彼女はいないよ。男だから、適当に玄人《くろうと》の女と遊んではいるがね」

「あなたこそ、あまり器用じゃないんじゃない？」

「器用に生きたいんだが……」

「素敵よ。あっ、誤解しないで！　別によりを戻したくて、電話をしたわけじゃないの。小野寺が先月の上旬に仮出所して、わたしに何度も復縁を迫ってきたのよ。でも、こちらにはその気がないから、はっきりと断ったの」

「そう」

「そうしたら、夫婦の仲を裂いたのは百瀬さんだと言い出して、あなたを殺すなんて口走ったの。最初は本気にしてなかったんだけど、噂だと、百瀬さんをつけ回してるらしいから、心配になったのよ。小野寺に尾行されてると感じたことはない？」

「ないな。人妻だった京香を寝盗《ねと》ったことは間違いないから、小野寺に命を狙われても仕方ない。しかし、いまはまだ死にたくないな」

「どうして？」

「詳しい話はできないが、やらなければならないことがあるんだよ。それを果たすまでは、何がなんでもくたばりたくないんだ」

「おおよその察しはつくわ。殉職した土居という昔の相棒の遺族のために何かやろうとしてるんでしょ？」

「…………」

「肯定の沈黙ね。あなたらしいわ。惚れ直しちゃった。でも、あなたにはもう会うつもりはないわ。小野寺はろくでなしだったけど、あなたとつき合ってたころは夫だったわけだから、ちゃんと裏切りの償いはしないとね」

「いい女だ。独身のころの京香と出会いたかったよ」

　思わず百瀬は吐露《とろ》してしまった。

「いまの言葉、嬉しかったわ。わたしも小野寺と一緒になる前に、あなたと知り合いたかった。そうすれば、別れなくてもよかったじゃない？」

「多分、いまも一緒にいただろうな」

「百瀬さん、自分の償いが終わっても命を粗末にしないで。小野寺になんか絶対に殺されないでね。あなたがこの世から消えてしまったら、わたし、もう生きていけない気がする」

「京香……」

「だからね、わたしのためにずっと生きてて。会えなくてもいいの。この空の下のどこかにいてくれれば、それでいいのよ。小野寺が百瀬さんの命を奪ったら、わたし、元夫を殺すわ。本気よ」

「泣かせる台詞《せりふ》だな。京香を人殺しになんかしないよ。しぶとく生きてやる」

「ええ、そうして。百瀬さん、どうかお元気でね。さよなら！」

京香が掠《かす》れた声で別れを告げ、そのまま電話を切った。

百瀬はしばらくスマートフォンを耳から離せなかった。京香と過ごした馨《かぐわ》しい日々を思い起こしていると、バスが到着した。

百瀬は感傷的な気分を断ち切って、急いでバスに乗り込んだ。

罠を仕掛けられたのか。

悪い予感が胸を過《よぎ》った。そうなのかもしれない。

大杉啓太は白人娼婦を組み敷き、腰をワイルドに躍《おど》らせていた。

三度目の交わりだった。大杉は前夜と明け方にカトリーヌを抱いていた。

フランス系カナダ人の体は、ほとんど日本人女性と変わらなかった。胸はDカップ近いが、性器は小作りだった。大柄なヤンキー娘のように緩《ゆる》くはなかった。

4

桑原清から電話がかかってきたのは、午前十時半ごろだった。

カトリーヌは帰り仕度をしていた。大杉は彼女が消えたら、自分もチェックアウトする気でいた。

桑原は息子の売り込みの軍資金の一部を現金で妻に届けさせるから、午後三時ごろまで部屋に留《とど》まってほしいと言った。それまでエスコート・レディーと娯《たの》しんでいてくれと付け加えた。カトリーヌを管理している売春クラブには、二日分の遊び代を払うとも語っていた。

届けてくれるという現金は、なんと五千万円だった。大杉は、その額に惹《ひ》かれた。

そのうちの一千万円を倉田組長に詫び料として差し出し、まず堅気になる。前夜に貰った三百万円を加えれば、残金は四千三百万円だ。

それだけあれば、すぐにもネット音楽配信会社を立ち上げられるだろう。

一日も早く湯川沙矢をプロのシンガー・ソングライターにしてあげたい。それなりの勝算もあった。

しかし、桑原僚の母親は実際に五千万円を持ってくるだろうか。

どうも話がうますぎる気もする。桑原一家は大杉の行動に不審感を覚え、『マッハ・エンターテインメント』の高橋チーフプロデューサーに電話で大杉との関係を確かめたのではないか。

高橋が大杉とは名刺交換しただけの仲だと答えたら、たちまち詐欺は看破《かんぱ》されてしまう。それで万事休すだ。

大杉は、不用意に高橋の名を口にしたことを後悔した。だが、もう遅い。

桑原家の者が勤め先の『パラダイスレコード』の藤森社長に大杉が高橋プロデューサーとどの程度の親交があるのか探《さぐ》りを入れたとも考えられなくはない。そうだとしたら、というに藤森が電話をかけてきそうだ。

やはり、桑原一家は大手レコード会社に問い合わせたのか。あるいは、自分は疑心暗鬼に陥っているだけなのだろうか。

桑原は息子の僚を早くメジャーデビューさせたくて、大杉に五千万円の軍資金を渡す気になったのか。そうだとしたら、取り越し苦労をしていることになる。

「あなた、何か考えごとしてるでしょ？」

カトリーヌが腰をくねらせながら、不満顔で言った。

「そんなことないよ。ただね、三度目だからさ。ちょっと昂《たかぶ》り方が遅いんだ。けど、充分に感じてるよ。きみのあそこ《コン》がリズミカルに締めつけてくるからね」

「あなた、フランス語がわかるの⁉」

「知ってるのは、コングらいさ。後《あと》はボンジュールとかメルシーだな」

「スケベね、あなた」

「男にとって、それは誉《ほ》め言葉と受け取っておくよ」

大杉は律動《りつどう》を速《はや》めた。

突きまくるだけではなかった。腰に捻《ひね》りも加えた。カトリーヌが迎え腰を使いはじめた。技《わざ》があった。男の体を識《し》り尽くしているのだろう。

動きには少しも無駄《ロス》がない。的確に性感帯を刺激してくる。カトリーヌが肛門をすぼめるたびに、大杉のペニスはきつく絞《しぼ》られた。自然に声が洩れてしまう。

やがて、背筋が立った。

甘やかな痺《しび》れを伴った快感が駆け抜ける。一瞬、脳天が白く霞《かす》んだ。射精感は鋭かった。

大杉は爆《は》ぜても、抽送《ちゅうそう》を繰り返した。

カトリーヌが淫蕩《いんとう》な声をあげ、頭を左右に大きく振った。極みに達した振りをしていることは明白だった。

白い裸身は一度も硬直しなかった。脇腹や内腿《うちもも》にも、快感の漣《さざなみ》は走らなかった。膣《ちつ》の収縮も感じられない。

大杉は空々《そらぞら》しさを感じたが、カトリーヌを詰《なじ》る気にはならなかった。娼婦が客に抱かれるたびにいちいち気を入れていたら、体が保《も》たない。

「お疲れさん！」

大杉は結合を解《と》いた。

カトリーヌが素早く上体を起こし、スキンを外した。彼女は軽く亀頭にくちづけし、ベッドから離れた。

素っ裸で、バスルームに向かう。羞恥心《しゅうちしん》の欠片《かけら》も見せなかった。いっそ小気味いい。

大杉はベッドに腹這《ば》いになって、マルボロに火を点けた。

半分ほど喫《す》ったとき、サイドテーブルの上でスマートフォンが鳴った。発信者は保坂だった。

「もう兵庫県に入ったんですが、帰りはどうされるんです？」

「連絡が遅れて申し訳ありません。商談が長引いて、相乗りできなくなってしまったんですよ」

「そうですか。それでは、神戸は通過しちゃいますね」

「ええ、結構です。ただ、もしかしたら、どこかで合流させてもらうことになるかもしれません。大阪か京都が無理だったら、滋賀県あたりで保坂さんの車に乗せてもらうことになるかもしれませんね。できれば、飛行機や新幹線は使いたくない事情があるんですよ」

「それだったら、いつでも連絡してください。帰りのルートから大きく離れてなかったら、どこからでも拾いますんで」

「助かります。そうさせてもらいますね。よろしくお願いします」

大杉は電話を切って、喫いさしの煙草の火を消した。

十分も経《た》たないうちに、カトリーヌがバスルームから戻ってきた。黒いパンティーだけは穿《は》いていた。

「もう帰ってもいいよ」

大杉はカトリーヌに言って、浴室に急いだ。頭から熱めのシャワーを浴び、全身を手早く洗う。髭《ひげ》も剃《そ》った。

バスルームを出ると、カトリーヌの姿は見当たらなかった。大杉は衣服をまとって、ソファに腰かけた。

部屋のチャイムが鳴ったのは、二時二十分ごろだった。

大杉はドアに足を向けた。ドア越しに誰何《すいか》する。来訪者は桑原僚と母親だった。

「主人の代理で、例のお金をお持ちしたんやけど」

ドアの向こうで、香苗が告げた。

大杉はドアを開けた。母子の表情は険《けわ》しかった。香苗はハンドバッグを持っているだけで、息子の僚は手ぶらだ。

やはり、罠だったのか。大杉は二人の背後をうかがった。誰もいない。

母子だけなら、なんとかその場を取り繕《つくろ》えそうだ。ひとまず安堵《あんど》する。

「とんでもない詐欺野郎やな、おまえは！」

僚が入室するなり、大杉の胸倉を摑んだ。香苗が後ろ手にドアを閉め、大杉を憎々しげに睨《にら》んだ。

「二人とも、どうされたんです？　何か誤解されてるようだな」

「何が誤解や。下手な芝居をやめんと、いてこますで！」

「何がどうしたんです？　ちゃんと説明してほしいな」

大杉は母子を等分《とうぶん》に見た。先に口を開いたのは、息子だった。

「ええやろ、説明したるわ。午前中にな、親父が『マッハ・エンターテインメント』のチーフプロデューサーに電話したんや。高橋友樹いう男性《ひと》はおたくと一度会ってることも、すぐには思い出せんかったらしいで」

「高橋氏は、そんなことを言ってましたか。彼は仕事面で遣《や》り手だから、社内に敵が多いんだ。それで外部の問い合わせに少し警戒したんだろうな。これまで高橋氏に紹介したアーティストの卵が何人もメジャーデビューして、脚光を浴びてます」

「その子らの名を教えてくれや」

「個人名を挙げるわけにはいかないんだ」

「言い逃れは通用せんで」

僚が喚《わめ》いた。その言葉に母親の声が被《かぶ》さった。

「息子の言う通りや。昨夜《ゆうべ》、あんたにあげた車代はどこにあるん？　三百万、返してもらうさかいなっ。当然やろ？」

「預かった三百万は、根回しに遣《つか》わせてもらうつもりです」

「まだそないなことを言うてんの⁉　呆《あき》れたわ。主人はね、神戸連合会の理事たちとも親しくさせてもろうてんねんで。うちのお父さんがちょっと声をかければ、ごっつい極道が十人でも百人でも集まるはずや。けど、わが家の恥を晒《さら》すのもなんやから、我慢してるんやで。せやけどな、三百万を素直に返さんなら、あんたを神戸連合会の若い者《もん》に引き渡すことになるよ」

「その前に、こいつをボコボコにしたるわ」

僚が右腕を後ろに大きく引き、拳《こぶし》を固めた。

大杉はパンチを喰《く》らう前に、膝頭で僚の急所を蹴り上げた。僚が唸《うな》りながら、床に頽《くずお》れる。大杉は屈《かが》み込み、僚の顎《あご》の関節を外した。

僚が喉の奥で呻きながら、のたうち回りはじめた。涎《よだれ》を垂《た》らしている。

「乱暴はせんといて」

香苗がハンドバッグの留金《とめがね》を外し、パーリーホワイトのスマートフォンを取り出した。

大杉は彼女のスマートフォンを叩き落とし、突き飛ばした。香苗が横倒しに転がった。弾みで、スカートの裾《すそ》が乱れた。

大杉は踏み込んで、香苗の脇腹を蹴り込んだ。

香苗が痛みを訴えて、体をくの字に縮めた。大杉は僚に向き直り、こめかみを蹴りつづけた。十回ほどキックすると、僚は白目を剝《む》いて半《なか》ば意識を失った。

大杉は片膝をカーペットに落とし、僚のカーゴパンツとトランクスを足首まで引きずり下《お》ろした。分身はうなだれている。

「あんた、ゲイやったの⁉ うちの僚におかしなことをしたら、承知せえへんで」

香苗が叫ぶように言った。

「男には興味がない。フェラチオするのは、あんただよ」

「頭がおかしいんちゃう？ 僚は、うちの実の子供なんよ。養子やあらへん」

香苗が上体を起こし、大杉の顔をしげしげと見た。

「こっちは正気だよ。時間があれば、母子相姦《そうかん》させたいとこだが、息子の息子をしゃぶるだけで勘弁してやる。B級の駄ジャレだったな」

「あんたはクレージーや。どう考えても、まともやないわ。そんな要求、聞けるわけないやろ！ あほなこと言いなや」

「やってもらう！」

「死んでもいやや」

「そうかい。なら、あんたの倅《せがれ》を蹴り殺すぜ」

大杉は言い放ち、僚の側頭部を靴の先で蹴りはじめた。

加減はしなかった。蹴るたびに、僚の頭の骨が鈍く鳴った。それだけではなく、体ごと振れた。

「もう蹴らんといて。ほんまに僚は死んでしまうやないか。三百万は返さんでええから、もう勘弁したって」

「そうはいかないな」

「うちを姦《や》ってもええから、子供には乱暴せんといて」

「おばさん、若造りしてるからって、まだ女として色気が残ってると思ってるの？　一億円積まれたって、あんたに突っ込む気はない。うぬぼれるなっ」

「うち、どうすればええのん？」

「息子を死なせたくなかったら、早くくわえるんだな」

「そんな浅ましいこと、うち、できへん。主人に内緒で一千万ぐらい払《はろ》うてもええから、もう赦《ゆる》してえな。お願いやから、なんとか……」

「同じことを何度も言わせないでくれ。お宅のガキは、もうじきくたばるな」

「いやや！　僚を死なせとうない。たったひとりの子供やで」

「出来の悪いドラ息子は死んじまったほうがいいんじゃないのか。え？」

「こ、殺さんといてーっ」

香苗が床《ゆか》を這い進み、僚の足許にうずくまった。少したメらってから、くたりとしてい
る陰茎《いんけい》の根元を握り込んだ。

断続的に握り込んでいるうちに、ペニスが力を漲《みなぎ》らせた。母親が舌の先で、張り出した
部分を舐《な》めはじめた。先端が肥大した。

香苗が瞼《まぶた》を閉じ、僚の分身を口に含んだ。

「ディープ・スロートをするんだ」

大杉は言って、上着の内ポケットからスマートフォンを掴み出した。

香苗は命令に背《そむ》かなかった。顔を大きく上下に動かしはじめた。泣き顔だった。

「おかん、何してるんや⁉」

僚が薄目を開けた。大杉は僚の顔面を踏みつけ、スマートフォンのカメラでオーラル・

セックスを動画撮影した。

「おばさん、もういいよ」

「あんた、スマホのカメラで変なとこを撮影したんやないの?」

香苗が息子の下腹部から顔を上げた。

「保険をかける必要があったんでな。これで、神戸連合会の奴らに追い回される心配は消

えたわけだ」

「悪知恵が回る男や」

「三百万は返さなくてもいいな？」

「くれてやるわ。けど、それで終わりやないんやろ？」

「当たりだ。一億円の口止め料を出せば、淫らな動画は削除してやる」

「あんた、堅気やないな？　『パラダイスレコード』は、どっかの企業舎弟《フロント》やないの？」

「好きなように想像してくれ」

「関東の御三家のどこかがバックやの？　そうやっても、別に怕《こわ》くないで。神戸連合会は分裂したけど、まだ日本で最大の勢力なんやからな。あんたが途方もないことを言うようやったら、主人に言うて、神戸連合会に動いてもらうで」

「開き直ったか」

大杉は口を歪《ゆが》めた。

「うちが主人に内緒で自由に遣《つか》えるお金は、せいぜい一千五、六百万円や。それ以上は、とても用意でけへん」

「どうしても一億円都合つけてもらう。旦那に息子のマラをしゃぶらされて、そのシーンを動画撮影されたってことを正直に打ち明ければ、そのくらいの口止め料は出すだろう」

「主人には、そないなこと話せんわ。死んでも言えへん」

「一億の口止め料を都合つけられなかったら、旦那の企業グループのフリーアドレスにさっき撮った動画を流すことになるよ。それから、うちの会社の社長にクレーム電話をかけても同じことをするぞ」

「あんたは、経済やくざなんやな。どこの組におるん？」

「ノーコメントだ。とにかく、一億円の口止め料を用意しておけ。数日中に旦那に支払い方法を指示する」

「悪魔や、あんたは！」

香苗が大杉を指さして、忌々《いまいま》しげに罵倒《ばとう》した。大杉はビジネスバッグを抱え、一〇〇六号室を出た。

エレベーターホールに達すると、物陰から柄の悪い男が姿を現わした。三十七、八歳で、髪型はオールバックだった。

「おたく、大杉という東京の『パラダイスレコード』の者やな？」

「何者なんだい？」

「神戸連合会矢追《やおい》組の星合《ほしあい》っちゅう者《もん》や。桑原の奥はんと坊《ぼう》は部屋から出て来んが、どないしたんや？」

「誰のことなんだ？」

「ばっくれるんやない。わしは、二人が一〇〇六号室に入ったのをこの目で見とるんやぞ。おい、なめとんのかっ」

「人違いだな」

大杉は空とぼけて、下降ボタンを押した。

星合と名乗った男がいきり立ち、ベルトの下からタウルスＰＴ25を引き抜いた。ブラジル製のポケットピストルだ。

全長は十三センチ三ミリしかない。撃鉄《ハンマー》はスライドに内蔵されている。口径は六・三五ミリと小さいが、弾倉には九発も装塡《そうてん》できる。

星合が小型銃のスライドを引いた。

大杉は相手の右腕を両手で掴んだ。揉《も》み合っているうちに、小さな銃声が響いた。暴発だった。放たれた銃弾は、極道の左の太腿に命中した。

星合が呻いて、尻《しり》から落ちた。

そのとき、函《ケージ》の扉が左右に割れた。大杉は中腰でエレベーターに乗り込んだ。

「くそガキ！」

星合がポケットピストルを両手で保持した。

そのすぐ後、エレベーターの扉が閉まった。

大杉は胸を撫《な》で下ろした。『神戸ポートピアホテル』の前から、タクシーで新神戸駅に向かった。

駅前で保坂に電話をかける。西宮北《にしのみやきた》ICを通過したばかりらしい。大杉は新幹線で滋賀県大津市に先回りして、保坂の車を待ちたいと告げた。保坂は希望に応じてくれた。

大杉は新神戸駅で数十分待って、上《のぼ》りの新幹線列車に乗り込んだ。米原《まいばら》で琵琶《びわ》湖《こ》線に乗り換え、大津駅で下車し、駅前で保坂のクラウンを待つ。

大杉は小《こ》一時間後、保坂の車に乗り込んだ。助手席には真知、後部座席には百瀬が坐っていた。

「ビジネスバッグとコートがちょっと邪魔っけだな。トランクに入れさせてもらえると、ありがたいんですけどね」

「そう邪魔にはならないでしょ?」

どういうわけか、保坂は快い返事をしなかった。大杉は訝《いぶか》しく思ったが、あえて何も言わなかった。

「保坂さん、変ですよ」

真知が言った。

「変って、何がです？」

「あなたは、トランクの中に入ってる青いスポーツバッグの中身を見られたくないんじゃありませんか？」

「おかしな物なんか入ってませんよ。湯川さんには、実家で兄から読み終えた文庫本をたくさん貰ったと教えたはずでしょ？」

「それは聞きました。でも、わたしがトラベルバッグを自分でトランクに入れようとしたら、保坂さんは明らかに狼狽しました」

「そう見えたのは気のせいでしょ？」

「文庫本なら、他人《ひと》に見られても別に問題はないと思います」

「そ、そうなんですが……」

「スポーツバッグの中身をちょっと見せてくれませんか。まさか切断した人間のパーツが詰め込んであるとは思ってませんけど、犯罪絡みの物品が入っていたら、落ち着きませんので」

「あなたは、わたしを犯罪者扱いするのかっ。わたしが信用できないと言うなら、ここで降りてもらっても結構だ」

保坂が気色《けしき》ばんだ。真知が目顔《めがお》で大杉に救いを求めてきた。

「少し大人げないな。疚《やま》しい物が入ってないんだったら、見せてもいいでしょ？」

「見せたくないんですよ、わたしは」

「なぜです？」

「なんとなくです」

「そんなふうに頑《かたく》なに見せたがらないと、こっちも怪しみたくなるな」

大杉はからかった。

すると、保坂が額に脂汗《あぶらあせ》をにじませた。それだけではなかった。かすかに震えていた。

「九州で札束の詰まったスポーツバッグでも拾ったのかな？」

沈黙を守っていた百瀬が、穏《おだ》やかに保坂に話しかけた。保坂が両手で耳を塞《ふさ》ぎ、わななきはじめた。図星だったのか。

「大金をネコババしたんでしょ？」

「百瀬さん、どうしてわかるんです!? わたし、大金を持ち逃げする気なんかなかったんですよ。成り行きで、八千万円入りのスポーツバッグを預かるというか、持ってくることになってしまったんです。嘘じゃありません」

「経緯《いきさつ》をわたしたち三人に話してみてくれませんか」

百瀬が促《うなが》した。保坂は肚《はら》を括《くく》ったらしく、澱《よど》みなく経緯を語った。大杉は何度も自分の耳を疑いそうになった。

　真知もびっくりした様子だった。百瀬の表情は、ほとんど変わっていない。

「財津という男は九仁会浦辺組が仕切ってる違法カジノの売上金をくすねて、組の連中に追われてると言ってましたから、八千万円は表に出せない裏金にちがいありません」

「なんでスポーツバッグを途中で処分しようとしなかったんです？」

「あのう、百瀬さんは以前、刑事だったんではありませんか。どこか冷徹な感じなんで……」

　保坂が訊いた。大杉は飛び上がりそうになった。

　百瀬のことをただのサラリーマンとは思っていなかったが、元刑事だったのか。前科はなかったが、自分は堅気ではない。にわかに落ち着かなくなった。

「三年前まで渋谷署生活安全課にいました」

　百瀬が言った。

「やっぱり、そうでしたか」

「ちょっと理由《わけ》があって、依願退職したんですよ。わたしのことより、さっきの質問に答えてください」

「は、はい。経営してるカレーショップがずっと赤字なんですよ。それで転業したいと考えてるんですが、資金が足りないんです。実は博多の実家には、金を借りに行ったんですよ。しかし、跡取りの兄から二百五十万円しか借りられませんでした。創作パンの加盟店のオーナーになりたいと考えてるんですが、まだ開業資金が四百五十万円も足りません。そんなことで、暴力団の汚れた金を着服しちゃおうという気持ちが少しはあったんだと思います」

「着服したくなる気持ち、よくわかりますよ。堅気が汗水垂らして稼いだ金じゃないわけだから、ネコババしたくなりますよね」

「元刑事さんでも、そう思いますか？」

保坂の額の脂汗は消えていた。告白したことで、心が少し軽くなったのだろう。

「警察官たちも、民間人と変わりませんよ。法の番人ではありますが、聖人君子じゃない。それはそうと、こっちも事情があって、少しまとまった金が欲しいと思ってました。違法カジノの売上金なら、警察に被害届は出さないでしょう」

「ええ、多分ね」

「そっちは、金には不自由してないのか？」

百瀬が大杉に問いかけてきた。

「わたしも少しまとまった金がほしいくちです。トランクの中にあるという八千万円を四人で山分けしちゃいません？」

「みんなに異論がなければ、そうしたいね」

「さばけた元刑事さんだな」

「四人でネコババするんだったら、後ろ暗さが四分の一になるのか。それなら、わたしも話に乗っちゃおうかな」

保坂が同調した。と、真知が正義感を露《あらわ》にした。

「三人とも、どうかしてます。暴力団の汚れたお金かもしれないけど、山分けなんかしたら、横領罪になってしまうんですよっ。二千万円は大金ですけど、着服したら、犯罪者になってしまう」

「そうだね。しかし、一般市民が泣かされるわけじゃない。困るのは九州のやくざだ。それほど罪の意識を持つことはないんじゃないのかな」

百瀬が口を開いた。

「そんなことを平気な顔で言えるんですから、百瀬さんは悪徳警官だったんでしょうね」

「手厳しいな」

「わたしはみなさんを警察に売ったりしませんけど、お金はいりません。八千万円は三人で均等に分けてください」

「八千万を三人で割ったら、端数が出るじゃないか」

大杉は真知に言った。

「ええ、そうですね。でも、わたし、二千万円は受け取れません」

「世の中のルールは多数決なんだよ。人助けだと思って、三人に足並を揃えてくれないかな。頼みます」

「人助け？」

「そう。保坂さん、百瀬さん、おれの三人はそれぞれ事情があって、二千万円の臨時収入を得たいと思ってるんだ。きみが仲間に加わってくれないと、われわれ三人は安心できない。いつ警察に密告されるかもしれないからね」

「わたし、密告なんかしません。そういうことは嫌いなんです」

「そう言われても、安心できないんだ。ね、保坂さん？」

「大杉さんの言う通りだね。この四人が共犯になって運命共同体にならないと、相互の信頼感は生まれないからな」

「そう言われても、わたし、困ります」

「泣き言《ごと》に聞こえるだろうが、あと四年で六十になるんだ。ひとり娘が孫を連れて実家に出戻ってきたんだよ。家族のためにわたしは転業して、なんとか再起したいんだ。しかし、転業資金の都合がつかなかったら、リセットする夢も潰《つい》えてしまう。なんとか最後のチャンスを与えてくれないか。これまでの生活をシャッフルして、運を掴みたいんだよ」

「保坂さんの事情はわからなくもありません。わたし自身も明日の居場所を見つけたいと考えてましたから。だけど、犯罪に手を染めたくないんですよ」

「三人で時間をかけて、湯川さんを説得しませんか？」

「そうだね。とにかく、車を出します」

保坂が大杉に言って、クラウンを走らせはじめた。

大杉は背凭《せもた》れに上体を預けた。

第四章　共犯者の絆

1

頬が緩《ゆる》みっ放しだった。

口許も綻《ほころ》んでいるにちがいない。家族に不審がられては困る。

保坂忠章は顔面の筋肉を引き締めた。自宅のダイニングキッチンだ。食卓に向かって、朝刊を拡《ひろ》げていた。

まだ午前八時前だった。

妻の信子は背を見せ、食器を洗っている。孫の駆は前日、兄夫婦が持たせてくれた博多の銘菓をおいしそうに頬張っていた。出戻った娘は出勤前の化粧をしているのではないか。

例の八千万円は四人で二千万円ずつ山分けして、それぞれが前夜持ち帰った。保坂は帰宅前に『ガンジス』に立ち寄り、二十個の札束をターメリックの空き袋の中に隠し、シンクの奥に保管した。

すんなりと山分けすることになったわけではなかった。

前夜、保坂は愛知県下の東郷《とうごう》サービスエリアで小休止した際《さい》に百瀬一輝、湯川真知、大杉啓太の三人にスポーツバッグの中身を見せた。札束を見ると、大杉が真っ先に笑みを浮かべた。百瀬はさほど表情を変えなかったが、内心は喜んでいたのではないか。

真知は息を呑《の》み、後ずさった。そして、彼女は分け前を受け取ることを改めて拒否した。だが、保坂たち三人は夕食を共にしながら、根気強く真知を説得しつづけた。

あらかた食事が終わったころ、真知は渋々ながらも首を縦にした。男たちに押し切られる形だった。

保坂は真知を巻き添えにしたことで少しだけ胸を痛めた。しかし、嬉しさのほうが勝《まさ》っていた。

「駆、おいしいか？」

保坂は孫に声をかけた。

「うん、すっごくおいしいよ。ぼく、全部食べたいなあ」

「欲張りだな。あと三つ持ってってもいいから、ちょっとママのとこに行っててくれないか。お祖父《じい》ちゃん、お祖母《ばあ》ちゃんに大事な話があるんだよ」

「わかった。これ、三個貰うからね」

駆が菓子箱から銘菓を三つ取り出し、ダイニングキッチンから出ていった。

「ちょっと話があるんだ。坐ってくれないか」

保坂は妻に声をかけた。

「改まって何なの？」

「いいから、坐ってくれ」

「はい、はい」

信子がシンクを離れ、保坂と向き合う位置に腰かけた。

「カレーショップは赤字つづきだから、転業したいと思ってるんだよ。創作パンの加盟店のオーナーに転身しようと考えてる」

「でも、預金は三百万そこそこしかないのよ。加盟店のオーナーになるには、いくらぐらい必要なの？」

「加盟料、設備費なんかの初期投資に一千万はかかるんだ」

保坂は、加盟店オーナーの募集パンフレットを妻に手渡した。信子がパンフレットの文字を目で追いはじめる。

「実はね、博多の兄貴んとこで二百五十万円を借りてきたんだ」

「やっぱり、実家には金策に行ったのね。わたし、そんな気がしてたのよ」

「内緒にしてて悪かった。信子に転業することを事前に話したら、反対されると思ったんでね」

「相談されてたら、反対したと思うわ。もうお父さんも五十六歳なんだから、転業するのはリスクが大きいでしょ？」

「いまの五、六十代は男も女も、まだ若々しい。男の平均寿命だって、八十ぐらいなんだ。まだまだ頑張れるさ」

「それはいいとしても、あと四百五十万も足りないわけか。多分、銀行じゃ融資してもらえないでしょうね。だから、転業は無理なんじゃないの？」

「おれも断念しかけてたんだが、きのう、名神高速を走ってたら、大学のゼミで一緒だった氏家《うじいえ》から久しぶりに電話があったんだ」

保坂は、予《あらかじ》め用意しておいた作り話をすらすらと喋った。

「ああ、氏家淳《じゅん》さんね。資産家の息子さんだったんじゃなかった？」

「そうなんだ。製糖会社の創業家の四代目で、氏家はリッチマンなんだよ。転業したいという話をしたら、あいつ、二千万円を無担保無利子で貸してくれると言ってくれたんだ。金持ちは言うことが違うよな。羨ましい限りだ」

「本当ね」

「学生時代、ずいぶん代返《だいへん》してやったし、試験前にはノートのコピーを取らせてやったんだよ。だからさ、氏家に甘えようと思ってるんだ」

「いいのかしらね。ちょっと厚かましいんじゃない？」

「氏家にとっては二千万円なんて、おれたちの二十万ぐらいの感覚しかないんだと思うよ。借りることにそれほど負い目を感じることはないさ。それに氏家は坊ちゃん育ちだから、恩着せがましいことなんか言わないよ。とりあえず、彼から一千万借りようと思ってるんだ。貯《たくわ》えには手をつけないで、兄貴に借りた二百五十万は数日中に返すよ」

「氏家さんにそこまで甘えちゃってもいいのかな？」

「いいさ。儲けが出るようになったら、むろん氏家には月に二、三十万円ずつ返済していく」

「パンフレット通りなら、ロイヤルティーは安いんじゃない？　それに人件費もかからないようだから、利幅は大きそうね」

「そうだな。オープン時から黒字になりそうだ。いや、絶対に黒字にしてみせる。勝算はあるんだから、おれの思うようにさせてほしいんだよ」

「わかったわ。好きにやったら？　わたしは黙ってお父さんに従《つ》いていく」

妻が笑顔で応じた。そのとき、玄関ホールとの仕切り扉が開いた。娘の千穂が顔を覗かせた。

「母さん、駆のこと頼むね」

「うん、うん」

「千穂、父さんな、転業しようと思ってるんだよ。カレーショップに見切りをつけて、創作パンの加盟店のオーナーになるつもりなんだ」

保坂は言った。

「転業するには、それなりのお金がいるんでしょ？　わたし、力になれないわよ。貧乏なシングルマザーだもの」

「娘の援助なんか当てにしてないよ。転業資金の目処《めど》はついてるんだ。千穂がリストラされたら、父さんの店で雇ってやる。いまの給料よりも高く払ってやろう。楽しみに待っててくれ」

「ごめん！　もう時間がないの。帰ってきてから、ゆっくりと話を聞くわ」

千穂が言って、慌《あわ》ただしくポーチに飛び出していった。

「近いうちに創作パンの本部を一緒に訪ねて、契約を結ぼう。氏家はいつでも金をおれの口座に振り込んでくれると言ってくれてるんだ」

「夫婦で氏家さんとこにお礼に伺《うかが》わないとね」

「そんな必要はない」

「だけど、それでは……」

「おれと氏家は友人同士なんだ。困ったときは扶《たす》け合う。そういう間柄なんだよ。金を借りるからって、へいこらすることはないさ」

「そういうわけにはいかないでしょ？」

「いいんだよ。妙に卑屈になったりしたら、友情のバランスが崩れるじゃないか」

「あなたがそう言うなら、しゃしゃり出たりしないわ。でも、常識から考えたら、夫婦でご挨拶に行くのが……」

「いいと言ってるだろうが！」

保坂は声を張ったことをすぐに悔《く》やんだ。

「わかったわ。熱いお茶を淹《い》れましょうか？」

「いや、いい。店に出て、仕込みに取りかかるよ」

「いつもより時刻が早いんじゃない？」

妻が訝《いぶか》しんだ。

「今月いっぱいで店を閉めることになるだろうが、最後まで手を抜きたくないんだ。めっきり常連客も少なくなってしまったが、味を落としたくないんだよ」

「立派な心がけね」

「じゃあ、行ってくる」

保坂は椅子から立ち上がった。ダイニングキッチンから隣の和室に移り、ハンガーからダウンパーカを外す。セーターの上にダウンパーカを羽織《はお》って、ほどなく自宅を後《あと》にした。

住宅街をゆっくりと進む。通りかかった民家の庭の遅咲きの梅の花は満開だった。すっかり春めいてきた。再出発にふさわしい季節だ。

しかし、保坂は少し不安になってきた。八千万円を持ち逃げした財津という筋者が保坂宅を突きとめ、いつか押しかけてくるのではないか。そういう強迫観念は拭い切れなかった。

不安はそれだけではない。九仁会浦辺組の組員たちが保坂の車のナンバーを読み取っていたら、必ず裏金の回収にやってくるだろう。

きのう元刑事の百瀬は誰かが着服した大金のことで怪しんでも、帰る途中でスポーツバッグごと捨てたと言い張れとアドバイスしてくれた。それで、暴力団関係者がおとなしく引き下がってくれるものだろうか。

そうは思えなかった。しかし、空とぼけなければ、二千万円を奪い返されてしまう。当然のことながら、残りの六千万円のありかも厳しく追及されるだろう。

偶然に知り合って共犯者になった湯川真知、百瀬一輝、大杉啓太の三人の名を吐く気はない。知り合って間もないが、秘密を共有している仲間だ。裏切るわけにはいかない。

しかし、ごく一般的な人間は総じて暴力に屈《くっ》しやすい面がある。荒っぽいことに馴《な》れていないせいだ。

自分も拳銃や刃物で威嚇《いかく》されたら、平然とはしていられないだろう。全身が竦《すく》み上がり、見苦しく命乞《ご》いするかもしれない。恐怖のあまり、尿失禁してしまうとも考えられる。

殴打され、歯を折られたり、鼻血を垂らしただけで、恐怖に捩《ね》じ伏せられそうだ。腕をへし折られたら、誇りや見栄も忘れてしまうのではないか。

九州男児の保坂は、都会育ちの男たちよりも負けん気が強い。それでも荒っぽい犯罪者たちに手ひどく痛めつけられたら、暴力に屈してしまいそうだった。

約束を違《たが》えたり、仲間を売ることは実に卑《いや》しい。恥ずべきことだ。

三人を裏切るような真似《まね》はしたくない。だが、何があっても百瀬たち三人を庇《かば》い抜くとは言い切れなかった。

保坂は暴力団関係者が身辺に近づかないことを祈りながら、足を速《はや》めた。

ほどなく『ガンジス』に着いた。シャッターを巻き揚《あ》げ、準備中の札を掲《かか》げる。保坂はダウンパーカを脱いで、白い調理服に着替えて厨房に入った。

ガスバーナーに点火して、ルウを温めはじめる。保坂は調理台の前にしゃがみ、シンクの下からターメリックの空き袋を取り出した。

中身の札束は約二キロだ。重いといえば、重い。しかし、意外に軽くも感じられた。

保坂は折り重なった札束をひとしきり眺めてから、元の場所に戻した。

手を消毒液で入念に洗い、オニオンや人参を刻み、油で炒めた。調味料と香辛料を加えて、ソースパンの中に入れる。

それから保坂は一日分の牛肉、豚肉、鶏肉、魚介類を解凍し、野菜カレー用の食材に庖丁を入れた。二升分の米を研《と》ぎ、炊飯器の水加減を調整する。しかし、まだ炊飯器のスイッチは入れない。

保坂は厨房を出て、カウンターとテーブルの上をダスターで拭《ふ》いた。店の液晶テレビのスイッチを入れ、カウンターの椅子に腰かける。

じていた。

　遠隔操作器《リモート・コントローラー》を使って、幾度かチャンネルを替えた。ある民放テレビ局がニュースを報
　画面に、見覚えのある港が映し出された。博多港だった。画像が変わり、男の顔写真がアップになった。

　保坂は驚きの声を洩らした。映し出されたのは、なんと財津だった。

「今朝未明《けさ》、博多湾の沖合で男性の水死体が発見されました。警察の調べで、この男性は住所不定で無職の財津譲司さん、三十五歳とわかりました。財津さんは両手と両足をロープで縛りつけられていました。海上で船から生きたまま投げ込まれて、溺死《できし》した模様です。そのほか詳しいことはまだわかっていません。次は交通事故のニュースです」

　男性アナウンサーの顔が映し出された。

　保坂はテレビの電源を切って、セブンスターをくわえた。浦辺組の違法カジノの売上金を持ち逃げした財津は北九州のどこかで追っ手に取っ捕まって、ベンツの四人に八千万円のありかを問われたのだろう。

　財津は強引にクラウンを借りようとしたが、運転者の保坂に断られ、スポーツバッグごと持ち去られたと正直に話したと思われる。追っ手は組の幹部たちに財津をどうすべきか指示を仰《あお》いだのだろう。

幹部の誰かか組長が、掟を破った財津は葬《ほうむ》れと命じたのではないか。その結果、財津は手脚《てあし》の自由を奪われ、博多湾の沖で海に放り込まれてしまったようだ。

もう財津が追ってくることはなくなった。しかし、安心はできなかった。浦辺組は消えた八千万円を回収する気にちがいない。

それとも、犯罪絡《がら》みの裏金の回収は諦めてくれるのだろうか。そう考えるのは甘すぎるだろう。数日のうちに、浦辺組の組員たちが自宅に押しかけてくるのではないか。

家族の誰かが危害を加えられるかもしれない。

そう考えると、保坂は頭がおかしくなりそうだった。妻、娘、孫は大切な家族だ。自分が体を張ってでも護《まも》らなければならない。

だが、他人の金を着服したという後ろ暗さがある。とことん嘘をつき通せるだろうか。自信があるとは断言できない。

保坂はそこまで考え、ふとアナウンサーの言葉を思い出した。財津譲司は住所不定で、無職と報じられた。

彼自身は博多で、九仁会浦辺組の組員であるような言い方をしていた。それは事実ではなかったのか。だとしたら、なぜ財津は組員を装わなければならなかったのか。何か裏にからくりがあるのだろうか。そのことが謎だった。

殺害された財津は危ない橋を渡って、八千万円を非合法な手段で手に入れたのだろう。それは間違いなさそうだ。財津はベンツに乗っていた四人は、自分の兄貴分と舎弟だと語っていた。だが、彼らは浦辺組の組員ではないのだろうか。

いずれにしても、追っ手はクラウンのナンバープレートの数字を読み取っていたと思われる。陸運支局で調べれば、車の持ち主は造作なく割り出せるはずだ。

元刑事の百瀬に電話をして、どう切り抜けるか相談すべきか。

保坂はそう考えたが、携帯電話は取り出さなかった。やくざ者たちに凄《すご》まれたら、四人で八千万円を山分けしたことを白状してしまうかもしれない。

そうなったら、百瀬たち三人に迷惑をかけることになる。いま泣きつくのは、身勝手すぎる。

椅子から立ち上がったとき、店にパート従業員の多島響子がふらりと入ってきた。いつになく顔つきが暗い。

「ずいぶん深刻そうな顔して、どうしたんだい？」

「マスター、救《たす》けて！　うちのぐうたら亭主、消費者金融からギャンブル資金を百五十万も勝手に借りてたんです。ずっと利払いもしてないとかで、先方が怒ってるの。きょう中に五十万を入れないと、わたしを昼間営業してる歌舞伎町《かぶきちょう》のランジェリーパブで働かせると言ってるんですよ。どうもその店では、売春行為も行われてるらしいの」

「力になってあげたいが、こっちも余裕がないんだ」

「ちゃんと借用証を書きますんで、五十万円、貸してくれません？」

「悪いけど、ほかの誰かに……」

「薄情ね、マスターは。わたしたちは他人じゃないんですよ。いいわ。わたし、これからマスターの自宅に行って、奥さんにお願いしてみますから」

「あの晩のことを家内に話すつもりなのか⁉」

保坂は声を上擦《うわず》らせた。

「成り行きで話すことになるかもしれませんね」

「や、やめてくれ」

「浮気のことを奥さんに知られたくないんだったら、五十万、なんとか用立ててくださいよ。そのくらいの貯えはあるでしょ？」

「女は怕《こわ》いね。たった一度、弾みでナニしただけなのに」

「そう言いますけどね、こちらは亭主がいるんですから、それなりの勇気と覚悟がなければ、三軒茶屋のホテルには入りませんでしたよ。それだけマスターに好意を持ってたから……」

「わかったよ。五十万は何とかする。銀行に行かなきゃならないから、三十分後に出直してくれないか」

「わたし、ここで待ってますよ。キャッシュカードを使って、ATMでお金を引き下ろすだけでしょ?」

「まだ仕込みの途中なんだ」

「そうなの。そういうことなら、三十分後にまた来ます」

響子が店から出ていった。

彼女に弱みを見せたら、際限《さいげん》なく無心されることになりそうだ。しかし、妻の信子に浮気のことは知られたくなかった。保坂は厨房に入り、シンクの下から札束の詰まったターメリックの空き袋を摑み出した。

百万円の束を一つだけ取り出し、帯封を切った。そのとき、保坂は殺された財津が持ち逃げした八千万円は違法カジノの売上金ではないと直感した。違法カジノの売上金ならば、銀行の帯封は掛けられていないはずだ。もっと早く気づかなかったのか。多くの札束を見て、帯封のことを考える余裕もなかったのだろう。

財津は九仁会浦辺組の犯罪の証拠を握り、八千万円を脅し取ったのではないか。彼は何か不始末をして、浦辺組を破門されたのかもしれない。その腹いせに、恐喝を働いたのだろう。そう推測すれば、ベンツで兄貴分や舎弟に追われていたことも得心《とくしん》がいく。

保坂は五十枚だけ万札を引き抜き、残りの半分を空き袋の中に戻した。残りは一千九百五十万円になってしまった。

ターメリックの空き袋をシンクの下の奥に納め、ふたたびカウンター席の椅子に腰かける。

保坂は煙草を吹かしながら、時間を遣《や》り過ごした。響子がふたたび店を訪れたのは、きっかり三十分後だった。

保坂は裸の札束をパート従業員に手渡した。

「マスターには感謝します。二、三日中に借用証を持ってきますね」

「いいよ、借用証は」

「それじゃ、悪いわ」

「本当にいいんだ。その代わり、もう一円も回してあげられないよ」

「わかってます。五十万も只《ただ》で貰うのは気が引けるから、わたし、またマスターとホテルに行ってもいいですよ。体で借りを返すってわけじゃないけど、何らかの形で謝意を表さないとね」

「そういう気遣いは必要ない」

「マスターがそう言うなら、情けに縋《すが》ることにします。ありがとうございました。ところで、マスターはかなりへそくりがあるみたいですね」

「えっ⁉」

「わたし、『ガンジス』の見える所で三十分待ってたんですよ。マスターは銀行に行かなかったわ。ということは、この店のどこかにへそくりがあるってことですよね」

「最後の隠し金だったんだ。どこを探しても、もう一銭もないよ」

「そうかなあ」

「本当だよ。早く消費者金融に五十万を持っていかないと、いかがわしい店で働かされることになるぞ」

「ええ、そうだったわ。マスター、恩に着ますね」

響子がにこやかに言って、あたふたと帰っていった。

保坂は厨房に戻って、炊飯器のスイッチを入れた。薬味を揃え、いつでも営業できるよう準備を調《ととの》えた。

やがて、営業を開始した。

しかし、客はひとりも入ってこない。二人の男が訪れたのは、午前十時半を回ったころだった。どちらも三十代の半ばだろう。

「いらっしゃい！　どうぞお好きな席にお坐りください」

保坂は愛想よく迎えた。男のひとりが懐から、ＦＢＩ型の警察手帳を取り出した。だが、表紙しか見せなかった。

「われわれは博多中央署刑事課強行犯《きょうこうはん》係の者です。わたしは佐藤《さとう》、連れは田中《たなか》といいます」

「博多訛《なまり》がありませんね？」

「二人とも、大学は東京だったんですよ。それより、きのうの午前十時前に保坂さんは博多の大型スーパー『スマイルマート』の駐車場で、あなたのクラウンに財津譲司を乗せましたね？」

「脅されて、助手席に乗せざるを得なかったんですよ」

「車を奪われそうになったんで、あなたはキレてしまった。それで財津を車のトランクに押し込み、日付が変わってから彼の手と足をロープで縛って、博多湾の沖合に投げ込んで水死させたわけか」

「な、何を言ってるんです!?　わたしは強引に車に乗り込んできた男に福岡ＩＣ近くで降りてもらって、東京に帰ってきたんだ」

「正直に話してくださいよ。あなたが刃物を振り回した財津をぶちのめして、路上に置き去りにしたことはわかってるんですから」

　田中という刑事が口を挟んだ。

「えっ⁉」

「畑仕事をしてた老女が近くにいて、何もかも目撃してたんですよ。その方は、あなたが財津の青いスポーツバッグを助手席に載《の》せたままでクラウンを急発進させたとこも見てました。財津は犯罪絡みの金をスポーツバッグに入れて持ち歩いてたんですよ。そのことは、当然、ご存じですよね？」

「わたし、そのスポーツバッグの中身は見てません。九州自動車道に乗り入れる少し前に雑木林の中に投げ込んだんですよ。かなり重かったが、札束が入ってたのか」

「保坂さん、嘘はまずいな。車の中でスポーツバッグの中身を見たはずです。見知らぬ男が強引に車を乗っ取ろうとしたら、中身が気になるだろうからね」

「しかし、わたしは見てないんだ」

　保坂は言い張った。

「そうですかね。あなたは中身が八千万円もの大金だと知って、横奪《よこど》りする気になったんだろうな。だが、運悪く財津に追いつかれてしまった。で、また財津を叩きのめし、トランクの中に押し込んだ。それで夜になってから博多湾で漁師を抱き込んで、船で沖合に向かった。船内で財津の自由を奪って、暗い海に投げ込んで水死させた。そうなんでしょ？」

「根拠もないのに、そこまで疑うなんて人権問題だなっ」

「感情を害されたんだろうが、あったはずの八千万入りのスポーツバッグが消えてるんですよ」

「それについては、もう答えたでしょうが！」

「明け方から福岡県警は県内の隅々までチェックしたんですよ。ですが、ついに財津が持ち歩いてた青いスポーツバッグは見つからなかった。で、警察はあなたが拐帯《かいたい》した疑いがあると考え、飛行機で上京したわけです」

「科学捜査の時代に刑事の勘だけで疑惑を持たれたんじゃ、たまりませんね。わたしの車の中を検《しら》べてもいいですよっ」

「もうスポーツバッグは焼却してしまったのかな？」

　佐藤と称した男が会話に割り込んだ。保坂は、うろたえそうになった。

　前夜、神奈川県の厚木ＩＣでいったん東名高速道路を降り、雑木林の奥で百瀬たち三人と二千万円ずつ分け、その場で青いスポーツバッグを焼いた。灰は土の中に埋め、地べたを均《なら》してきた。

「保坂さん、答えてくれませんか」

「焼けるわけないでしょ、福岡で中身ごとスポーツバッグを投げ捨ててきたんですから」

「素直に財津を殺《や》って八千万円をネコババしたことを認めれば、刑は少しばかり軽減されるんですがね。場合によっては、罰金刑で済むかもしれない」

「身に覚えがないことは、自白の仕様がないでしょ！　そんなに疑うんなら、裁判所から家宅捜索状を取って、わたしの自宅、車、この店を徹底的に検《しら》べればいいんだ」

「いま検べさせてもらえませんかね？」

「それは断ります。令状が下りたら、いくらでも協力しますよ」

「そこを何とか……」

「冗談じゃない。断固、拒否します。推測だけで、わたしを犯罪者扱いする警察には協力できませんっ」

「そんなに突っ張ってもいいのかな。その気になれば、あんたを別件でしょっぴくことだってできるんだ。警察を敵に回したら、何かと損ですよ」

「そんな威《おど》しは通用しない。こっちは五十六年も生きてきたんだ。二、三十代の若造じゃないんだぞ」

「うーっ、痛《いて》え！」

田中が急に呻《うめ》いた。

「そっちの手のうちは読めてる。わたしに足を踏まれたってことにして、公務執行妨害罪を適用する気だったんでしょうが！」

「くそっ、読まれてたか」

「わたしの知人に毎朝日報《まいちょうにっぽう》の社会部の副部長をやってる男がいる。その彼は国家権力に喧嘩を売ることが大好きなんですよ。おたくたちが、いんちきな方法でわたしを逮捕したとわかったら、喜ぶだろうな」

「おたく、しぶといね」

「わたしは財津という男に車を乗っ取られそうになったんで、ただ逃げただけなんだ。彼を殺して、持ち歩いてた大金を着服したと疑われるなんて心外だな」

「必ずおたくの尻尾《しっぽ》を摑んでやる！」

「逮捕できるわけない。わたしは、後ろめたいことなんか何もしてないんだから」

「犯罪者がよく口にする台詞《せりふ》だな」

「営業妨害になるから、もう引き取ってくれないかっ。いつまでも居坐るつもりなら、塩を撒《ま》くぞ」

保坂は二人の刑事を交互に睨《ね》めつけた。

佐藤と田中が顔を見合わせ、小さくうなずき合った。

「早く出てってくれ」

「おたくとは取調室で再会することになると思うよ」

田中が言い捨て、体を反転させた。佐藤も体の向きを変えた。

二人が辞去すると、保坂はへなへなと椅子に坐り込んだ。

一千九百五十万円は別の場所に移したほうがいいだろう。刑事たちが自分に張りつくようだったら、百瀬に知恵を借りるべきかもしれない。

保坂はセブンスターをくわえた。

百円ライターを持つ手が震えはじめた。煙草になかなか火が点かない。

2

仕事に身が入らない。パソコンに向かっていても、キーボードを数え切れないほど打ち間違えてしまった。

上《うわ》の空だった。

湯川真知はマウスから手を離し、右手で目頭を押さえた。

瞼《まぶた》が重い。寝不足だった。職場の自席である。勤務先は、西新宿の高層ビルの十八階にあった。フラットごと借りていた。

正午前だった。真知は前夜、一睡もしていなかった。犯罪絡みの二千万円を自宅に持ち帰ったことで、罪の意識と名状《めいじょう》しがたい不安にさいなまれたせいだ。怪しげな大金は、自室のクローゼットの中に隠してある。

二千万円を受け取ってしまったが、自分で遣《つか》う気にはなれなかった。

数日中に新宿駅のコインロッカーにそっくり入れるつもりだ。そのまま放置しておけば、いずれ拾得物《しゅうとくぶつ》として警察に届けられるだろう。

まんじりともできなかったのは、大金を受け取ったせいばかりではなかった。

昨夜遅く代田の自宅に戻ると、母の小夜子がまだ妹が帰宅していないことを告げた。沙矢のスマートフォンの電源は切られたままで、連絡が取れないらしい。

母の話を聞いて、真知は妹が『パラダイスレコード』に単身で談判に行ったのではないかと思った。しかし、旅先から沙矢に軽はずみなことはするなと釘を刺しておいた。まさか姉の忠告は無視しないだろう。

そう思いながらも、真知は不安になってきた。『パラダイスレコード』に電話をかけてみた。だが、先方の受話器は外れなかった。社員は誰もいなかったのだろう。

妹がこれまで無断外泊をしたことは一度もない。沙矢は音楽ビジネス詐欺にまんまと引っかかってしまったことで心に痛手を負い、ふと傷心旅行をする気になったのだろうか。そうなのかもしれない。

真知は、そう思った。沙矢は、母が出世払いで用立ててくれた八十万円を騙し取られたことをひどく気に病《や》んでいた。自分の稚《おさな》さと愚かさを痛感させられ、自己嫌悪に陥ってしまったのか。

そうだったとしても、母親に迷惑をかけたことで思い詰めて死んで詫びる気になるほど短絡的ではないはずだ。ただ、妹は一途《いちず》に夢を追ってきた。プロのシンガー・ソングライターになれる自信もあったにちがいない。

しかし、夢を実現させる第一歩と考えていたインディーズ・レーベルからのＣＤデビューには汚い裏があった。沙矢の衝撃と失望は大きかっただろう。

若さは勁《つよ》さを秘めているが、同時に脆《もろ》さも併《あわ》せ持っている。挫折感が深ければ、厭世《えんせい》的な気分にもなるだろう。妹が死の誘惑に駆られたりしないことを切に祈りたい。

なんとか沙矢の夢の後押しをしてやりたいものだ。真知は明け方、汚れた金を有効に遣《つか》って、妹をメジャーデビューさせるきっかけを摑めないかと知恵を絞ってみた。

音楽関係者を金で抱き込めたとしても、それでデビューしたら、後ろめたさは終始つきまとうだろう。そうした裏工作を沙矢に知られたら、プライドを傷けることになる。アンフェアなやり方は、やはり避けるべきだろう。

朝になっても、妹は帰宅しなかった。家族には何も連絡がない。母は取り乱し、地元署に捜索願を出したがった。

真知は母親を落ち着かせ、午前九時過ぎに『パラダイスレコード』に電話をかけた。受話器を取ったのは藤森社長だった。妹は会社を訪ねてこなかったという。真知は妹から聞いた詐欺商法の話の真偽を確かめたくて、それとなく探《さぐ》りを入れてみた。

社長は妹の二枚のシングルCDを契約通りに一万枚ずつプレスし、特約店に納めて宣伝活動もしたと明言した。しかし、残念ながら、どちらも百枚程度しか売れなかったらしい。

会社側の言い分には納得できない部分もあったが、詐欺の証拠があるわけではなかった。真知は、それ以上の追及はできなかった。

母と手分けして、沙矢の友人や知り合いに片端から電話をしてみた。

だが、妹の消息はわからなかった。沙矢のスマートフォンにも、たびたび電話をかけた。依然として、電源は切られたままだった。

前夜は、母もまんじりともしていなかった。真知は母に睡眠導入剤を服《の》ませ、一時間遅れで出社した。

職場の上司や同僚たちの様子がいつもとは違っていた。石塚がネットに悪意に満ちた書き込みをしたからだろう。好奇心と侮辱の入り交《ま》じった眼差《まなざ》しを向けてくる者が多かった。

デマや中傷に惑《まど》わされてしまう人間は少なくない。

男性社員の大半は、書き込みを鵜《う》呑《の》みにしたのではないか。アップされた全裸写真を見た者は十人以上いるかもしれない。

真知は恥ずかしさで消え入りたい気持ちだったが、同僚たちにはいちいち弁解しなかった。淫乱女と思いたければ、思えばいい。生まれたままの姿でベッドにしどけなく横たわっている姿を多くの男女に見られてしまったことは耐えがたかった。しかし、もうどうすることもできない。開き直るしかなかった。

誰かに肩を叩かれた。

真知は振り返った。斜め後ろに、同期の筒美玲華が立っていた。心配顔だった。

「ちょっと早いけどさ、一緒にランチをどう？　安くておいしいパスタの店を見つけたのよ」

「うん、つき合う。あんまり食欲はないんだけど、仕事に集中できないんで、気分転換したほうがよさそうだから」

「真知、瞼が腫《は》れぼったいね。それに目も充血してる。ネットの書き込みを見た男たちがおかしなメールや電話をしてきた？」

「そうじゃないの。妹がね、きのう、無断外泊したのよ」

「あら、やるじゃないの。妹さん、いくつだったっけ？」

「二十三よ」

「なら、ガキじゃないんだから、別に心配することないって。多分、朝まで一緒にいたくなるような彼氏ができたんでしょう」

「そうなのかしらね」

真知は財布だけ手に取って、回転椅子から腰を浮かせた。玲華と肩を並べ、エレベーターホールに急ぐ。

案内されたパスタ料理店は、職場から数百メートル離れた裏通りにあった。雑居ビルの地下一階だ。インテリアは洒落《しゃれ》ていた。

客席は半分ほど埋まっていた。真知たちは奥のテーブル席に落ち着き、どちらもペペロンチーノを注文した。

「真知が毅然《きぜん》としてるんで、ちょっと安心したわ。妙におどおどしてたり、恥ずかしがってたら、わたし、活《かつ》を入れてやろうと思ってたの」

「ＯＬ一年生ってわけじゃないんだから、そんなに純情じゃないわよ」

「例のネットの件だけど、書き込んだのは石塚って彼氏だったんでしょ？」

「ええ、そう。ふてぶてしく認めたわ。それで、未練がきれいさっぱり消えちゃったわ」

「相手は別れる気になったんで、あんな悪質な書き込みをしたのね？」

「そうなんだと思うわ。もういいの。あいつとは終わったんだから」

「そのうち、二人で男狩りに行こうよ」

「男狩り？」

「そう。好みの男とワンナイトラブも悪くないわよ。後腐れなくてさ」

玲華がにっと笑って、ヴァージニア・スリムライトに火を点けた。

「そういうのは、わたし、駄目だな。メンタルな触《ふ》れ合いがないと、抱かれてもいいとは思わないもの」

「真知は考え方が真面目すぎる。女にだって性欲はあるんだからさ、したくなったら、テクのありそうな男と寝ればいいのよ。それでフラストレーションがなくなれば、儲けもんじゃないの。体も気持ちよくなれるわけだからさ」

「同《おな》い年でも、玲華のほうがずっと大人ね。ある意味、羨ましいわ」

「良識なんか棄《す》てちゃえ、棄てちゃえ！　インモラルな生き方してると、楽になれるよ。人生は長丁場《ながちょうば》なんだから、適当に息を抜かないとね」

「そうなんだろうけど……」

「真知、もっと不良になんなよ。なんなら、いっそ悪女になっちゃう？」

「けしかけないでよ」

真知は微苦笑した。

雑談を交わしていると、パスタ料理が運ばれてきた。二人はペペロンチーノを平らげ、エスプレッソを追加注文した。割り勘で支払いを済ませ、午後一時十分前に店を出る。

オフィスのある高層ビルに戻ると、一階のエントランスホールに石塚が立っていた。エレベーター乗り場の近くだった。

真知は驚きの声を洩らし、すぐに足を止めた。連れの玲華が視線を延ばした。

「向こうに立ってる男が石塚って彼なんじゃない？」

「ええ、そう。なぜ会社まで押しかけてきたのかしら？　わたしが彼に軽蔑という二文字をメールで送信したんで、プライドを著《いちじる》しく傷つけることになったのかな」

「そうなのかもしれないね。男どもは、ちょっとしたことで傷ついちゃうから。そういう奴に限って、たいした人間じゃないんだけどさ。それだから、狭量なんだろうな。それはそれとして、あの彼、真知を殴りに来たんじゃない？　どうしても怒りが鎮《しず》まらなくって」

「女をぶったりはしないと思うけどな」

「恋人同士のときは、暴力を振るったりしないだろうね。だけど、もうジ・エンドになったわけだから、わからないわよ」

「そうかな？」

「真知、ひとまず逃げなよ。そのほうがいいんじゃない？」

「わたし、こそこそ逃げたくないわ。ひどい仕打ちをされたのに、こっちから逃げるなんて理不尽すぎるもの」

　真知は言った。

「それもそうだね。真知が逃げることはないか、別に悪いことをしたわけじゃないんだから」

「無視して、エレベーターに乗り込むわ」

「それはまずいよ。石塚って彼がキレて、真知の髪の毛を引っ摑んで引きずり回すかもしれないからさ。いいわ、わたしが話をつけてあげる。わたし、グーで男の顔面を殴りつけたことが二回あるから、彼がキレても平気よ」

「玲華、待って。自分で話を聞くわ」

「それは危《ヤバ》いって」

玲華が声を高めた。

石塚が真知に気がついた。大股で歩み寄ってくる。

「わたしの後ろにいるのよ」

玲華が真知の前に出て、庇《かば》う形になった。彼女の両腕は翼のように拡《ひろ》げられていた。

「玲華、先に自席に戻ってて」

「何を言ってるの。真知は、ぶたれるかもしれないのよ。最悪の場合は蹴りを入れられるかもしれないわ」

「そんなことにはならないわよ」

真知はそう言ったが、幾分、戦《おのの》きはじめていた。

「ちょっと話があるんだ」

石塚がたたずむなり、真知に声をかけてきた。先に口を開いたのは玲華だった。

「おたく、男らしくないわね」

「きみは誰なんだ？」

「真知と同期に入社した筒美という者だけど、もう二人の恋は終わってるのに、しつこいんじゃない？」

「きみには関係ないことだろっ」

「何の用があって、こんな所まで来たの？　男なら、もっとさばさばとしなさいよ」

「うるさい！　引っ込んでてくれ」

石塚が息巻き、玲華を払い除《の》けた。玲華はヒールの高い靴を履《は》いていた。そのせいか、大きくよろけた。

真知は慌《あわ》てて転びそうになった玲華を支えた。腕に力を込め、体勢を整えてやる。

「乱暴なことはしないで！　もう話すことなんかないはずよ」

「真知、連れの彼女をどこかに行かせてくれ」

「ちょっと何よ。わたしは野良犬か、野良猫なの？　失礼な言い方しないでちょうだいっ」

玲華が石塚に喰《く》ってかかった。

「言い方が気に入らないんだったら、謝るよ。とにかく、おれたち二人から離れてくれ」

「そうはいかないわ」

「どうして？」

「おたく、真知に荒っぽいことをするつもりなんでしょ？　別れ話を切り出されたんで、何か仕返しをしに来たんじゃないの？」

「違うよ。乱暴なことなんかしない。だから、少し離れてほしいんだ」

石塚が言った。

真知は目顔で、そうしてと訴えた。玲華が十メートルほどエレベーター乗り場の方に歩き、そこで立ち止まった。

「用件を手短に言って」

真知は石塚の顔を見据えた。

「おれが悪かったよ」

「いまさら何を言ってるのっ」

「真知に別れたいなんて言われて、つい逆上しちゃったんだ。自慢するわけじゃないが、おれは女にフラれたことは一度もなかったからな。いつも自分から、興味を失った女たちに背を向けてきた」

「モテ男《お》だって自慢したいんでしょ、結局はね。薄っぺらな男ね」

「なんとでも言ってくれ。でもな、おれはやっぱり真知とは別れられない。ほかの娘《こ》にちょっかい出したりしたが、やっぱり真知は特別な女だよ。十年以上のつき合いだから、夫婦みたいに気心が知れてるしな」

「………」

「ネットに変な書き込みをして、恥ずかしい動画をアップしことは心から悔やんでるし、反省もしてる。ごめん！　本当に悪かったよ。どうか赦《ゆる》してくれないか。この通りだ」

石塚が床のタイルに土下座して、頭を深く垂れた。

意表を衝《つ》く行動だった。他人に土下座されたのは、生まれて初めてだ。少しだけ情《じょう》に絆《ほだ》された。だが、真知はもう石塚と愛情を紡《つむ》ぎつづける気はなかった。

「おれたちは必ずやり直せるよ。だから、おれを赦してほしいんだ」

「もう無理ね。覆水盆《ふくすい》に返らずって諺《ことわざ》があるけど、その通りだわ」

「真知、なんとか考え直してくれないか」

「遅いわ。早く立ち上がって。土下座なんて軽々しくするもんじゃないわ、男も女もね」

「冷たい女だな」

石塚が恨めしげに言って、のろのろと立ち上がった。

「本当に、これっきりよ」

真知は言った。

石塚がかすかにうなずき、高層オフィスビルから出ていった。肩を落とし、真知とは目を合わせようともしなかった。

玲華が小走りに駆け寄ってきた。

「彼、よりを戻してくれって土下座したみたいね。でも、真知ははっきりとノーと言ってやった。そうなんでしょ？」

「ええ、その通りよ。もう愛情は完全に冷え切っちゃったから、無理だもの」

「偉いぞ、真知。それでこそ、女だわ。もう時代が変わったのよ。これからは、女が男を選ばなくちゃね」

「そんな思い上がったことは考えてないけど、終わった恋にしがみつくほど古風には生きられないわ」

「そうよ」

「やっと少し大人になれたのかな、わたしも」

「遅すぎる！　お互いに年内には三十の大台に乗っちゃうのよ」

「わたしって、万事にスロースターターだから、つい同期よりも後《おく》れをとっちゃうのよね。これからは少し速力をあげないとな」

「そうしなよ」

「玲華、いろいろありがとう。持つべきものは同期ね」

「そのうち何か奢《おご》ってもらうぞ」

「いいよ」

二人は十八階に上がり、それぞれの部署に戻った。

真知は自分のデスクに向かい、またパソコンを起動させた。資材の在庫数をグラフ化していると、机上の内線電話が鳴った。

電話をかけてきたのは総務部長だった。

「湯川さん、すぐに常務室に行ってくれないか。貴船《きふね》常務がきみと直《じか》に面談したいと言ってきたんだよ」

「面談って、どういうことなんですか?」

「行けばわかるよ。とにかく、常務室に行ってくれないか」

「わかりました」

真知は受話器をフックに返し、自席を離れた。ネットの書き込みのことで、何か注意を与えられるのか。それなら、人事課長あたりに説教されることになるはずだ。

六十三歳の貴船勉《つとむ》はロマンスグレイで、なかなかダンディーだった。役員の中では、最も女性社員たちに人気がある。

だが、女たらしだという噂が立っていた。銀座の美人ホステスを数年ごとに次々に愛人にしているという話を職場で聞いていた。

自分の秘書に手をつけたというスキャンダルが、誠《まこと》しやかに流れたこともあった。艶福《えんぷく》家《か》として知られた人物だった。

真知はエレベーターや廊下で顔を合わせたときに貴船に会釈《えしゃく》するだけで、まともに言葉を交わしたことはなかった。重役に呼ばれたことは過去に一度もない。

真知は緊張しながら、常務室に急いだ。

深呼吸し、常務室のドアをノックする。名乗ると、貴船に入室するよう指示された。真知はドアを静かに開け、常務室に足を踏み入れた。

貴船は大きな執務机の前にある応接ソファに腰かけ、書類に目を通していた。いかにも仕立てのよさそうなスリーピースに恰幅《かっぷく》のいい体を包んでいる。

「ま、掛けなさい」

「失礼します」

真知は、コーヒーテーブルを挟んで貴船常務と向かい合った。

「先月、わたしの秘書を務《つと》めてた娘《こ》が寿退社したんだよ。後任の女性を早く決めないといけないんだが、これという人材がいなくて困ってるんだ」

「そのこととわたしはどういった関係があるのでしょうか？」

「きみ、わたしの秘書になってくれないかな」

「わたし、英会話もできませんし、秘書の基本訓練も受けていないわけですから、とても無理です」

「そんなことはどうでもいいんだ」

「はあ？」

「きみは、さばけた女性なんだね。ネットの書き込みと裸の画像を見せてもらったよ。ナイスバディじゃないか。かなり男遊びをしてるようだね。わたしの秘書になれば、給料は十万以上増えるだろう」

貴船がソファから立ち上がり、真知のかたわらに坐った。真知は身を硬くした。

「二年間、わたしに仕えてくれたら、財界人の次男坊か三男坊に必ず嫁がせてやる。その代わり、夜の個人秘書にもなってほしいんだ。言ってる意味、わかるだろう？」

「愛人になれってことですね？」

「そう。月に五十万の手当を渡す。もちろん、マンションも借りて月々の家賃も払ってやる。どうだい？」

常務が真知の肩を抱き寄せ、乳房を大胆にまさぐった。真知は全身で抗《あらが》って、ソファから立ち上がった。

「ネットにあんな書き込みをされたんだから、うちの会社にはどうせ長く勤められないんだ。二年間わたしの愛人になって、条件のいい結婚をしたほうが得じゃないか。え？」

「わたしは、それほど打算的な女ではありません」

「ほう、わたしに逆《さか》らう気か。いい度胸してるね。一介のＯＬが役員を怒らせたら、明日はないよ。わかってるのか？」

「セクハラの次はパワハラですかっ。重役がこんなお粗末じゃ、この会社も先が知れてますね」

「なんだと⁉　そこまで言うんだったら、おまえを閑職に追いやって居づらくしてやる！」

「その前に辞表を書くわ。こんな会社、こっちから願い下げよっ」

真知は言い返し、常務室を飛び出した。

3

エレベーターが九階に達した。

百瀬一輝は函《ケージ》から出た。午後一時半を回っていた。昨夜は目黒区五本木《ごほんぎ》の自宅マンションで札束を眺めながら、つい深酒をしてしまったのだ。

百瀬は『東都リサーチ』のドアを開けた。

スタッフは六人しかいなかった。調査員の今岡恵美が茶化した。

「あら、重役出勤ね。いい身分ですこと」

「こっちは雇われ調査員だから、正社員みたいに出勤時間が決まってないんだ。タイムカードがある今岡さんが羨ましいよ」

「厭味に聞こえるわ。昼も夜も働いて、手取りの給料が三十万弱なんですよ。わたしのどこが羨ましいの？」

「定収入があるだけ恵まれてるじゃないか」

「あら、百瀬さんのほうがずっと稼いでるじゃないの」

「しかし、こっちにはボーナスも退職金もない。いつでも使い捨てにされる契約調査員だから、心細いよ」

「でも、きょうはなんか余裕がありそうだわ。何かいいことでもあったのかな。たとえば、思いがけなく大金が懐に転がり込んだとか？」

「そんなことあるわけないじゃないか」

百瀬は自分の席に坐った。表情は変えなかったが、恵美の勘の鋭さに舌を巻いていた。

着席して五分も経《た》たないうちに、社長室のドアが開いた。進藤社長が百瀬の名を呼んだ。

「何です？」

「新しい依頼の件で、ちょっと相談したいんだ。ちょっと来てくれないか」

「わかりました」

百瀬は椅子から立ち上がって、社長室に歩《ほ》を運んだ。

入室すると、すでに進藤は応接ソファに坐っていた。百瀬は社長の前に腰を沈めた。

「例の副業の件だがね、早速、客が見つかったよ。首都圏で三十数店舗を持ってるディスカウントストアの社長がかみさんと別れて、若い愛人と再婚したがってるんだ。その社長は四十六歳で、奥さんはちょうど四十なんだよ。愛人と手を切るつもりがないんだったら、奥さんは旦那と別れると言ってるらしい」

「そうですか」

「ただし、離婚のときは財産を半分貰いたいと主張してるそうだ。社長の資産は約二十億だから、夫人は十億の慰謝料を寄越《よこ》せってわけだよ。しかし、旦那のほうは一億しか出す気がない。それで、奥さんにも不倫相手がいたってことにしてくれってことなんだよ。成功報酬は八百万円出すと言ってる」

「それで？」

「百瀬君が社長夫人に接近して深い関係になったら、そっちには三百万の報酬を払う。領収証はいらないよ。いま奥さんの顔写真を見せるが、なかなかの美人なんだ。体型だって、それほど崩れてない。〝別れさせ屋〟になってくれるね?」

「収入が増えるのはありがたいことですが、その副業には協力できません。なんの罪もない社長夫人を罠に嵌《は》めるのはさすがに気が咎《とが》めますんでね」

「依頼人のかみさんをホテルに連れ込むだけで、三百万になるんだよ。三十代の勤め人の年収を半月かそこらで稼げるんだぞ。そんなおいしいバイトは、めったにない」

社長が呆《あき》れ顔で言った。

「ええ、そうでしょうね」

「欲がないな」

「売れない俳優か、ホストを仕掛人にしてください」

「そういう奴らは女擦《ず》れしてるだろうから、普通の主婦は警戒するに決まってる。誠実そうな男じゃないと、口説《くど》けないよ。百瀬君なら、適役なんだがな。よし、折半《せっぱん》にしよう。取り分は四百万ずつだ。それなら、そっちも文句はないだろ?」

「金の問題ではないんです。どうしても気が進まないんですよ」

「そうか。こんなことは言いたくなかったが、同じ警察OBだから、百瀬君に目をかけてきたんだぞ。しかし、わたしの気持ちは伝わってなかったんだな」

「進藤さんには恩義を感じてますよ」

「それだったら……」

「この件だけは協力できません」

「百瀬君が我を通すなら、今後は素行調査の仕事も徐々に減らすことになるよ。それでもいいんだな？」

「社長がそうしたいんだったら、仕方がありませんね」

「独身だから、喰ってはいけるだろう。しかし、かつかつの暮らしになるぞ」

「そうなったら、何か考えますよ。力になれなくて申し訳ありません」

百瀬はソファから立ち上がって、社長室を出る。自席につくと、恵美が小声で話しかけてきた。

「社長と何かでぶつかったみたいね。そうなんでしょ？」

「ああ、ちょっとな」

「百瀬さんは漢《おとこ》ね。不安定な身分だけど、茶坊主にはならない。尻《けつ》を捲《まく》るときは、決然と捲る。それでこそ、男よね。ね、どんなことで意見が衝突したの？」

「くだらないことさ」

百瀬は返事をぼかした。

そのすぐ後、上着のポケットでスマートフォンが鳴った。スマートフォンを摑み出し、ディスプレイに目を落とす。

電話をかけてきたのは保坂だった。百瀬はスマートフォンを耳に当てた。

「いま喋ってもいいですか？」

「すぐにコールバックします」

「そばに誰かいるんだね。わかりました」

保坂が電話を切った。百瀬はすぐに椅子から腰を浮かせた。

「女性からの電話みたいね。百瀬さんはモテそうだからな。女に不自由したことはないんじゃない？」

恵美が訊いた。

「不自由しっ放しだよ」

「嘘でしょ⁉　だったら、わたし、あなたを食べちゃおうかしら？」

「何か言った？　急に耳が遠くなってね」

百瀬はうまく切り返し、オフィスを出た。エレベーターホールの端まで歩き、保坂に電話をかける。

「わざわざすみません。例のスポーツバッグの男が今朝未明に博多湾沖で水死体で発見されたこと、もうご存じでしょ？」

「いいえ、知りません。八千万円を持ち逃げした財津という男が殺《や》られたのか」

「ええ。おそらく財津を追ってた九仁会浦辺組の奴らに北九州のどこかで取っ捕まったんでしょう。しかし、八千万はわたしの車の助手席に積んだままだったんで、あの男は組の者たちに殺《や》られたんでしょうね」

　保坂がそう前置きして、事件報道について詳しく語った。

「テレビの男性アナウンサーは、財津譲司は住所不定で無職と言ってたんですね？」

「ええ、そうなんですよ。殺人者に身許がわかるような物を奪られてから海に投《と》げ込まれたとも考えられますが、財津が浦辺組の組員だったとすれば、地元署はそのことを発表するはずでしょ？」

「そうですね。財津は以前、浦辺組にいたのかもしれないが、破門されたんじゃないのかな？」

「百瀬さん、わたしもそう思ったんですよ。財津は自分が組員であるような言い方をして、浦辺組が仕切ってる違法カジノの売上金をかっぱらったと語ってましたが、そうじゃなかったんでしょう」

「札束に帯封が掛かってたんで、違法カジノの売上金ではないと考えたんですね？」

「そうです、そうです。やはり、元刑事さんだな。百瀬さんも、そのことに気づいてましたか」

「ええ。しかし、あえて保坂さんたち三人に喋ることはないと判断したんで、黙ってたんですよ」

「そうだったんですか。わたし、財津は組から追い出されたことを恨みに思ってたんで、浦辺組の弱みにつけ込んで、八千万円を脅し取ったんではないかと推測してみたんですよ。ベンツに乗ってた四人は財津を取り押さえて、八千万円を回収する気だった」

「そう考えてもよさそうですね」

「それはそれとして、わたし、警察に財津を殺したと疑われてるようなんですよ」

「なんですって⁉　そう思われたのは、なぜなんです？」

百瀬は問いかけた。保坂が自分の店に博多中央署の二人の刑事が訪ねてきたことをつぶさに話した。

「二人の刑事の名は、佐藤に田中か。どちらも、ありふれた苗字ですね。それから二人は、警察手帳の表紙しか見せようとしなかったとか？」

「ええ、そうなんですよ。それに、どちらも標準語でした。九州訛がないことを訝《いぶか》しく思って、わたし、そのことを片方の男に言ったんですよ。そうしたら、二人とも東京の大学を出たからだと答えました」

「そうですか。その男たちは偽刑事っぽいな」

「えっ、そうなんですかね。だとしたら、彼らは浦辺組に八千万円の回収を依頼されたのかもしれないな」

「二人連れはやくざっぽい感じでした？」

「組員っぽい風体《ふうてい》じゃなかったが、素《す》っ堅気《かたぎ》でもなさそうだったな。裏サイトには、非合法ビジネスを何でも引き受けるなんて書き込みがありますから、裏便利屋が八千万の回収を浦辺組から依頼されたんですかね？」

「そうなのかもしれないな。そいつらは、店の近くに張り込んでるんですか？」

「数十分置きに店の外をうかがってたんですが、現在のところは二人にマークされていないようです。しかし、また奴らは来そうな気がするな。わたし、山分けした二千万を店のシンクの下に隠してあるんですよ。だけど、いつ奪い返されるかもしれないと考えると、落ち着かないんです」

「でしょうね」

「厚かましいお願いなんですが、百瀬さん、わたしの分を少しの間、預かっていただけないでしょうか？」

「いいですよ。こっちも刑事と称した二人の男のことが気になりますから、これから保坂さんのお店に行きましょう」

「無理を言って、ごめんなさい」

「気にしないでください。保坂さんのカレーショップは、下高井戸駅前の商店街にあるという話でしたね？」

「ええ、そうです。店名は『ガンジス』です。すぐに見つからないようでしたら、電話をください。わたし、迎えに行きますから」

「しかし、営業中なんでしょ？　パート従業員は午後五時から働いてるんでしょ？」

「そうですが、どうせ客なんか来やしませんよ」

「困った話ですね。四十分ぐらいで、そちらに行けると思います」

百瀬は通話を切り上げ、『東都リサーチ』の事務フロアに戻った。恵美の机に歩み寄る。

「アルファードの鍵《キー》を渡してほしいんだ。知り合いの商店主が妻の素行調査を依頼したいんだが、費用のことなんかで相談に乗ってくれないかと言ってきたんだよ」

「それなら、わたしも同行するわ」

「いや、二人で行くことはないだろう。先方は調査費用が四十万以上もかかるなら、依頼はできないと言ってるんだ。依頼されないかもしれないから、とりあえず単独で行ってくるよ」

「そう。その知り合いの方の住所は？」

「下高井戸なんだ」

「お名前は？」

「正式に調査を依頼されたら、詳しいことを教えるよ。早く車のキーを出してくれないか」

「案外、人妻に会いに行くんだったりしてね。ま、いいわ」

恵美が引き出しを開け、アルファードの鍵を抓《つま》み出した。百瀬は車のキーを受け取ると、すぐさまオフィスを出た。

エレベーターで地下駐車場まで下《くだ》り、アルファードの運転席に乗り込む。

保坂の店を探し当てたのは四十数分後だった。車を路上に駐《と》め、店に入る。

陰気な印象を与える若い男がカウンターの端でコミック雑誌を片手に持ちながら、ビーフカレーを掻《か》き込んでいた。ほかに客の姿は見当たらない。

「何か食べませんか？　もちろん、お代はいただきません」

カウンターの向こうで、保坂が言った。調理服が割に似合っている。少し若くも見えた。

「実は朝から何も食べてないんですよ。明け方まで例の物を眺めながら、酒を飲んでたんでね」

「そうですか。それじゃ、大盛りにしましょうね。何がいいですか?」

「ポークカレーとシーフードカレーの両方を貰うかな。当然、ちゃんと勘定は払います」

「いいですって」

「むやみに奢《おご》られるのは好きじゃないんです」

百瀬はカウンター席のほぼ中央に坐り、紫煙をくゆらせはじめた。一服し終えて間もなく、先にポークカレーが出された。

スパイシーで、味もよかった。半分ほど食べたころ、先客が店を出ていった。

「本場のインドカリーをベースにしてあるんですが、味はどうでしょう?」

「うまいですよ。なんで客足が遠のいてしまったのかな?」

「わたしが無愛想すぎたのかもしれません」

「そんなこともないんでしょうけどね。ところで、刑事と称した二人の男の影はどうです?」

「佐藤と名乗った男が十数分前に通行人を装って、店の前を通って行きました。あの二人は、この近くに潜《ひそ》んでたようだな」

「ええ、おそらくね」

百瀬はポークカレーを片づけ、次にシーフードカレーを食べはじめた。ライスはサフランで味付けされていた。シーフードの量が多く、満腹になった。

「これが預かっていただく物です」

厨房から現われた保坂は、黒いビニールの手提げ袋を持っていた。口の部分は粘着テープで封じられている。

「二千万円ですね？」

「いいえ、五十万ほど遣いました。ですから、預かってもらうのは千九百五十万です」

「わかりました。預かりますね。悪い気は起こしませんから、安心してください」

「あなたは、わたしの取り分をネコババするような方じゃない。そう踏んだから、これを預ける気になったんですよ」

「そうですか。大杉君と湯川真知さんは、財津が殺されたことを知ってるんだろうか」

「二人とも、まだ知らないんでしょう。事件のことを知ったら、わたしに何か連絡してくるでしょうから」

「そうでしょうね。財津の水死体が発見されたのが今朝未明なら、どの朝刊にも事件のことは載《の》ってない。テレビか、ネットのニュースでしか事件のことは知りようがないからな」

「ええ。偽刑事と思われる二人組がしつこく訪ねてきても、空とぼけつづけます。百瀬さんに浦辺組に関わりのある人間が迫っても、そうしてくださいね」

「当然、シラを切りますよ」

「大杉君と湯川真知さんにはわたしが連絡して、財津が殺《や》られたことと刑事と称する二人が店に来たことを伝えておきます」

「わかりました。こっちは、自称佐藤と田中のことを調べてみましょう。福岡県警に知り合いがいるんですよ」

「そうですか。よろしくお願いします」

保坂が言って、表情を強張《こわば》らせた。

百瀬は嵌《は》め殺しのガラス窓に目を向けた。三十代に見える男たちが店の前に立っていた。

「あの二人が博多中央署の者だと言って、ここにやって来たんですよ」

「そうですか」

「呼び込んで、彼らの正体を吐かせます?」

保坂が低く言った。

「いや、それはまだ早いな。そんなことをしたら、われわれが八千万円をネコババしたと疑われるだけでしょうからね」

「あっ、そうか」

「もう少し先方の出方を見ましょう」

百瀬は立ち上がって、二人の男に鋭い視線を向けた。

と、男たちは視界から消えた。百瀬は『ガンジス』の前に走り出た。

不審な男たちが路肩に寄せてある黒いスカイラインに乗り込んだ。スカイラインは急発進し、あっという間に走り去った。

横浜ナンバーだった。頭の数字は3だったが、それ以外は読み取れなかった。

百瀬は店内に戻り、二人組が横浜ナンバーの黒いスカイラインで走り去ったことを保坂に教えた。

「博多中央署の刑事が横浜ナンバーの車に乗ってるはずないな、彼らは飛行機で東京に来たと言ってましたんで」

「保坂さん、奴らは偽刑事にちがいありません」

「福岡県警に知り合いがいるとおっしゃってましたよね？」

保坂が確かめるような口調で訊いた。百瀬は福岡県警にいる知人に電話をかけ、博多中央署に佐藤及び田中という刑事がいるかどうか訊いた。その結果、二人が偽刑事であることがわかった。

「やっぱり、そうでしたか。あの二人は浦辺組に八千万の回収を頼まれた裏便利屋か何かなんでしょうね。しばらく張りつかれることになりそうですが、四人でとことんシラを切りましょう」

保坂が言った。

「われわれは運命共同体なんです。誰かひとりでも口を割ったら、残りの三人も占有離脱物横領罪で逮捕《パク》られることになります。何があっても、仲間を庇《かば》いつづけないとね」

「わたしは大丈夫です。大杉君は最後まで空とぼけられるでしょうかね。まだ三十一、二だから……」

「大杉君は心配ないですよ。彼は、ただの勤め人じゃないはずだ。いわゆるインテリやくざなんだと思います」

「えっ、彼がですか⁉ そんなふうには見えませんでしたけどね」

「一見、まともなサラリーマンみたいですが、素っ堅気じゃないな。湯川さんは普通のOLでしょう」

「ええ、それは間違いないでしょうね。彼女は渋々、自分の取り分を受け取りました。わたしたち三人よりも罪悪感を懐《いだ》いてるでしょうから、裏切り者が出るとしたら……」

「湯川さんは仲間を裏切ったりしないと思います。元刑事の勘にすぎないんですが、そんな気がしますね」

「百瀬さんがそうおっしゃるんなら、湯川さんも最後までシラを切ってくれるでしょう」

「ええ、そう思います。さっきの二人がまた戻ってくるかもしれないんで、店の近くでしばらく張り込んでみますよ」

百瀬はポークカレーとシーフードカレーの代金を払い、黒いビニールの手提げ袋を持った。店を出て、アルファードの運転席に入る。

張り込んで五分ほど経《た》ったころ、助手席のパワーウインドーがノックされた。シールドの向こうには、今岡恵美が立っていた。

百瀬は助手席のドアを押し開けた。

「会社から、この車を尾《つ》けてきたんだな？」

「ええ、タクシーでね。百瀬さんの行き先がちょっと気になったんで。奥さんに浮気されてるのは、カレーショップの店主なのね？」

「うん、まあ。調査費用がけっこうかかるって言ったら、依頼できないってさ。そのお詫びにレトルトのルウをくれたんだ」

「ルウは、後部座席にあるビニールの手提げ袋に入ってるのね」

恵美が言いながら、助手席に坐った。彼女は作り話を真《ま》に受けたようだ。手提げ袋には、二度と視線を向けなかった。

百瀬は、ひと安心した。

「わたしと組んで、進藤社長を強請《ゆす》りましょうよ。先夜の張り込みのとき、四年前に社長が港友会の幹部から組の覚醒剤十二キロを持ち逃げした組員の行方を追ってくれと依頼されたことは話したでしょ？」

「ああ。覚醒剤《シャブ》をかっぱらった奴は数日後、浜名湖近くのモーテルで何者かに絞殺されてたって話だったな？」

「ええ、そう。わたしね、四年前の事件の新聞記事を集めてみたの。覚醒剤を持ち逃げした組員は田所雅継《たどころまさつぐ》って名で、当時、二十七歳ね。進藤社長に田所の潜伏先を突きとめてくれと頼んだのは港友会の若頭の桂木良治《かつらぎりょうじ》、現在五十歳よ」

「そっちは社長が覚醒剤を持ち逃げした組員を殺し、十二キロの麻薬を横奪《ど》りして、どこかの暴力団に売り捌《さば》いたんじゃないかと言ってたな」

「ええ。実は港友会に行って、消された田所と仲のよかった組員たちと会ってみたの。その結果、うちの社長と田所は七年前からの知り合いだったことがわかったのよ。そのころ、彼は六本木の竜神会《りゅうじんかい》にいたの」

「その後、横浜の港友会に移ったわけか」

「そうなの。そのへんの経緯《いきさつ》はわからないんだけど、二人に接点があったことは確かよ。それでね、わたしは進藤社長が田所を唆《そそのか》して、港友会の覚醒剤十二キロを盗ませたんじゃないかと推測したわけ。そして社長は田所を殺害して、十二キロの麻薬をどこかの組に売り、何億ものお金を手に入れたんではないかと考えたのよ。そうなら、進藤社長はまだ億単位のお金を持ってるでしょうね」

「それを二人で吐き出させようって魂胆なんだな？」

「ええ、そういうこと！　ね、わたしと手を組まない？」

恵美が百瀬の顔を覗き込んだ。彼女の筋《すじ》の読み方が正しければ、進藤は汚れた巨額を隠し持っているにちがいない。

昨夜、思いがけない形で得た臨時収入二千万円を元手にして何か合法すれすれの商売で大きく膨らませる気でいたが、半年や一年で億単位の金は得られないだろう。土居の遺族に少しでも早く巨額を匿名で寄附してやりたい。

「四年前の事件を調べてみるか」

「本当に？」

「社長と気まずくなったんで、『東都リサーチ』ではあまり稼げなくなるだろうからな。悪党を志願してもいいよ」

「それじゃ、社長を丸裸にしちゃおう？」

「ああ、やろう」

百瀬は意を固めた。恵美がにっこりと笑って、握手を求めてきた。

「握手は大金をせしめてからだ」

百瀬は言って、上着のポケットからラークの箱を摑み出した。

4

最悪な事態に陥った。

逃れる術《すべ》がない。袋小路に追い込まれた気分だ。

大杉啓太は、代々木上原にある自宅マンションの寝室のフローリングに正坐させられていた。両足が痺《しび》れて、感覚が薄れている。

大杉のベッドには、『パラダイスレコード』の藤森社長が腰かけていた。

靴を履《は》いたままだった。午後三時半を回っている。

大杉は午前十時過ぎに勤め先に電話をかけた。まだ仙台に留《とど》まっている振りをして、探《さぐ》りを入れてみたのである。社長は出張が長引いたことで厭味を言ったが、神戸の桑原一家の話はしなかった。

大杉は、ほっとした。桑原清が妻子からホテルでの一件を聞き、会社に脅迫電話をかけてくるのではないかと強迫観念に取り憑《つ》かれていたのだ。暴発によって自分の脚《あし》を撃ってしまった神戸連合会系の暴力団員のこともマスコミ報道はされていない。

大杉は、桑原の妻に息子の性器をくわえさせ、スマートフォンのカメラで動画撮影した。その恥ずかしい動画が表沙汰《おもてざた》になることを恐れ、桑原一家は一切の反撃を諦めたにちがいない。

大杉はほくそ笑《え》み、都内のアンテナショップで何か宮城県の名産品を買ってから出勤する気でいた。

藤森社長が大杉の自宅マンションを不意に訪れたのは、およそ四十分前だ。その表情は険《けわ》しかった。大杉は、桑原一家の誰かが勤め先に電話をかけたと直感した。

予感は正しかった。

桑原清が藤森社長に直《じか》に電話をして、社員の大杉が個人的に詐欺を働こうとしたと告げ口したらしい。だが、三百万円の車代については一言も触れようとはしなかったようだ。

「一昨日《おととい》、仙台に出張すると嘘をついて神戸に行ったんだなっ」

藤森がベッドに腰かけたまま、片方の踵《かかと》で床を踏み鳴らした。

「おれ、神戸には行ってませんよ。桑原僚をカモにしようと思って、気を惹《ひ》くような電話はかけましたけどね。桑原宅は絶対に訪ねてません」

「おまえの言う通りなら、桑原清は嘘をついたことになる。関西の財界人が、わざわざ大杉を陥れる理由はねえだろうが？」

「そうなんでしょうが、こっちにはまるで身に覚えがない話ですから」

「大杉、桑原清はおまえが個人的に『マッハ・エンターテインメント』のチーフプロデューサーの高橋友樹に働きかけて、息子の僚をメジャーデビューさせると約束してくれたと言ってるんだよ」

「おれ、神戸になんか行ってませんって。会ってもない相手に、そんな話をするわけないでしょ？」

「黙って聞きやがれ！　桑原は大杉が高橋プロデューサーと組んで息子をＣＤデビューさせてくれるという話を真に受けてしまったんで、おまえのために『神戸ポートピアホテル』の高い部屋を押さえて、カトリーヌとかいうフランス系カナダ人娼婦にベッドパートナーを務めさせたとも言ってるんだ。それからな、倅の売り出しに必要な軍資金も後日、おまえの指定した銀行口座に振り込むことになってたらしいじゃねえかっ」

「そんな話、知りませんよ」

「しぶとい野郎だ。桑原清はおまえの話を信じていいものかどうか、『マッハ・エンターテインメント』の高橋に電話したんだってよ。それで、おまえは高橋と一度しか会ってねえことがわかっちまったってわけさ。内職しようなんて、いい度胸してるじゃねえか」

「社長、おれを信じてください」

「トラスト・ミーってか。どっかの首相が昔、アメリカ大統領に同じことを言ってたな」

「おれ、個人的なシノギなんか考えたこともないですよ」

大杉は空とぼけつづけた。

藤森が勢いよく立ち上がった。すでに大杉は社長に六回、腹を蹴られていた。そのつど、達磨《だるま》のように転がった。チンピラは別にして、年季の入った組員は決して相手の顔面を殴打したりしない。服で隠れている急所を狙うものだ。

息を継《つ》ぐ瞬間に蹴りを入れられると、ダメージが大きい。

大杉は藤森の片方の足が床を離れたのを見届け、息を詰めた。腹筋も張った。

蹴りは、鳩尾《みぞおち》を直撃した。それほど衝撃は強くなかった。とはいえ、体のバランスは崩れた。大杉は右肘《みぎひじ》で全身を支えた。

「ちゃんと正坐しやがれ」

藤森が怒鳴った。

すぐに大杉は坐り直した。ほとんど同時に、またもや蹴られた。今度は肝臓《レバー》のあたりだった。正坐し直すたびに、鋭いキックを見舞われた。

藤森が五度目に足を飛ばしたとき、大杉は息を詰めるタイミングをわずかに外してしまった。胃袋をもろに蹴られ、長く唸《うな》った。そのまま横に転がる。

転倒したとき、弾みで頬の内側の肉を嚙《か》んでしまった。口中に血があふれた。鉄錆のような味がした。

「正坐するんだ」

藤森が命じた。

大杉は上体を起こし、手の甲で口許を拭った。鮮血がべっとりと付着した。

「くたばるまで、ばっくれる気かい？　どこまで頑張れるか蹴りまくってやらあ」

「社長、おれ、嘘をついてました」

「やっと認める気になったか」

藤森が、またベッドに腰かけた。

「おれ、金が欲しかったんです」

「で、桑原一家から個人的にまとまった銭を引っ張る気になったんだな？」

「そうです。おれ、足を洗いたくなったんですよ。この世界で伸《の》していく自信がないんでね」

「ま、大幹部にはなれねえだろうな。大杉は不良上がりと違って、開き直ってねえ。気持ちが優しすぎる。おれたちの稼業で伸し上がるにゃ、もっと非情にならねえとな。必要なら、てめえの親兄弟、友達《ダチ》、情婦《おんな》も踏み台にする。そこまで悪党《ワル》にならなきゃ、永久にいい目は出ねえよ」

「おれ、そう思いました。組を脱《ぬ》けるには、一千万ぐらいの詫び料が必要でしょ？」

「組長《オヤジ》が大杉をどの程度に評価してるのかわからないが、そのくらいの挨拶をしねえと、小指落《エンコ》とせってことになるだろうな」

「そうでしょうね。だから、おれ、桑原僚をメジャーデビューさせてやるって話を餌《えさ》にして……」

「相手が悪かったな。桑原清はまともな財界人だが、神戸連合会の理事連中と親しくしてるんだ。それから、カモにしようとしたドラ息子の父親は、うちの会社が誠友会倉田組の企業舎弟《フロント》だってことも調べ上げてた」

「そうなんですか」

「てめえんちの恥を晒したくないんで、これ以上は騒ぎ立てねえだろうが、下手したら、大杉は神戸連合会傘下の極道に命奪《タマと》られてたとこだぜ。それどころか、誠友会を潰しにかかってきたかもしれねえ」

「ご迷惑かけました」

「大杉が堅気《ネス》になりてえって言うなら、倉田の組長《オヤジ》におれから一千万円の詫び料で足を洗わせてやってくれって頼んでやろう」

「よろしくお願いします」

「組長《オヤジ》は、それで勘弁してくれるだろうよ。けど、『パラダイスレコード』のほうの不始末の決着《オトシマエ》をつけてもらわねえとな」

「不始末って?」

「おまえが担当したシンガー・ソングライター志望の湯川沙矢が昨夜《ゆうべ》、ひとりで会社に凄い剣幕で乗り込んで来たんだよ。詐欺に引っかかったことがわかったから、CD制作費の負担金の二百七十万円をそっくり返却しろって喚《わめ》き散らしたんだ。金を返却する気がないんだったら、詐欺罪で『パラダイスレコード』を刑事告発して、民事訴訟も起こすなんて言い出しやがったんだよ」

「で、沙矢はすぐに追い返したんですね？」

「そんなことをしたら、危《ヤバ》いことになるじゃねえか。おれの知り合いの女の家に閉じ込めてあるよ、ランジェリー姿にしてな」

「会社の若い奴らに沙矢を輪姦《マワ》させたんじゃないでしょうね？」

「おれは、そのへんのチンピラじゃない。そんなことするわけねえだろうが。大杉、湯川沙矢って娘っ子のことをやけに心配するな。あの女に惚れちまったのか。え？」

「そんなんじゃありませんよ。ただ、沙矢はメジャーデビューできる才能に恵まれてるんで、カモったことを……」

「後ろめたく感じてるのか？」

「ええ、まあ」

「おまえは甘い人間だな。渡世人には向かねえよ。早く足を洗ったほうがいいな。その前に、湯川沙矢をおとなしくさせろ。いいな？」

「それ、彼女を殺《や》れってことですか？」

大杉は確かめた。

「そこまでは言わねえよ。とにかく、会社を刑事告発できねえようにしてくれりゃいいんだ。方法は、いろいろあるだろうが。ドラッグ漬けにしてもいいし、性風俗の店に売り飛ばすとかな。裏ＤＶＤに出演させるって手もある」

「詫び料の一千万円を都合つければ、おれに湯川沙矢の身柄を引き渡してもらえるんですね？」

「ああ、金策の当てはあるのか？」

藤森が探るような眼差しを向けてきた。保坂たち三人と山分けした二千万円は、ベッドの下の引き出しに隠してある。桑原清から渡された三百万円は封筒ごとミニコンポの後ろに突っ込んであった。

すぐにも一千万円の詫び料は用意できる。しかし、藤森の目の前で大金を取り出したら、怪しまれるにちがいない。下手すると、残りの大金も持ち去られてしまうだろう。

そうなったら、沙矢を売り出すためのネット音楽配信会社の設立が遅れる。すぐに彼女が危害を加えられる心配はなさそうだ。ひとまず藤森には引き取ってもらうべきだろう。

「おふくろの兄貴が手広く事業をやってるんで、一千万ぐらいは借りられると思います。その伯父貴《おじき》は都内に住んでますんで、数時間で金は工面できると思います」

「けど、銀行は三時で閉まっちまうぜ」

「伯父は、自分のオフィスの金庫にいつも数千万円の現金を入れてあるんですよ」

「そうかい。なら、詫び料の調達ができたら、おれのスマホを鳴らせや。待ってるぜ」

藤森が腰を上げ、寝室から出ていった。

大杉は床に転がった。体を丸めて、痺れた足を摩《さす》りつづける。蹴られた腹部は、まだ疼《うず》いていた。

しばらくしてから、大杉は上体を起こした。

痛みを庇いながら、ゆっくりとベッドの上に坐る。ティッシュペーパーをまとめて箱から引き抜き、口の中に溜まった血糊を吐き出した。

藤森社長を蹴り殺したい衝動に駆られた。しかし、まず沙矢を救い出すことが先だ。口許を拭い終えたとき、サイドテーブルの上でスマートフォンが着信音を発した。

大杉は反射的にスマートフォンを摑み上げた。発信者は保坂忠章だった。

「例の八千万円を持ち逃げした財津という男が殺されたこと、もう知ってるかな？」

「いいえ、知りません。いつなんです？」

「水死体が博多湾沖で見つかったのは、今朝の未明なんだ」

「九仁会浦辺組の奴らに取っ捕まって、殺《や》られたんでしょうね？」

「それはまだわからないんだが、博多中央署の刑事になりすました正体不明の男たちがわたしの店に来たんだよ」

「えっ⁉」

「その二人組は、わたしが財津を殺したのではないかともっともらしく言ってたが、八千万のありかを探《さぐ》りに来たようなんだ」

「保坂さんの車にあった財津のスポーツバッグを東京に持ち帰ったと疑ってるんだろうな。八千万円は、あなたがどこかに隠してると……」

「多分、そうなんだろうね。われわれ四人で二千万ずつ分けたことまでは知らないと思う。わたしは、訪ねてきた二人は浦辺組に雇われた裏便利屋だと睨んでるんだ。八千万の回収を頼まれたんだろうな」

「ええ、考えられますね」

大杉は相槌を打った。

「その二人にわたしの取り分を持って行かれたくないんで、百瀬さんに店に来てもらったんだ。それでね、彼に自分の分をしばらく預かってもらうことにしたんだよ」

「そうなんですか」

「少し前まで百瀬さんは店の近くに駐《と》めた車の中で張り込んでくれてたんだよ。でも、怪しい男たちは横浜ナンバーのスカイラインで走り去ったまま戻ってくる気配がなかったんで、百瀬さんは引き揚げたんだ。その二人が大杉君の勤め先や自宅に行くようなことはないと思うが、山分けした金のことは何があっても喋らないでもらいたいんだよ」

「もちろん、何も喋りませんよ。あくまでもシラを切りますよ。保坂さん、湯川真知さんは財津が消されたことや謎の男たちのことは知ってるんですか？」

「さっき彼女に電話して、どちらも教えてやった。湯川さんは少し怯《おび》えてる感じだったが、秘密は絶対に守ると何度も言ってたよ」

「そうですか」

「われわれ四人は、いわば運命共同体だよね。法に触れることをしちゃったわけだが、もう後戻りはできない。そのことをお互いに肝《きも》に銘じようね」

保坂が先に電話を切った。大杉も通話終了キーを押した。

スマートフォンを置きかけたとき、今度は湯川真知から電話がかかってきた。

「保坂さんから電話がありました？」

「うん、いましがたね。妙な流れになったが、そうビビることはないよ。八千万円の回収を頼まれたと思われる二人組も、四人で二千万ずつ分けたことまでは知らないようだからさ」

「でも、なんだか不安だわ。実は訊きたいことがあって、電話したんですよ。大杉さんは音楽関係の仕事をなさってると言ってましたよね？」

「そうだが、それが何か？」

「『パラダイスレコード』って、インディーズ・レーベルをご存じですか？　わたしの妹が、その会社からCDのシングルを二枚リリースしたんですよ、制作費を併《あわ》せて二百七十万円ほど負担してね」

「そ、そう」

大杉は狼狽しそうになった。真知は、沙矢の姉だったのか。同姓であることは気になっていたが、まさか二人が姉妹であるとは夢想だにしていなかった。

「その会社はね、CDを一万枚ずつプレスするという契約書を交わしながら、たったの百枚しか作らなかったみたいなの。しかも特約CDショップで売るという話も嘘だったらしいんですよ。アーティスト志望者を喰いものにした詐欺商法なんでしょうね」

「そうなのかもしれないな。その会社のことは知らないが、そういうことをやってる音楽制作プロがあるとは聞いてたよ」

「そうですか。それで妹の沙矢はきのうの夜、その会社に負担金を返してくれと乗り込んだかもしれないんですよ。きょうの午前中に会社に電話してみたんだけど、社長は妹が談判に来てはいないと言ったの。でも、ちょっと焦ってる様子だったわ。妹は負担金を返却してくれないようだったら、刑事告発も辞さないと言ってたの。もしかしたら、どこかに監禁された可能性も……」

「悪徳音楽プロも、そこまではやらないと思うがな」

「そうかしら?」

「妹さんは詐欺商法に引っかかったことがショックで、衝動的に旅をしたくなったんじゃないのかな」

「そうならばいいんだけど、なんだか悪い予感がするんです」

「そのうち、きっと帰宅すると思うな」

「ええ、そうかもしれませんね。お騒がせしちゃって、ごめんなさい」

真知が通話を切り上げた。

大杉は自分の狡《ずる》さと臆病ぶりを恥じた。自分が担当ディレクターとして真知の妹を詐欺商法の餌食《えじき》にしたと正直に告白できたら、少しは罪悪感が軽くなっただろう。しかし、事実を明かす勇気はなかった。

ここまで卑劣な人間に成り下がってしまったのか。

大杉は愕然《がくぜん》とした。自分に唾《つば》を吐きかけたかった。

己れの名誉と人間らしさを取り戻すには、体を張って沙矢を救出するほかない。そうしなければ、人間失格だろう。

大杉はスマートフォンを強く握りしめた。

そのとき、部屋のインターフォンが鳴った。大杉は抜き足で玄関ホールに向かい、ドア・スコープに片目を近づけた。

歩廊《ほろう》に立っているのは、ロングヘアの男だった。色の濃いサングラスをかけているが、体型には見覚えがあった。

目を凝《こ》らす。

来訪者は兄貴分の安西だった。掟を破ったことで、組の者たちに追われているはずだ。変装して、追っ手を躱《かわ》してきたのだろう。

大杉は素早くドアを開け、何かと世話になった安西を部屋に引き入れた。

「悪いな。おまえに迷惑かけたくなかったんだが、このまま逃《フ》げるのは癪《しゃく》な気がしたんでさ」

安西が長髪のウイッグを外し、サングラスも取った。

「藤森社長が言ってたことは本当なんですか？　組の収益《アガリ》を抜いて、安西さんが若い奴らに小遣いやってたという話は？」

「そいつは事実だ。けどな、掟破りなんて大げさなことじゃねえんだ。その程度のことは、準幹部連中は誰もやってる。藤森はおれが組にいると、困るのさ」

「どういうことなんです？」

「毎年九月に倉田組《うち》は、誠友会の本部に上納金を届けてるよな？　四、五年前から組の金庫番をやってる藤森自身がてめえの車で二億五千万の現金《ゲンナマ》を届けてる」

「ええ、そうですね。でも、去年の秋は本部近くの路上で日本刀《ポントウ》を持った暴漢に襲われ、社長は上納金ごとレクサスを奪われて、背中を浅く袈裟《けさ》斬りにされてしまった。犯人は黒いフェイスキャップを被った奴だったという話でしたが、結局、二億五千万円の上納金は見つからなかったんですよね？」

「ああ、そうだ。藤森の車は翌日、練馬の外れで見つかったがな。犯人は、とうとうわからなかった」

「ええ、そう聞いてます」

「藤森の女房は、去年の十月末に目黒区内の四階建てマンションを土地付きで二億七千万円で買ってるんだよ。藤森は女好きだから、愛人《レコ》を切らしたことがねえ。中古とはいえ、マンションを一棟買いするほどの貯えはなかったはずだ。現金で賃貸マンションを奴の女房《バシタ》は購入してるんだよ。大杉、臭《くせ》えと思わねえか？」

「うちの社長がわざとフェイスキャップの男に背中を浅く斬らせて、車ごと二億五千万の上納金を強奪させたんだろうか」

　大杉は驚きを込めて言った。

「そうにちがいねえよ。藤森は左肩から腰に掛けて斜めに斬られてたんだ。ということは、上納金をレクサスごとかっぱらった野郎は左利きってわけだ」

「ええ、そうなるでしょうね」

「犯人に心当たりがあるんだ。倉田組《うちち》とは友好関係にある横浜の港友会の若頭《カシラ》をやってる桂木良治と藤森は兄弟分なんだよ」

「それは知りませんでした」

「そうかい。藤森と桂木は若い時分に千葉刑務所で一緒になったとかで、親交を重ねるようになったんだよ。その桂木が九州の組織を破門された流れ者をボディーガードにしてた時期があるんだ。名前までは知らねえが、そいつは左利きだったんだよ」

「藤森社長は、桂木が面倒見てたという破門やくざと共謀して、狂言を仕組んだんですかね？」

「おれは、そう睨んでる。先月、組長《オヤジ》の自宅で藤森と顔を合わせたとき、消えた上納金のことをちらつかせたら、奴は顔色を変えやがった。で、おれは藤森が九州出身の流れ者とつるんで、ひと芝居打ったと確信を深めたわけよ」

「社長はそのことを安西さんに暴《あば》かれると危《ヤバ》いんで、もっともらしい理由をつけて……」

「ああ、おれを組から追い出す気になったんだろう。腹黒い藤森の裏切りを暴いて、逆に奴を組から追い出したくなったんだよ」

「そうですか」

「まさか大杉の家《ヤサ》に潜伏してるとは、組の連中は思わねえだろう。二、三日、厄介になるぜ」

安西が靴を脱いだ。

大杉は笑顔でうなずき、一つしかない客用スリッパを玄関マットの上に揃えた。

第五章　残酷な命運

1

生欠伸《なまあくび》を嚙み殺した。

厨房にぼんやりと立っていると、つい眠気に襲われる。

保坂忠章は両手で頰を軽く叩いて、ガスの炎を弱めた。ソースパンからは、香ばしいルウの匂いが洩れてくる。

だが、客はいっこうにやって来ない。午後五時過ぎだ。飲食店にとっては書き入れどきだった。

「マスターのカレーはおいしいんですけどね。どうしてお客さんが来てくれないのかしら？」

パート従業員の響子がカウンターに頰杖をつき、同情を含んだ声で言った。

「もういいんだ」

「マスター、どういう意味なんです？　まさか店を閉める気じゃないですよね？」

「まだ決定したわけじゃないんだが、転業するかもしれない」

「えっ、いつですか⁉」

「早ければ、今月いっぱいで『ガンジス』は畳むことになりそうだな」

「何屋さんに商売替えするんです？」

「創作パンの加盟店オーナーになろうと思ってるんだ」

「転業されても、わたしはパートで働かせてもらえるんでしょ？」

「人手はいらないんだ。本部の工場で成型された各種のパンを加盟店オーナーが焼くだけだから」

「仕事を失ったら、わたし、困るわ。パート収入がなくなったら、わが家の生計が立たなくなりますもの」

「たくさんは出せないが、多島さんには退職金代わりに百万円ぐらいは払う気でいるんだ。それで、勘弁してほしいんだよ。頼みます」

保坂は頭を下げた。

「まいったなあ」

「多島さんはまだ三十代だから、パートの仕事はすぐ見つかるさ」

「でも、デフレ不況ですからね。雇ってくれるとこがあったとしても、時給が下がるんだろうな」

「済まない」

「ずいぶん冷たいのね、マスターとは他人じゃないのに」

「いつまでもそういうことを言わないでくれよ。大人同士が割り切って、三軒茶屋のホテルに……」

「そうだけど、秘密を共有した仲でしょ？　売り子として、また雇ってくれるぐらいの情《じょう》は見せてほしいわ」

「そうしてやりたいが、わたし自身が焼き上がった創作パンを売ればいいわけだから、ほかに従業員はいらないんだよ」

「わかったわ。その代わり、もう少し手切れ金に色をつけてくださいよ」

響子が椅子から立ち上がった。顔つきが険《けわ》しくなっていた。

「手切れ金という言い方は適切じゃないでしょ？　別段、多島さんと長いこと不倫関係にあったわけじゃないんだからね。たった一度の過《あやま》ちじゃないか」

「軽く過ちだったなんて言ってほしくないな。旦那のいる身で、わたしはマスターに抱かれたんですよ。ぐうたらな駄目亭主だけど、わたしは主人を裏切ってしまったわけです」

「わかった、わかったよ。店を閉めるときに二百万円渡す。それで、なんとか手を打ってくれないか。お願いだからさ」

　保坂は両手を合わせた。

「それぐらいいただけるんだったら……」

「必ず二百万払うよ」

「マスター、しっかり貯め込んでたのね。そうじゃなければ、商売替えなんかできない。創作パンの加盟店オーナーになるには、かなりお金が必要なんでしょ？」

「約一千万円を用意しなきゃならないんだ」

「その準備金は、ちゃんと貯えてあったわけね」

「とんでもない。全額、博多にいる兄貴から借りることになってるんだ」

「本当かな。マスター、なんかゆとりがありそうに見えるわ。わたしに五十万円を気前よくくれたし、店を畳むときには二百万円渡してくれるんでしょ？」

「余裕なんかないよ。しかし、多島さんにはよく働いてもらったから」

「他人じゃないですものね、わたしたち」

「もういじめないでくれよ」

「マスター、正直に話して。宝くじで一等を当てたんじゃない？　そうじゃないとしたら、大金をどこかで拾ったのかな」

響子が冗談めかして言った。しかし、その目は笑っていなかった。

保坂はうろたえそうになった。自然に視線が泳いでしまう。

「なんか焦《あせ》ってる感じね。図星だったんでしょ？　どっちなの？　宝くじで当てたのかな。それとも、道端か民家の生垣《いけがき》に札束の入った紙袋でもあったの？」

「どこかにまとまった金が落ちてるわけないじゃないか」

「マスターが銀行強盗をやるとは思えないし、恐喝を働いたとも考えにくいな。やっぱり、拾ったお金をネコババしちゃったんじゃない？　だとしたら、犯罪よね。着服したんなら、横領罪ってことか」

「多島さん、いい加減にしてくれないか。わたしは疚《やま》しいことなんかしてない。転業資金はそっくり実兄から借りるつもりなんだ。すでに打診してあるから、一千万円は借りられると思うよ」

「なんか怪しいな」

響子は、なおも疑わしげな目を向けてきた。

シンクの下に隠しておいた二千万円を響子に見られたはずはない。保坂は懸命に動揺を鎮《しず》めた。

会話が途切《とぎ》れたとき、店に大杉が入ってきた。

「やあ、しばらくだね」

保坂は旧《ふる》い知り合いが訪ねてきた振りをした。大杉が心得顔で、調子を合わせた。彼は人払いをしてほしげな表情だった。

「悪いけど、スーパーでトマトを三個買ってきてくれないか」

保坂は響子に言って、千円札を手渡した。

「いいんですか、わたしが店を空けても」

「別にお客さんじゃないから」

「そうですか。それじゃ、トマトを買いに行ってきます」

響子が意味ありげに笑って、店から出ていった。何やら無気味だった。

「大杉君、何かまずいことでも起きたの？」

「そういうわけじゃないんですよ。ちょっと確認したいことがあるんです」

「そう。とりあえず坐ってくれないか。せっかく店に来てくれたんだから、カレーをご馳走するよ」

「ゆっくりしてられないんですよ。保坂さん、八千万円入りのスポーツバッグを持ってた財津という男は左利きじゃありませんでした?」

大杉が問いかけてきた。

「断定はできないが、刃物を取り出したとき、左手で握ってたことは確かだね」

「やっぱり、そうか。狂言に協力したのは財津と考えてもいいだろう」

「大杉君、狂言って何のことなんだい?」

「いま、話します。薄々気づいてたかもしれませんが、おれ、堅気じゃないんですよ」

「百瀬さんの勘通りだったな。元刑事の彼は、大杉君は素っ堅気じゃないと思うと言ってたんだよ」

「見抜かれてたか。実は誠友会倉田組の組員で、企業舎弟の音楽制作会社にふだんは勤めてるんですよ。一応、ディレクターってことになってますが、まともな仕事をしてるわけじゃありません。ヴォーカリストやミュージシャンに憧れてる若い男女を才能があるとおだてて、自主制作に近いCD制作費の負担金を出させ、その八割ほどを騙《だま》し取る悪徳ビジネスをしてるんですよ」

「そう」

「それはともかく、うちの会社の藤森社長は倉田組の金庫番で毎年九月に誠友会本部に二億五千万円の上納金を届けてるんです」

「それで？」

「去年の九月、上納金を積んだ藤森社長の車が本部に着く前に黒いフェイスキャップを被った男に襲撃されたんです。社長はその男に日本刀で肩から背中を袈裟懸《けさが》けに斬られて、レクサスごと二億五千万円を奪われたんですよ。しかし、藤森の傷は思いのほか浅かった」

「つまり、大杉君の勤め先の会社の社長は襲撃犯と組んで狂言を働いて、上納金二億五千万円をまんまと手に入れたってわけだね？」

「ええ、そういう裏があったことは間違いないと思います。その事件があった翌月の末に藤森社長の女房が中古賃貸マンションを一棟買いしてますんでね。社長は左肩から斜めに腰まで袈裟斬りにされてたんで、暴漢が左利きだとわかったんですよ」

「なるほどね」

保坂は納得した。

「こっちがいろいろ世話になった安西という兄貴分が藤森の裏切り行為に気づいて、そのことを仄《ほの》めかしたらしいんです。そうしたら、藤森社長は焦《あせ》って、小さなルール違反を理由に安西の兄貴を的《まと》にかけやがったんですよ」

「つまり、手下の者に大杉君の兄貴分を始末しろと命じたわけだね？」

「そうです。命令を下《くだ》したのは、もちろん組長の倉田です。しかし、そう仕向けたのは藤森でしょうね。それはそれとして、兄貴分から聞いた話によると、財津は五年ほど前まで九仁会浦辺組にいたらしいんですが、何か不始末をして破門されたみたいなんですよ。その後、横浜の港友会の若頭の桂木良治のボディーガードをしてたそうです。うちの藤森社長と桂木は兄弟分のつき合いをしてるらしいんですよ」

「そういうことなら、大杉君の会社の社長と殺された財津は共謀してたんだろうね。財津は上納金着服の件で藤森社長を脅迫して、狂言の協力の謝礼のほかに八千万円の口止め料をせしめたんだろうか」

「それなら、八千万円は東京周辺で受け取るでしょう？」

「ああ、そうだろうね。わざわざ福岡まで出かけることはないわけだ。しかし、財津は何か理由があって、九州に出かけた。あの男は自分を破門した浦辺組を恨んでて、別のことで組長を強請《ゆす》ってたのかもしれないな」

「保坂さん、その可能性はありそうですね」

「大杉君、きみに不審な人物が接近してこなかった？」

「そういうことはないな」

「そう実はね……」

　保坂は前日の出来事も詳しく語った。

「そいつらは横浜ナンバーの車に乗ってたのか。なら、港友会の奴らかもしれないな」

「堅気風じゃなかったが、やくざでもなさそうだったよ。わたしは裏便利屋かもしれないと思ったんだがね。九仁会浦辺組に頼まれて、財津が持ってた八千万円の回収に来たんではないかと推測してたんだ」

「こっちもそうですが、最近は筋者には見えない組員が増えてきたから、その二人は港友会の者なんだと思います」

「だとしたら、財津は恩義のある港友会の桂木とかいう若頭と何かトラブルを起こしてたんだろうか」

「そうかもしれませんね。それで財津は港友会の桂木の弱みにつけ入って、八千万の大金をせしめた。しかし、なぜ、破門された組員は古巣にいたんだろうか」

　大杉が首を傾《かし》げた。

「横浜にいられなくなって、財津は馴染《なじ》みのある九州に戻ったんじゃないのかな」

「そうなんですかね」

「ちょっと待てよ。財津は浦辺組の者であるようなことを言って、組が仕切ってる違法カジノの売上金八千万円をかっぱらったと洩らしてた。現に追っ手の四人は、ひと目で暴力団関係者とわかる連中だった。ベンツのナンバーはちゃんと見てなかったが、地元の陸運支局に登録されてる車だと思うんだが……」

「財津は昔、足《ゲソ》をつけてた九仁会浦辺組からも金を脅し取ってたんだろうか。そうだったら、浦辺組の者が保坂さんの店に来そうですがね」

「なんだか謎だらけで、頭が混乱してきたよ。でも、どこの誰が来ても、われわれ四人で二千万円ずつ山分けしたことは口が裂けても言わないよ。自分も大金をネコババしたことを世間に知られたくないし、大杉君たち三人を庇《かば》わなきゃいけないからね」

「おれも殺されたって、秘密は守りますよ。それから共犯者の誰かがリンチされたりしたら、必ず仲間の仕返しをするつもりです」

「大杉君は安西という兄貴分のため、藤森社長の上納金横領の件を切札にして、職場のトップと対決する気になったみたいだね？」

「兄貴分のためじゃなく、自分がリセットしたいんですよ。大幹部の弱みを切り札にすれば、すんなり組から脱けられるでしょうからね」

「なんで足を洗う気になったの？」

「夢を追ってる男女を喰いものにしてることに厭気《いやけ》がさしたし、やくざでビッグになれるタイプじゃないと悟《さと》ったんですよ。実は、社長には堅気になりたいと言ってあるんです。組に一千万の詫び料を払えば、足は洗えそうなんです。ただ……」

「ただ、どうしたんだね？」

　保坂は問いかけた。

「こっちが担当してた無名のシンガー・ソングライターの娘《こ》が会社の詐欺商法に気づいて昨夜《ゆうべ》、オフィスに怒鳴り込んできたそうです。自分が払った二枚のＣＤの制作負担金二百七十万円を返さなかったら、刑事告発すると息巻いたらしいんです。で、藤森社長はその彼女を自分の愛人宅に監禁してるんですよ」

「大杉君にその女性を何らかの方法で黙らせろってことなんだね？」

「ええ、まあ。社長はそれが組を脱《ぬ》ける条件だと匂わせたんですよ。詐欺商法が警察に知られたら、会社は潰れちゃいますから」

「どうする気なんだい？　その女性を穢《けが》して、恥ずかしい姿をデジカメか何かで撮影するつもりなのかな？」

「そういう非情なことができるんだったら、ずっと倉田組にいるでしょう。おれには、そんな惨《むご》いことはできません。その娘《こ》はプロになれる才能があるんですよ。おれ、もっと金を増やして、いずれネット音楽配信会社を立ち上げるつもりなんです」

「監禁されてる女性を売り出してやる気になったんだね？」

「そうです。一種の罪滅ぼしのつもりなんですが、それだけじゃないのかもしれません」

「その相手を本気で好きになったようだな」

「どうもそうみたいなんですよ。詐欺師がカモに惚れちゃったんだから、ドジな話なんですがね」

「いいじゃないか。誇れることだよ。足を洗ったら、その娘《こ》の夢の後押しをしてやって、プロのシンガー・ソングライターにしてあげるんだね」

「ええ、頑張ります。でも、彼女はおれの協力を断るかもしれないな。うまいことを言って、二百七十万円の制作負担金を詐取《さしゅ》しちゃったわけですからね。どんなに詫びても、そう簡単には赦《ゆる》してもらえないでしょ？　まして熱い想いを打ち明けても、受け入れてもらえっこないと思います」

「難しいかもしれないね」

「それでもいいんです。彼女が拒絶して、おれを罵倒《ばとう》してもかまわないんです。だけど、自分にできることはする気でいます。そうしないと、生き直すことができませんからね。彼女のためというより、こっちの自浄《じじょう》が必要ですんで」

「そうだろうな。いったんシャッフルしないと、新しい何かが見えてこないからね」

「ええ」

「わたしも挫折《ざせつ》からの再出発だよ。ネコババしたお金を転業資金に充《あ》てるのは後ろめたいし、だらしがないとは思うけどね」

「ずっと気が咎《とが》めたままだったら、儲けた金を何かいいことに役立てればいいんじゃないですか。それで、少しは気持ちが軽くなると思います」

「そうだろうか」

「この近くで兄貴分が待ってるんですよ。もう行きます。保坂さん、またいつか会いましょう」

大杉が言い残して、店を出ていった。

入れ違いに響子が戻ってきた。保坂は礼を述べ、三個のトマトと釣り銭を受け取った。

「マスターにあんなに若い知り合いがいたなんて、ちょっと意外でした」

「そう」

「どういった知り合いなんです?」

「サラリーマン時代の最も若い部下だったんだ。大学を出たばかりで、実に初々《ういうい》しかったよ」

「それは嘘でしょ?　男の人は嘘をつくとき、たいてい相手の顔をまともに見ようとしないのよね。マスターもそうでした。それだから、嘘がバレちゃうの。女はたいがい堂々と嘘をつくから、なかなか見抜けないんだけど。さっきの彼、ちょっと危険な感じだったわ。もしかしたら、その筋《すじ》の方なんじゃない？」

「堅気だよ、彼は」

「どういう方なの？」

「変だよ、多島さん。初めて見た人間に強い好奇心を持つなんて、おかしいよ」

「マスターを怒らせちゃうかもしれないけど、はっきり言いますね。訪ねてきた彼とマスターは何か法に触《ふ》れることをして、臨時収入を得たんじゃない？」

「根拠もないのに、そういうことを言うのは問題だな。失礼だよ」

保坂は目を尖《とが》らせた。響子が舌の先を覗かせ、肩を竦《すく》めた。

そのすぐ後、スラックスのポケットに入れてある携帯電話が振動した。営業中はマナーモードにしておくことが多かった。

発信者は妻の信子だった。

「どうした？」

保坂はのんびりと訊いた。

「た、大変なの。駆と買物から戻ったら、家の中がひどく荒らされてたのよ。どうやら空き巣に入られたみたいなんだけど、金目《かねめ》の物は何も盗《と》られてないの。あなた、いったん家に戻ってきて」

「ああ、すぐ帰る」

「あなたが戻る前に警察に電話するわ」

信子が言った。

「一一〇番するのは、まだ早いな」

「でも、空き巣に入られたにちがいないのよ」

「しかし、金も貴金属類も持ち去られた様子はないわけだろう?」

「ええ」

「だったら、そう慌《あわ》てて通報することもないさ」

「だけど……」

「急いで家に戻るよ」

保坂は通話を打ち切り、調理服の上にダウンパーカを重ねた。

「マスター、どうしたんですか?」

「家に空き巣が入ったみたいなんだ。店番を頼む」

「それはいいけど、お客さんが来たら、どうするんです?　ライスを盛りつけ、好みのルウを添えてもいいんですか？」

「ああ。薬味も忘れないでほしいな」

「わかりました。後のことは任せてください」

響子が大声で言った。

保坂は厨房を出て、そのまま店の外に出た。小走りに自宅に向かう。五、六分で、わが家に着いた。

敷地五十三坪の建売住宅だ。間取りは4ＬＤＫだった。車庫のマイカーは駐《と》めたときのままだ。別段、車体は傷つけられていない。

玄関に駆け込むと、居間から孫の駆が飛び出してきた。

「お祖父ちゃん、怖いよ」

「大丈夫だ。何も心配はないからな」

保坂は玄関ホールに上がり、駆を抱き寄せた。孫は、べそをかきかけていた。

「やっぱり、現金と貴金属には手はつけられてなかったわ」

居間から現われた妻が真っ先に告げた。

「そうか。どこから侵入されたんだ？」

「ダイニングキッチンのごみ出し口《ぐち》のドアの錠が壊されてたの。複数の靴痕がくっきりとフローリングに残ってるから、台所から忍び込まれたのね。変な泥棒だわ。狙いは何だったのかしら？」

「見当もつかないな」

保坂は、そう答えざるを得なかった。偽刑事と思われる二人の男が侵入し、家の中を物色し回ったのだろう。

「一応、一一〇番しといたほうがいいと思うの」

「信子、それはやめとこう」

「えっ、どうして⁉」

「特に被害はなかったんだから、事を大きくすることはないだろうが。騒ぎたてるほどのことじゃないよ」

「あなた、何を言ってるの⁉　わが家が空き巣に入られたのよ。金品こそ盗まれてないけど、ドアの錠は壊されたわっ。被害はあるし、第一に気持ちが悪いじゃないの。警察に連絡して、早く犯人を見つけてもらいましょうよ」

「警察だって、忙しいに決まってる。錠を壊されただけなんだから、一一〇番するのはよそう」

「パトカーやお巡りさんが来ると、何か不都合なことがあるの？」

「何を言ってるんだっ。おれは別に悪いことなんかしてない！　おれを犯罪者扱いするな」

「そんなに怒ることですか？　むきになって怒鳴ることはないでしょうが！」

「信子が険《けん》のある言い方をしたから、つい喧嘩腰になってしまったんだ」

「わたしは当たり前のことを言っただけよ」

妻が反論した。

「やめてよ、二人とも」

孫が両手で耳を塞《ふさ》ぎ、大声で叫んだ。いまにも泣きだしそうな顔つきだった。

信子が駆に歩み寄り、何度も謝った。保坂も孫に詫びて、肩を抱いてやった。

「夕飯の仕度があるんで、全室は片づけられないけど、わたしがやるわ。あなたは店に戻って」

「そうもいかないよ。おれは居間を片づける」

「それじゃ、お願いね。わたしは駆に手伝ってもらって、奥の和室から片づけるわ」

信子が孫を伴《ともな》って、階下の奥に向かった。

保坂はリビングに入り、リビングボードの引き出しを奥に戻しはじめた。ソファセットの位置を直していると、娘の千穂が仕事から戻ってきた。

「母さん、なんの騒ぎなの？」

「駆とスーパーに買い出しに行ってる隙《すき》に空き巣に入られたのよ。それでね、父さんに店から戻ってもらったの」

「そう。当然、一一〇番したんでしょ？」

「ううん、してない」

「なんで⁉」

「父さんに反対されたのよ」

信子が言いながら、保坂を見た。千穂が咎めるような眼差しを向けてきた。

「どうして一一〇番することをためらったりしたの？」

「台所のドアの錠を壊されただけで、金品は何も盗《と》られなかったようだからな」

「それでも、普通は警察に連絡するもんでしょ？　父さん、なんか変よ。何か後ろ暗いことでもしたの？」

「千穂まで何を言い出すんだ。母さんにも似たようなことを言われたが、恥じるような真似はしてないっ」

「だったら……」

「もういいじゃないか。営業中だから、おれは店に戻るぞ。母さんと千穂で、ざっと家の中を片づけておいてくれないか。重い家具は、そのままにしといてくれ。家に戻ってきたら、父さんが所定の位置にちゃんと戻すから」

保坂は妻と娘に言い、居間を出た。すぐにポーチに走り出て、来た道を急ぎ足で戻りはじめる。何かが綻《ほころ》びはじめているのか。

店に戻ると、シャッターが半分ほど下がっていた。準備中の札も掲《かか》げられている。

保坂は訝《いぶか》しく思いながら、店の中に入った。

奥に自称佐藤と田中がいたが、響子の姿は見当たらない。

「パートの女は家に帰らせたぜ」

田中が言って、素早く保坂の背後に回り込んだ。それから手早くシャッターを完全に下《お》ろした。

「これで、通行人は店の中が見えなくなったな。もちろん、客が入ってくることもねえだろう」

佐藤が言った。

「おたくらは偽刑事だなっ。博多中央署には、佐藤、田中姓の刑事はいないそうだ。知り合いが調べてくれたんだよ」

「その通りだ。おれたちは刑事《デコスケ》なんかじゃねえ」

「どこかの暴力団に雇われた裏便利屋なんじゃないのか？」

保坂は言いながら、壁を背負った。前後を挟まれていたら、危険だと判断したからだ。

「おっさん、喧嘩の仕方を知ってるようだな。何か格闘技の心得があるのかい？」

出入口に近い場所にいる田中が、にやついた。

「だとしたら？」

「あんたが空手の有段者としても、まともに汗をかく気はねえな。外見は素人《トウシロ》に映るかもしれねえが、堅気じゃねえんだよ」

「どこの組の者なんだ？」

「その質問には答えられねえな。財津があんたのクラウンの助手席に置いた青いスポーツバッグには、八千万円の現金《ゲンナマ》が入ってたはずだ。あんたは福岡の畑の近くで財津を叩きのめして、てめえの車で走り去った。おれたちはわかってるんだよ。いったんはあんたに撒《ま》かれたが、路上で唸《うな》ってた財津は何も持ってなかったからな」

「おたくらは、ベンツに乗ってた四人のうちの二人なんだなっ。財津を縛り上げ、博多湾の沖合で船から投げ落として溺死させたのはおたくらだったのか」

「そうだよ」

「九仁会浦辺組の者じゃないいな」

「おれたちを田舎やくざと一緒にするねえ。こっちは横浜《ハマ》の……」

「田中、余計なことを喋るなっ」

佐藤が仲間を諌《いさ》め、腰の後ろから消音器を装着させた自動拳銃を引き抜いた。型《タイプ》まではわからない。サイレンサーの部分を入れれば、四十センチ近くありそうだ。

保坂は恐怖で全身が硬直した。

柔道の高段者でも、飛び道具には勝てない。しかも消音器付きだ。反撃すれば、容赦なく発砲してくるだろう。威《おど》しに耐えるほかなさそうだ。

「自宅を検《しら》べさせてもらったが、八千万円はどこにも隠されてなかった。持ち逃げした金はどこにあるんだい？」

「雑木林の中にスポーツバッグごと投げ捨てたと言っただろうが」

「痛い目に遭《あ》いたいらしいな」

佐藤が田中に目配せした。

数秒後、保坂は後ろから腰を蹴られた。バランスを崩し、前のめりに倒れる。抵抗したかったが、実行はできなかった。忌々《いまいま》しい。

田中が断続的に蹴りを放ってくる。首から下を何度も蹴られた。保坂は体を丸めて、ひたすら耐えた。

「粘るな」

佐藤が屈《かが》み込み、消音器の先端を保坂の左の太腿に押し当てた。

ほとんど同時に、圧縮された空気が抜ける音がした。発射音だ。

保坂は激痛に呻いた。熱感も覚えた。

貫通した銃弾は床で大きく跳《は》ねて、壁面に当たった。吐き出された薬莢《やっきょう》は、佐藤の斜め後ろに落ちた。床面で二度跳ね、隅まで滑走した。

「次は九ミリ弾を腹に撃ち込む。八千万のありかを吐けば、引き金は絞らない。どうするよ。あん？」

「何度訊かれても、返事は同じだ」

保坂は戦慄《せんりつ》と闘いながらも、虚勢は保《たも》った。射入口と射出口から血《ち》が噴《ふ》き出し、スラックスが濡れはじめた。

痛感はあったが、唸《うな》るほどの強さではない。死の恐怖が痛みを薄れさせているのか。

「腸《はらわた》がぐちゃぐちゃになってもいいのかっ」

「殺されることになっても、同じことしか言えないよ」

「おっさんの言う通りなんじゃねえの？」

田中が佐藤に言った。

「そうじゃねえと思うが、腹に撃ち込んだら、失血死するかもしれねえぜ」

「そうだな。事務所に戻って、若頭《カシラ》の指示を仰《あお》ぐか」

「そうしようや」

二人は言い交わすと、そそくさと店から出ていった。シャッターを三分の一ほど押し上げ、その下を潜《くぐ》り抜けたようだ。

殺されずに済んだ。保坂は、ひとまず安堵した。

ほっとした瞬間、銃創《じゅうそう》の痛みに耐えられなくなった。一刻も早く救急車を呼びたかった。しかし、すぐに保坂は思い留《とど》まった。

救急病院の医師は銃創とわかれば、ただちに警察に連絡するだろう。そうなったら、事情聴取であれこれ詮索《せんさく》される。

痛みを堪《こら》えられなくなったら、財津が拐帯《かいたい》していた八千万円を百瀬たち三人と二千万円ずつ分け合ったことを喋ってしまうかもしれない。

もちろん、共犯者たちを裏切る気持ちはなかった。それでも、秘密を守り通せる自信はない。さりとて、まだ死ぬわけにはいかなかった。

元刑事の百瀬なら、闇治療をしてくれる外科医を知っているかもしれない。

保坂はスラックスの右ポケットに手を突っ込んだ。指先が携帯電話に触れたとき、店にパート従業員の響子が入ってきた。

その後ろには、夫の多島護《まもる》がいた。響子の旦那は店に幾度か来たことがあって、保坂とは顔見知りだった。

「保坂さん、撃たれたみたいだね」

多島が言った。保坂は黙ってうなずいた。

「マスター、店に押し入ってきた二人は横浜のやくざみたいよ。マスターは、犯罪絡《がら》みの大金を持ち逃げしたんでしょ？　だから、急に金回りがよくなったわけね」

響子が口を挟んだ。

「そうじゃない。勘違いされてるだけだよ」

「金はどこに隠してあるんだっ」

多島が言うなり、両刃のダガーナイフの切っ先を保坂の首筋に密着させた。

「金なんか一円も持ち逃げしてない」

「響子とホテルに行ったことは奥さんに黙っててやるから、ネコババした金の隠し場所を教えろよ」

「身に覚えがないと言ったじゃないか」

「しらばっくれてると、保坂さんの頸動脈《けいどうみゃく》を掻《か》っ切っちゃうよ。おれは本気だぜ。それでもいいのかっ」

「金なんかどこにもないよ」

「店のどこかに隠してあんだろ？　響子に回してくれた五十万は、あんたの手許にあったって話だったからな」

「屑《くず》だな、あんたたち夫婦は」

「なんだと⁉」

「おまえは屑野郎だ」

保坂は両手で多島の右手首を摑んだ。揉み合っているうちに、多島が短く呻いた。ダガーナイフの刃は、半分以上も多島の心臓部に埋まっていた。多島の体がのしかかってきた。すでに息絶えていた。

保坂は力を込めて、多島の体を払い落とした。すぐに響子の片腕を摑む。

「こ、殺さないで！　マスターの愛人になってもいいから、殺したりしないでちょうだい。多島は死んじゃったみたいだから、好きなときにわたしを抱けばいいわ」

「ポケットから携帯を取り出してほしいだけだ」

「わかったわ。救急車を呼べばいいのね」

「そうじゃない。とにかく、早く携帯を取り出してくれ」

「は、はい」

響子が大きくうなずいた。

保坂は手を放した。響子が身を翻《ひるがえ》し、外に逃げ出した。やむなく保坂は自分で携帯電話を取り出した。

呻きながら、百瀬にコールする。しかし、電話はなかなか繋がらない。百瀬は着信に気づかないようだ。

保坂は目を閉じた。

2

長電話になってしまった。

湯川真知は、同期の玲華と通話中だった。話題が尽きない。

もう一時間は話し込んでいる。真知は自分の部屋の寝椅子《カウチ》に坐っていた。

「貴船常務にそんなことをされたんだから、真知が辞表を発作的に書いたことはわかるよ。同じ立場だったら、わたしもそうしたと思う」

同期の玲華は、さきほどから何度も同じ話を繰り返している。さすがに真知は、うっとうしくなってきた。

しかし、素っ気ない返事はできない。黙って耳を傾け、時々、相槌を打つ。

だが、気もそぞろだった。自分が依願退職したことよりも、妹の安否《あんぴ》が気がかりでならない。間もなく午後七時になる。

しかし、依然として沙矢の居所はわからない。母の小夜子は前日から数十分ごとに沙矢のスマートフォンの短縮番号を押しつづけてきた。だが、電源は切られたままだった。

真知自身も妹のスマートフォンをコールしつづけ、さらに方々《ほうぼう》に電話をかけまくった。だが、沙矢の友人やアルバイト仲間から手がかりは得られなかった。

「真知、聞いてる?」

「もちろん、聞いてるわ」

「このまま会社を去ったら、悔《くや》しいでしょうが! 真知は何も悪くないんだよ。石塚氏の悪質な書き込みを読んで真知にセクハラとパワハラのダブルパンチを浴びせた貴船の側に非があるわけだから、常務が会社を辞めるべきだわ。泣き寝入りすることないって」

「でも、常務は先代の社長の従弟《いとこ》だから、役員たちは貴船を庇《かば》うでしょ? あいつを会社から追い出したりしないわよ、絶対に」

「だからってさ、非のない人間が職場に居づらくなるなんて、あまりにも理不尽でしょうが？」

「ええ、理不尽よね」

「だったらさ、闘おうよ。わたし、組合の執行部の役員たちを説得して味方になってもらうからさ。とんでもない重役を排斥《はいせき》しないと、職場のみんなだって、士気《しき》が上がらないじゃないの」

「玲華の言う通りなんだけど、わたし、もう会社に絶望しちゃったのよ。働く意欲も失《う》せてしまったわ」

「部長職以上の幹部連中は出世欲を棄《す》てきれないのが多いから、重役には楯突《たてつ》けないだろうけど、課長クラスにはまだ骨のある男たちがいるって。そうした先輩社員たちの力を借りれば、女たらしの貴船を追放できるわよ。真知は常務に恥をかかせるまでは会社に留《とど》まるべきだわ。もっと怒りなって。課長にすぐ電話して、いったん辞表は返してもらいなよ」

「もういいの。落ち度がないのに退職するのは癪《しゃく》だけど、わたし、組織の中で働くことに少し疲れちゃったのよ。石塚のネットの書き込みのこともあるんで、ちょっと別の生き方をしてみたくなったの」

「リセットするのも悪くないけどさ、貴船常務をとことん懲《こ》らしめてやろうよ。そうじゃないと、働く女たちはいつまでも軽く見られちゃうじゃないの。女に生まれたからって、別に男どもよりも能力が劣《おと》ってるわけじゃないわ。ペットと見られてたら、腹立たしいじゃないのよ。そうは思わない？」

「そりゃ、思うわ。でもね、なんかくたびれちゃったの。もうどうでもいいって感じなんだ」

「投げ遣《や》りね。真知、わたしたちはもうグレる年齢《とし》じゃないよ。一緒に闘おう？」

玲華が言葉に力を込めた。

「ありがとう。玲華のような頼もしい同期と巡り会えたことに感謝しなくちゃね。理不尽なことには敢然と闘わなきゃいけないだろうけど、もうそれだけのパワーがないのよ。意気地なしって言われるだろうけど、これまでの生活を変えてみたいと言うか、ここらで違う世界を見てみたい気もしてるの」

「そっか」

「ごめんね、玲華」

「謝ることはないわよ。人にはそれぞれの生き方とか流儀があるわけだから、それも尊重しないとね」

「わかってくれて、ありがとう」

「礼なんか言わないでよ。調子狂っちゃうわ。それで、今後はどうする気なの？」

「具体的なことは、まだ何も考えてない。小さな商売でもしたいと漠然《ばくぜん》と考えてるだけで、業種までは絞り切れてないの」

「お弁当の移動販売でもやってみない？　資金力があるんだったら、輸入雑貨の店とかキャンドルの専門店も悪くないよね」

「もしかしたら、二千万ぐらい融通してもらえるかもしれないの」

真知は無意味に口走ってしまった。例の分け前は隠してあるが、遣《つか》う気はなかった。

それなのに、なぜ具体的な金額を口にしてしまったのだろうか。自分の心理の変化が解《げ》せない。不審な大金を受け取ったときから、アナーキーに生きてやれと開き直ったのだろうか。そうした自覚はなかったが、そうなのかもしれない。

犯罪絡みらしい大金の分け前に与《あず》かったとき、ぼんやりと人の道を踏み外したという思いが脳裏を掠《かす》めた。理由はどうあれ、他人の金を無断で懐に入れることになった。

横領を働いたわけだから、紛《まぎ》れもなく犯罪者だ。ならば、もう捨て鉢になってもいいのではないか。心のどこかに、そんな虚無的な考えが芽生えたのかもしれない。

どんな人間も善と悪の両面を併《あわ》せ持っている。善人にはなりきれないとしたら、何も二千万円を手放す必要はないのではないか。

二十九歳の平凡な女がそれだけの大金を貯えることは容易ではない。一生かかっても、それだけの預金はできなさそうだ。

それならば、たとえ汚れた金でも有効活用すべきではないのか。

それで、新たな世界が切り拓《ひら》けるものなら、それなりに意義があるはずだ。しかし、そこまで堕落してもいいものか。良心の呵責《かしゃく》に悩まされることになるのではないだろうか。

真知は揺れ惑《まど》いはじめた。

「銀行は無担保じゃ、二千万も融資してくれないよね。お父さんが世田谷の実家の土地を担保にして、お金を借りてやってもいいと言ってくれてるわけ？」

「ううん、そうじゃないの。親類にちょっとした金持ちがいるのよ」

「へえ、そうなんだ。羨ましいな」

玲華は、真知がとっさに思いついた作り話を信じたようだ。

「でも、わたしはあまり商才がなさそうだから、自分で商売をしても、うまく経営していけない気がするわ」

「先のことをあれこれ考えたら、何もできないよ。何か小資本でやれる商売があったら、一応、トライしてみなって。しくじったら、そのときに何か策を講じればいいわけだからさ」

「そうね」

「ＯＬに逆戻りしてもいいんだし、もっと大胆になっちゃえば？　独身《シングル》なら、多少の負債があっても、なんとか生きていけるんじゃないかな」

「そうかな」

「ありきたりな言い方だけど、人生は一回こっきりよ。他人《ひと》に迷惑かけなきゃ、どう生きたっていいわけでしょ？」

「そうよね」

「だったらさ、生きたいように生きるべきよ。沖縄の人たちを見習って、〝なんくるないさ〟でいったほうがいいって。先のことなんか、誰にもわからないんだから」

「そうだよね。少し気楽に生きてみようかな」

「別に背負ってる物があるわけじゃないんだから、自分らしく生きるべきよ」

「うん、そうする」

「ところで、妹さんはちゃんと家に帰ってきた？　それとも、好きになった男と同棲する気になっちゃったかな」

「そういう理由じゃないと思うけど、まだ妹の所在がわからないのよ。急に旅をしたくなったんだったら、どうってことないんだけど……」

「本人のスマホの電源は、ずっと切られたままなの？」

「そうなのよ」

「それは、ちょっと心配ね。何か事件に巻き込まれた可能性もあるから、一応、警察に相談してみたほうがいいんじゃない？」

「母と相談してみるわ。いろいろ心配かけて、ごめんね」

真知は電話を切って、部屋の液晶テレビの電源スイッチを入れた。

財津という男が拐帯していた八千万円のことがニュースで報じられるかもしれないと思ったのだ。チャンネルをＮＨＫの総合テレビに合わせる。男性アナウンサーが板橋区内で発生した轢《ひ》き逃げ事件を抑揚《よくよう》のない乾いた声で報じていた。

じきに画面が変わり、カレーショップ『ガンジス』の店舗がアップになった。

保坂忠章の店だ。真知は画面を見つめた。

「きょうの夕方、下高井戸駅近くにあるカレーショップ『ガンジス』で客と思われる近所に住む会社員の多島護さん、三十九歳が死亡しているのが見つかりました」

三十代半《なか》ばに見えるアナウンサーがいったん言葉を切り、言い継《つ》いだ。

「詳しいことはまだわかっていませんが、多島さんが刃物を振り翳《かざ》して、店主の保坂忠章さん、五十六歳に襲いかかり、揉み合っているうちにダガーナイフが多島さんの左胸に刺さったと思われます。警察は、左の太腿を何者かに撃たれた保坂さんから事情を聴取中です。保坂さんは貫通弾によって、全治一カ月の怪我を負っています。警察は、多島さんよりも先に『ガンジス』を訪れた二人組の男のどちらかが保坂さんを撃ったのではないかという見方をしています。次はスポーツニュースです」

男性アナウンサーが短く映し出され、すぐに画像はゴルフ場のグリーンに変わった。

真知はテレビの電源スイッチを切った。

意想外《いそうがい》の事件報道に接し、パニックに陥りそうになった。保坂の片方の脚《あし》に銃弾を浴びせた犯人は何者なのか。拳銃が犯行に使われていることを考えると、どうやら堅気の人間ではなさそうだ。八千万円の回収に乗り出した裏社会の者なのかもしれない。

それとは別に、死亡したという多島という男のことも気になった。

なぜ、多島は刃物を振り回してしまったのか。何かで保坂と揉めていたのだろうか。それとも、多島は保坂が二千万円を店内のどこかに隠してあったことを知り、大金を強奪しようとしたのか。

保坂は救急病院に担《かつ》ぎ込まれた様子だが、しばらく警察の厳しい取り調べはつづくだろう。その結果、八千万円を四人で均等に分けたことを白状してしまうのではないか。

そうなったら、自分も捜査対象者のひとりになる。真知は手錠を掛けられる姿を想像したとたん、わななきはじめた。震えは、しばらく熄《や》まなかった。

保坂に殺意があったとすれば、殺人容疑で起訴されることになる。揉み合っているうちに運悪くダガーナイフが多島の心臓を貫《つらぬ》いてしまったのなら、過失致死罪が適用されるだろう。殺人罪よりも刑罰は軽い。罰金刑で済む可能性もある。正当防衛が認められれば、罰せられないはずだ。

保坂は温和な性格で、殺人などという凶悪犯罪に走るタイプには見えない。

多分、自分の身を護《まも》ろうとして抗《あらが》っているうちに相手の左胸に刃物の先が埋まってしまったのだろう。過剰防衛だったとしても、刑罰は軽減されるのではないか。

保坂はどんなに疑われても、件《くだん》の八千万円のことは自供しないかもしれない。そうだとしても、自分にいつか捜査の手が伸びてくるかもしれない。真知は平静ではいられなくなった。

どうすればいいのか。

すぐに自分が貰った二千万円を駅のコインロッカーに移し、そのまま放置しておくべきか。そうすれば、警察には怪しまれても、シラを切り通せそうだ。

しかし、保坂が絶対に口を割らないという保証はない。芋蔓《いもづる》式に逮捕された百瀬や大杉が真知も分け前を受け取ったと供述したら、もはや逃《のが》れようがないだろう。

横領罪で起訴されたら、人生は暗転してしまう。家族や縁者に罵《ののし》られ、友人や知人も次々に遠ざかるにちがいない。

判決後も生きにくくなることは明白だ。犯歴を消すことはできない。まともな働き口にはありつけないだろう。そうなったら、もう未来はない。

二千万円にまったく手をつけなければ、書類送検されるだけで実刑は免れられるのではないか。罰金刑なら、再起のチャンスもあるだろう。そう思いたい。

どんなに貧乏になっても、二千万円はそのままにしておこう。そうすれば、人生をやり直せそうだ。

真知は心の中で自分に言い聞かせ、スマートフォンを手に取った。

百瀬や大杉は、とうに保坂が関与した事件のことを知っているのか。真知は、そのことを確認する気になったのである。

最初にコールしたのは百瀬だった。

相手の電源は入っていたが、百瀬は電話口に出なかった。真知は短い伝言を吹き込み、電話を切った。

今度は大杉に電話をしてみる。少し待つと、電話が繋がった。

「大杉さんは、保坂さんの事件のことをご存じですか？」

「事件だって！?」

「知らないようですね」

真知は、テレビニュースの内容をつぶさに話した。

「保坂さんの左の太腿を撃ったのは、例の金を回収したがってる奴らなんだろう。横浜の暴力団関係者なのかもしれない」

「どういうことなんです? わたし、よく話がわからないわ」

「保坂さんの事件が起こる前にさ、実は『ガンジス』に行ったんだよ。ちょっと確認したいことがあったんでね。八千万を持って逃げ回ってた財津って男は、五年ほど前まで博多に組事務所を構えてる九仁会浦辺組の組員だったんだ。しかし、何か不始末をしでかして、組を破門されてしまったらしいんだよ」

「それで?」

「財津は九州を離れて、横浜に流れてきた。そして、伊勢佐木町《いせざきちょう》一帯を縄張りにしてる港友会の若頭桂木良治のボディーガードをやってた。財津は剣道の心得があるらしく、刃物の扱いに長《た》けてたみたいなんだよ」

「そうなんですか」

「その桂木良治という若頭は、港友会とは友好関係にある誠友会倉田組の大幹部の藤森って奴と兄弟分なんだ。藤森は去年の九月に組の上納金二億五千万円を誠友会本部に届ける前に日本刀を持った黒いフェイスキャップを被った男に襲われ、車ごと大金をそっくり強奪されたんだよ。藤森は、犯人の男に日本刀で左肩から腰まで斜めに斬られた。その刀傷は浅かったんだ。左肩から袈裟斬りにされたって話を聞いて、おれは二億五千万の上納金を強奪した犯人は左利きと見抜いたんだよ。右利きなら、相手の右肩から斜めに斬ってるはずだから」

「そうか。ええ、そうでしょうね」

「えーと、それで『ガンジス』に行って、保坂さんに財津が左利きかどうか確認してみたんだ。断言はできないが、左利きだったような気がすると保坂さんは言った。それでね、おれは藤森と財津が共謀して、狂言を仕組んだにちがいないと読んだのさ」

「要するに、その二人が結託して二億五千万円をまんまと手に入れたってことですね？」

「それを裏付けることがあるんだ。藤森の女房は事件の翌月に中古マンションを二億七千万円で一棟買いしてるんだよ、即金でね」

「怪しいわね。大杉さんの推測は正しいんじゃないかしら？　財津は狂言に協力したのに、共謀者から多くの謝礼を貰えなかったんで、港友会の桂木という若頭に不満を洩らしたんじゃありません？　桂木は侠気《おとこぎ》を発揮して、誠友会倉田組の藤森って大幹部に八千万ぐらい財津に払ってやれと掛け合ってやったんじゃないのかな」

「湯川さんの推測が間違ってなければ、何もやくざが八千万円を回収する必要はないわけだ」

「ええ、そうね」

「港友会の桂木は、財津が得た八千万の報酬を最初りから横奪《ど》りする気だったんじゃないのかな。財津はそのことを敏感に察知《さっち》して、九州に逃げた。藤森は誠友会とは友好関係にある九仁会に協力を求めた。そんなことで、浦辺組が八千万円の横奪りに手を貸した。そう考えれば、一応、ストーリーは成り立つな」

「でも、例の大金は保坂さんがネコババする形になったんで、港友会の若頭は財津を水死させ、八千万円の回収に取りかかったんですかね。大杉さん、そうなのかもしれませんよ」

「おれの推測が正しければ、保坂さんの左脚を撃ったのは桂木の配下の者なんだろう」

「保坂さんに刃物を向けて逆に死ぬことになった多島は、何者なんだと思います？」

「店の客か何かだったんだろうな。それで、保坂さんが急に金銭的な余裕を見せたか何かしたことを嗅《か》ぎ取って、ちょっとたかる気になったのかもしれない」

「そうなのかしら？　さっきから藤森って名のことが気になってたんだけど、『パラダイスレコード』という悪徳音楽制作プロの社長も同じ苗字なんですよ」

「そ、そう。特別に珍しい姓じゃないからね」

大杉が、なぜだか狼狽した。

「わたしの妹は、その会社にうまいことを言われて、ＣＤ制作負担金を二百七十万円も騙し取られちゃったの。その会社は、暴力団がバックについてるんじゃないかな。大杉さん、そのあたりのことはわかりません？」

「こっちも音楽関係をしてるんだが、事業内容が違うからね。その悪徳音楽制作会社のことは知らないな」

「オフィスは南青山にあるんですよ」

「それも知らないな」

「そうですか。妹はきのうから行方がわからなくなってるんだけど、もしかしたら、その会社に談判に出かけて、どこかに監禁されてるのかもしれないんですよ。二百七十万を返してもらいに行くと言ってたんで」

真知は言った。

「監禁まではしないでしょ？　暴力団新法ができてから、裏社会の連中も無茶はやらなくなってるからね」

「大杉さん、闇社会のことに精《くわ》しいのね。案外、インテリやくざだったりして。もちろん、冗談です」

「あなたの妹が仮に『パラダイスレコード』の関係者にどこかに監禁されてたとしても、殺されるようなことはないと思うな。やくざは、殺人が割に合わないってことをよく知ってる。それに悪徳音楽制作会社にも、ひとりぐらいまともな社員がいるんじゃないかな？夢を懸命に追いかけてる若い男女を喰いものにしてることに罪の意識を持った奴もいると思うんだ。はぐれ者だって、すべてが冷血漢じゃないはずだよ。まだ人間らしさの欠片を残してる男はいるでしょ？」

「大杉さんは、もしかしたら、『パラダイスレコード』に関わりがあるんでは……」

「ありませんよ」

「本当に？」

「ああ。妹さんは、そう遠くない日に帰宅するんじゃないのかな。だから、お姉さんはお母さんと一緒に家で沙矢さんの帰りを……」

「いま、大杉さんはわたしの妹の名を口にしましたね。あなたが妹の担当ディレクターだったんじゃないの？」

「沙矢さんを救い出したら、改めてお宅に謝罪に伺《うかが》います」

「妹はどこに監禁されてるの？　ね、それを教えて！」

「あなたたち家族は、下手に動かないほうがいい。藤森は凶暴な男なんだ」

大杉が一方的に電話を切った。

真知は、すぐさまリダイヤルキーを押した。だが、もう大杉のスマートフォンの電源は切られていた。

真知は寝椅子から立ち上がり、自分の部屋を走り出た。

「母さん、警察に行きましょう」

真知は階下に呼びかけながら、階段を駆け降りはじめた。中ほどまで下《くだ》ったとき、居間から母の小夜子が飛び出してきた。

「何かわかったのね？」

「沙矢は『パラダイスレコード』の関係者がどこかに監禁してるみたいなの。すぐに警察に行って、沙矢を早く保護してもらわなくちゃ」

「そうね。いま、コートを取ってくるわ」

「わたしは先にプジョーに乗り込んでる。母さん、急いで！」

真知はポーチを出ると、ガレージまで突っ走った。

誰と落ち合うつもりなのか。

まるで見当がつかない。百瀬一輝は首を捻《ひね》った。

3

横浜のみなとみらい21地区にある遊園地『よこはまコスモワールド』だ。

午後七時を回っていた。昼間と違って、客は若いカップルが目立つ。

百瀬はレンタカーを使って、東京から『東都リサーチ』の進藤社長の車を尾行してきた。

社長は自分のレクサスを遊園地の駐車場に置くと、大観覧車乗り場の前まで来た。百瀬は借りたプリウスを進藤の車の近くに駐《と》め、同じ場所に歩《ほ》を運んだ。

進藤社長は数十メートル先にたたずんでいる。人待ち顔だ。

百瀬は変装していた。ハンチングを被り、黒縁の伊達眼鏡《だてめがね》をかけている。それだからか、進藤は百瀬にまったく気づいていない。

調査員の今岡恵美は、浜名湖周辺で四年前の殺人事件のことを調べ回っているはずだ。港友会の構成員だった田所雅継は組織から十二キロの覚醒剤を盗み出し、逃亡を図った。

だが、数日後に浜名湖にほど近いモーテルの一室で何者かに絞殺されてしまった。部屋から十二キロの麻薬は消えていた。

港友会の若頭の桂木良治は、旧知の間柄である進藤社長に田所の行方を追わせた。進藤が潜伏先を突きとめたときは、すでに田所は殺害されていた。事件現場に十二キロの覚醒剤は残されていなかった。

調査員の恵美は、進藤が田所を葬《ほうむ》り、横奪《ど》りした麻薬を暴力団に売り捌《さば》いたのではないかという疑いを抱いた。だから、急に進藤は金回りがよくなったのだろうという推測だった。

百瀬は、恵美の筋読み通りだったとは思っていない。

しかし、進藤が何か悪事に加担していたのではないかという疑念は持っていた。元刑事の勘だった。

そんなわけで、百瀬は進藤社長から悪銭《あくせん》を吐き出させる気になったのだ。進藤から八千万円を脅し取れれば、手持ちの二千万円を加えて土居の遺族に一億円をカンパしてやれる。一日も早くそうしてあげたいが、望み通りに事が運ぶかどうか。

百瀬は進藤を尾行する前に静岡県警捜査一課の刑事になりすまして、四年前に殺された田所の実家に電話をかけた。故人の生家は神奈川県小田原《おだわら》市内にある。

受話器を取ったのは田所の母親だった。彼女の証言によると、田所は殺される十日ほど前に若頭の桂木に近く舎弟頭補佐になれるよう根回しをしてやると言われ、子供のようにはしゃいでいたそうだ。

当時、田所は二十七歳だった。その若さで、舎弟頭補佐になれるケースはきわめて稀《まれ》だ。構成員が百人もいない四次、五次組織でも、そうしたスピード出世は例がないだろう。

港友会には千人近い構成員がいる。何か裏があったのではないか。

若頭の桂木は言葉巧《たく》みに田所を唆《そそのか》し、港友会の覚醒剤を盗み出させたのではないか。十二キロあれば、卸し値でも四、五億円にはなる。桂木は誰かに田所を始末させ、持ち逃げさせた麻薬を回収し、こっそり売り払ったのかもしれない。

もちろん、桂木自身が別の暴力団に十二キロの覚醒剤を引き取ってくれないかと持ちかけることはできないだろう。そこで何十年も暴力団係刑事を務めた進藤弓彦に買い手を探してくれと頼んだのではないか。万事に抜け目のない進藤は、麻薬売却金の半分を口利き料《コミッション》として要求したのかもしれない。

そう筋を読めば、進藤社長の懐が急に温かくなったことが腑《ふ》に落ちる。

恵美から何か連絡があってもよさそうだが、パーカのポケットに入れてあるスマートフォンはいっこうに振動しない。

百瀬はレンタカーを借りたとき、マナーモードに切り替えておいた。マナーモードだと、着信に気づかないこともある。

百瀬はスマートフォンを掴み出し、着信履歴を確かめた。

やはり、恵美から電話はかかってきていない。だが、保坂と湯川真知から一度ずつ着信があった。

百瀬は先に保坂の伝言を聴いた。


偽刑事は、横浜のやくざみたいです。拳銃で左脚を撃たれたが、なんとか追い払った。しかし、その後に店に押しかけてきたパート店員の旦那にナイフを振り回されて揉み合ってるうちに、相手を死なせてしまったんですよ。警察に例のことは喋りません。


メッセージは、それだけだった。

百瀬は保坂の携帯電話を鳴らしかけて、途中でやめた。

銃創を負った保坂は、救急病院に搬送されたにちがいない。ベッドのそばに捜査員がいるだろう。刑事が保坂の携帯電話を取ったら、造作なく発信者は割れてしまう。

百瀬自身だけではなく、保坂も厳しく追及されることは明らかだ。それこそ藪蛇《やぶへび》だろう。

百瀬は、真知のスマートフォンをコールした。スリーコールで、真知が応答した。

「夕方、保坂さんがお店で誰かに片方の腿《もも》を撃たれて、その後、多島護という男を死なせてしまった事件をご存じでしょ？」

「それは知らなかったんだ。保坂さんの伝言が入ってることに少し前に気がついて、メッセージを聴いたんだが、事件の詳細はわからないんだよ」

「わたしは、テレビのニュースで事件のことを知ったんです」

「知ってることを教えてくれないか」

百瀬は頼んだ。真知がニュース内容を伝える。

「多分、保坂さんは多島という男を殺す気なんかなかったんだろう。相手からナイフを捥《も》ぎ取ろうとして、誤って心臓部を……」

「ええ、わたしもそう思いました。保坂さんには人殺しなんかできませんよ。あっ、そうだわ。大杉さんから、財津に関する情報を教えてもらいました。財津は五年ほど前まで九仁会浦辺組の組員だったそうです。でも、何かまずいことをして、破門になったという話でしたよ。その後は、横浜の港友会の桂木という若頭のボディーガードを務めてたそうです。桂木は誠友会倉田組の大幹部の藤森と兄弟分らしいんですよ。その藤森は倉田組の上納金二億五千万円を財津と共謀して、まんまと自分のものにしたみたいなんです」

「その話、詳しく話してくれないか」

百瀬は促《うなが》した。真知が詳細を語った。

「財津は左利きだったのか。藤森の刀傷は左肩から腰に斜めに走ってて、怪我はたいしたことないというなら、狂言臭いな。しかも事件の翌月の末に藤森の女房が二億七千万円の中古マンションを一棟ごと購入してるんなら、仕組まれた上納金強奪事件だったにちがいない」

「ええ、そうなんでしょうね。大杉さんは保坂さんの店を訪ねて、財津が左利きかどうか確かめたそうなの。保坂さんは断言はできないけど、左利きだった気がすると答えたらしいんです」

「藤森は、財津の殺害に絡んでるんだろうか」

「それはわかりませんが、港友会の若頭は財津を手下に追わせてたんじゃないのかしら？」

「その疑いはあるね」

「大杉さんは、藤森が社長を務《つと》めてる『パラダイスレコード』という悪徳音楽制作会社の社員だったんですよ。その会社は、誠友会倉田組の企業舎弟っぽいんです。信じられないことに、わたしの妹からCD制作負担金二百七十万円を騙し取ったのは大杉さんみたいなんですよ」

「順序だてて説明してくれないか」

百瀬は言った。真知が一拍置いてから、妹の沙矢が詐欺に引っかかった経緯《いきさつ》を長々と喋った。

「大杉君は、やっぱり堅気じゃなかったんだな。しかも、きみの妹を喰いものにしてたなんて、なんとも皮肉な巡り合わせなんだ」

「そうですね。昨夜《ゆうべ》から消息不明になってる妹はわたしの忠告を無視して、『パラダイスレコード』に談判に行ったにちがいありません。それで、会社の人にどこかに閉じ込められてるんだと思います。少し前にわたし、母と一緒に警察に妹のことで相談に行ったんですよ。担当の方が『パラダイスレコード』に電話をしてくれたんですけど、先方は妹が訪ねてきた事実はないの一点張りだったそうです」

「警察は、藤森の会社には誰も行かせなかったのか」

「ええ」

「なんてことだ。怠慢《たいまん》すぎるし、無責任だな」

「わたし、これから母と一緒に『パラダイスレコード』に行って、妹の監禁場所を聞き出そうと思ってるんです」

「それは危険すぎるな。暴力団の息がかかってる会社なんだよ。下手したら、きみとおふくろさんも監禁されることになるだろう」

「でも、妹のことが心配でじっとしてられないんです」

「大杉君は、妹さんが監禁されてる場所に心当たりがあるんじゃないのかな。彼は妹さんを救い出すと言ったんだね？」

「ええ、そう言ってました。だけど、彼は妹を騙した人物なんだろうから……」

「どうも信用できない？」

「ええ、まあ」

「大杉君は、根っからのアウトロージャないよ。何か理由《わけ》があって、自棄《やけ》になってしまったんじゃないのかな。心根まで腐り切ってしまったわけじゃない気がするね」

「そうでしょうか」

「こっちは刑事だったころ、多くの犯罪者と接してきた。救いようのない悪党は、もっと目がぎらついてるんだ。表情も荒《すさ》んでて、狡《ずる》さや残忍さが透《す》けて見える。しかし、大杉君には他人を寄せつけないような冷たさはない。むしろ、気の優しさが垣間《かいま》見えたりする」

「ええ、そうですね」

「人生に絶望しきった奴だけが極悪人《ごくあくにん》になるんだよ。大杉君は、まだ人生を棄《す》ててはいない。その分だけ、よくも悪くも人間臭いわけさ。だから、夢を追ってる連中を喰いものにしてきたことで後ろめたさを感じてきたんだろうし、騙した相手に償いたいという気持ちも持ってるにちがいない」

「そうなのかしら？」

「大杉君は体を張って、きみの妹を救い出したいと考えてるんじゃないのかな。そんな気持ちになったのは、詐欺に引っかかった被害者に申し訳ないと思ってるだけじゃないんだろう」

百瀬は言った。

「どういう意味なんでしょう？」

「多分、大杉君は湯川さんの妹に本気で惚れてしまったんだろうな。騙された妹さんが赦《ゆる》してくれなくても、とにかく恐怖や不安を早く取り除いてやりたいと切望してるんだろうね。愛《いと》しい女を喪《うしな》いたくないという思いに駆られることはあるからな」

「百瀬さんにも覚えがあるようですね？」

真知が好奇心を露《あらわ》にした。百瀬は返答をはぐらかしたが、脳裏のどこかに元人妻の京香の顔がにじんでいた。

「やっぱり、大杉さんだけに任せておけません。沙矢は大切な妹ですし、両親にとっても大事な娘ですんで」

「家族の思いはわかるが、相手は堅気じゃないんだ。もう一度、警察の者に何とか動いてほしいと頼むべきだよ。大杉君も逮捕されることになるかもしれないが、それは仕方ないことだ」

「母と相談してみます」

真知が電話を切った。百瀬は通話終了キーを押し、視線を延ばした。

進藤は同じ場所に立って、左手首の腕時計に目をやっている。待ち人は約束の時刻になっても、まだ現われないようだ。

スマートフォンを耳から離したとき、今岡恵美から着信があった。

「静岡まで出かけた甲斐はあったのか？」

百瀬は訊いた。

「ええ、収穫はあったわ。田所雅継が殺されたモーテルはいまも営業中で、フロントのおばさんも働いてたの。さすがに殺人のあった部屋は備品室になってたけどね」

「で、そのフロント係は進藤社長のことを憶《おぼ》えてた？」

「ええ。社長は、彼女と一緒に田所のいる一〇七号室に入ったらしいの。そのときは、もう田所は結束バンドで首を絞められて息絶えてたそうよ」

「凶器は、工具なんかを束《たば》ねるときに使う樹脂製の結束バンドだったんだな？」

「そう。田所は少し冷たくなってたというから、社長が絞殺したんじゃないわね。わたしの勘は外れちゃったわけだけど、気になる証言もあるの。フロントのおばさんは一時間半ほど前にモーテルの近くで社長を見かけたような気がすると言いだしたのよ」

「見かけた人物が進藤なら、田所を殺《や》った可能性もなくはないな。田所を結束バンドで絞殺して、どこかで時間を潰《つぶ》してから再度モーテルに行ったのかもしれないぞ」

「そうなのよね」

「社長とおばさんが一〇七号室に入ったとき、十二キロの覚醒剤はなかったんだな？」

「ええ。所轄署員と静岡県警機捜《きそう》のメンバーが臨場して、室内を徹底的に検《しら》べたらしいんだけど、麻薬はどこにもなかったそうよ。社長が犯行後に十二キロの覚醒剤をどこかに隠してから、ふたたびモーテルを訪ねたとも考えられるけど……」

「そうだな。犯行前に一〇七号室を訪ねた者は？」

「二時間ぐらい前に三十一、二歳の男がモーテルの各室をノックしてたというのよ。おばさんが怪しんだら、『なんでもなか』と九州訛で言ったらしいの。そいつは左手の拳《こぶし》でノックして、同じ手を横に振ったそうよ。その男が一〇七号室に押し入って田所を殺し、麻薬を奪ったんじゃない？　百瀬さん、誰か思い当たる？」

恵美が問いかけてきた。

百瀬は誰も思い当たらないと答えたが、各室をノックして回っていたのは財津だと確信を深めた。港友会の桂木若頭がボディーガードの財津に田所の口を封じて、十二キロの覚醒剤を回収しろと命じたのだろう。

進藤社長は旧知の桂木に頼まれ、覚醒剤の買い手を見つけてあげたのではないか。そして、巨額の謝礼を貰ったと思われる。

「九州訛の男が怪しいわね。わたし、今夜はこっちに泊まって、もう少し調査を進めてみるわ」

「そうしてくれないか」

「進藤社長に動きは？」

「いま、『よこはまコスモワールド』の大観覧車乗り場の前で誰かを待ってるんだ。女性と落ち合って、ゴンドラに乗り込むことになってるんだろう」

「六十過ぎの社長が夜の遊園地でデートするかな？　会うことになってるのは、きっと男だと思うわ」

「そうなんだろうか」

「何かわかったら、すぐ教えて」

恵美が通話を切り上げた。

百瀬は、スマートフォンをパーカのポケットに戻した。それから間もなく、五十年配の男が進藤に歩み寄った。

その背後には、ひと目で暴力団員とわかる三十歳前後の男がいた。五十絡みの男は、港友会の桂木なのではないか。

百瀬は、進藤たちのいる場所に接近した。

「若頭《カシラ》、遅かったじゃないか」

進藤が五十年配の男に声をかけた。

「道路が渋滞してたんですよ」

「ま、勘弁してやろう。桂木、約束の物は持ってきてくれたな?」

「ちゃんと持ってきましたよ。けど、進藤さん、今回で最後にしてもらえませんか。おれも遣り繰《シノギ》りが大変なんでね」

「会長を欺《あざむ》いて、甘い汁を吸ったことを密告《チク》ってもいいのか。それに例の品物《ブツ》の買い手を紹介してやったことを忘れたのかい?」

「世話になったことは忘れてませんや。けど、遊んでる銭《ぜに》は残り少ないんですよ。それだから、おねだりはあと二、三回で勘弁してほしいな」

「あまり欲を出すと、財津と同じ目に遭《あ》うってか？」

「まさか進藤さんを消すわけないでしょ？　あなたには、いろいろ世話になってますからね。財津の野郎は欲をかきすぎたんで……」

「若い者に始末《もん》させたってわけか」

「進藤さん、声がでかいですよ」

桂木がうろたえ、あたりを見回した。

「おれは、会長や警察には余計なことは言わない。その代わり、もうしばらく顧問料をいただかないとな」

「わかりました。今月分は、ゴンドラの中で渡します」

「そうか」

進藤と桂木は肩を並べて、ステップを上がりはじめた。少し待って、二人はゴンドラに乗り込んだ。向かい合う恰好《かっこう》だった。

桂木のボディーガードは大観覧車乗り場の前で仁王立ちになって、ＳＰのように周囲に目を配っていた。レスラー並の巨身だ。

進藤たちを乗せたゴンドラがゆっくりと上昇しはじめた。男同士で乗り込んでいる客は、二人だけだった。

どうやら進藤社長は桂木が財津を使って田所を葬らせ、十二キロの覚醒剤を回収した事実を脅迫材料にして、麻薬の買い手を紹介してやった謝礼のほかに顧問料を毎月せしめてきたようだ。

殺された財津は汚れ役を引き受けたことを切札にして、報酬のほかに桂木から巨額の口止め料を脅し取ったのだろう。際限《さいげん》なく強請《ゆす》られることを恐れた桂木は手下に財津を始末させ、八千万円を回収させる気でいたにちがいない。

十二キロの覚醒剤を買い取ったのは、九仁会浦辺組なのではないか。そのことを最近になって知った財津は、五年ほど前に自分を破門にした浦辺組からも口止め料を強請る気になって博多を訪れたのかもしれない。それで、浦辺組と港友会の両方に追われることになったのではないか。

ゴンドラが一周し終えた。

進藤たち二人が観覧車から出てきた。桂木は護衛役の構成員を従えて、遊園地の出入口に向かった。車は外周路のあたりに駐《と》めてあるのだろう。

進藤は駐車場に足を向けた。

百瀬は足音を忍ばせながら、進藤を追った。駐車場に着くと、進藤は電動ロックを解除し、レクサスの運転席に入ろうとした。

百瀬は肩でドアを強く押した。

フレームとドアに挟まれた進藤の太い首に手刀打《しゅとう》ちを見舞う。

進藤が呻いて、車と車の間に坐り込んだ。百瀬は進藤の背後に回り込み、裸絞《チョーク》めで気絶させた。進藤を暗がりに引きずり込んで、今度は顎《あご》の関節を外す。

百瀬はゆったりと煙草を喫ってから、ラークの火を進藤の片方の頬に押しつけた。肉の焦《こ》げる臭気が拡散《かくさん》した。

進藤が意識を取り戻した。だが、言葉にならない唸《うな》り声を発しただけだ。

「あんたの弱みを握った。港友会の若頭の桂木は四年前、手下の田所に組織の覚醒剤を十二キロ持ち逃げさせ、数日後にボディーガードだった財津に裏切り者を始末させて麻薬をそっくり回収させた。桂木は田所に舎弟頭補佐にしてやると嘘をついて、覚醒剤を持ち出させたんだよなっ。イエスなら、うなずけ！　ノーの場合は首を横に振るんだ。いいな？」

「ううーっ」

進藤は唸るだけだった。

百瀬は進藤の肩口を摑んで、腹を蹴りつけた。ようやく進藤はうなずいた。

「あんたは桂木に頼まれて、覚醒剤の買い手を紹介してやった。その買い手は九仁会浦辺組だったんじゃないのか？」

「…………」

「どうなんだっ」

百瀬は、また足を飛ばした。進藤が唾液《だえき》をだらしなく垂らしながら、二度うなずいた。

「十二キロの覚醒剤は、いくらで売れたんだ？　指で示せ！」

百瀬は命じた。進藤が右手の指を三本立てる。

「三億か。あんたは口利き料をどのくらい貰ったんだ？　指一本だったって？　もっと多いんじゃないのかっ。やっぱり、半分ぶったくったか」

「ううーっ、ううーっ」

「口で答えさせてくれってことだな。いいだろう」

百瀬は、進藤の顎を元の位置に戻した。進藤が何度も喘《あえ》ぎ、息を大きく吸い込んだ。

「財津は田所を始末して、桂木から報酬をいくら貰ったんだ？」

「三百万だったと聞いてる」

「安いな。だから、財津は桂木から大きく口止め料を毟《むし》る気になったわけか」

「財津は桂木から五千万、浦辺組から三千万を脅し取ったらしい。その前に桂木の兄弟分の誠友会倉田組の金庫番をやってる藤森って奴からも金を強請る気でいたらしいんだが、それは失敗したようだな。藤森は財津とつるんで去年の九月に狂言を仕組んで、倉田組が誠友会本部に届けることになってた二億五千万の上納金をネコババしたみたいなんだ。桂木がこっそり教えてくれたんだよ。財津はたったの二百万しか演技料を貰えなかったんで、藤森から一億ほど吐き出させる気でいたようなんだ、しかし、殺し屋《ヒットマン》を差し向けられたんで、諦《あきら》めたみたいだな」

「そうか。社長は、桂木から月々どのくらいの顧問料をせびってたんだい？」

「そんなことまで知ってるのか⁉　毎月百万ずつ貰ってた。しかし、もう金は残ってないよ」

「社長には少し世話になったから、金は脅し取らない。ただし、おれの代理人になってもらう。桂木に四年前の一件を港友会の会長や警察に知られたくなかったら、二億用意しろと脅迫してほしいんだ」

「百瀬君、本気なのか⁉」

「本気も本気だ。あんたが恐喝代理人を引き受けなかったら、お先真っ暗だぞ」

「そっちがそんなに欲深な悪党《ワル》とは思わなかったよ」

「こっちには償わなきゃならないことがあるんだ。だから、どうしても億単位の金が欲しいわけさ」

「誰に何を償うというんだね？」

「社長には関係ないことだ。晩年を明るく過ごしたいんだったら、おれに協力するんだな」

百瀬は言い放って、レンタカーのプリウスに走り寄った。

4

緊張が高まった。

全身が小刻みに震えはじめた。武者震いだった。喉も渇いて、くっつきそうだ。

大杉啓太は深呼吸した。

ＢＭＷの運転席に坐っていた。自分の車だが、八年前に製造された中古車である。車体の色はドルフィンカラーだった。

車は世田谷区用賀《ようが》の閑静な住宅街の路上に停止中だ。

右手斜めには、藤森の愛人宅がある。一戸建て住宅だった。敷地は六十坪ほどで、庭木が多い。

愛人は牧野由希《まきのゆき》という名で、二十六歳だった。元レースクイーンだ。大杉は何度か由希と会っていた。派手な顔立ちの美人だ。プロポーションも悪くない。

「おい、落ち着け！」

助手席の安西が言った。

「おれ、荒っぽいことにあまり馴《な》れてないんで……」

「大杉は立ち回りなんかやらなくてもいいんだ。監禁されてる湯川沙矢って娘《こ》を連れて、すぐに逃げろ。いいな？」

「しかし、そういうわけにはいきませんよ」

「見張《シキテン》りの能登《のと》と福士《ふくし》の二人は、このおれが片づける。奴らも拳銃《ドウグ》は持ってるだろうが、中国製トカレフのノーリンコ54だろう。殺傷力は強いが、消音器《サイレンサー》なしじゃ、やたらぶっ放せるわけねえ」

「そうですね」

大杉は相槌を打った。

安西は、ロシア製の消音型拳銃マカロフPbを所持していた。消音器と銃身が一体になっている。ロシア軍の将校用拳銃だが、二十年あまり前から日本の闇社会に流れ込んでいた。

「そっちが護身用のサバイバルナイフと小型の西洋手斧《トマホーク》を持つのはいいが、なるべく使わねえようにしな。大杉は堅気《ネス》になったら、ネット音楽配信会社を興《おこ》して、沙矢って娘《こ》の夢を叶えてやらなきゃいけねえんだから、犯行《ヤマ》は踏むなって」

「安西さん……」

「手を汚すのは、おれだけでいい。おれは牧野由希って愛人《レコ》を人質に取ったら、藤森を誘《おび》き出す」

「うちの社長を殺《や》る気なんですね？」

「そいつは藤森の出方次第だな。野郎が財津って流れ者と組んで、上納金二億五千万円をポッポに入れたことを認めて、おれを組から追い出そうとしたことを本気で詫びりゃ、殺しやしねえよ」

「藤森は汚い男です。おれが、あいつをぶっ殺してもいいですよ。湯川沙矢を愛人宅に監禁するなんて、とうてい赦《ゆる》せないからな」

「大杉、頭《ペテン》を冷やせ！　おめえが殺人《コロシ》なんかやったら、誰が沙矢って娘《こ》の夢の後押しをしてやるんだっ」

「しかし……」

「おめえが刑務所《ムショ》から出るころは、沙矢はもう三十過ぎてるだろうよ。それじゃ、売り出しにくくなっちまうだろうが。別におれを置き去りにして、こそこそ逃《フ》げ《ケ》るわけじゃねえんだ。堂々と沙矢って娘《こ》と先にずらかれ！　大杉、わかったな？」

「は、はい」

「人の姿が見えなくなったな。大杉、行くぜ」

安西が助手席から降りた。

午後八時五十分だった。大杉は後部座席の下の床《フロア》から、トマホークを掴み上げた。サバイバルナイフはベルトの下に差し込んであった。ＢＭＷの運転席から出て、安西と肩を並べる。

住宅街は、ひっそりと静まり返っていた。人っ子ひとり通らない。

大杉たちは牧野宅に歩《ほ》を進めた。

防犯カメラは設置されていない。鉄製の白い門扉《もんぴ》は低かった。

黒い革手袋を嵌《は》めた安西が片腕を伸ばして、門の内錠を外す。大杉は安西の後《あと》からアプローチをたどった。

二人はポーチに達した。

安西がインターフォンを鳴らし、目配せした。大杉はドアの左側の壁にへばりついた。

安西は右側に寄り、サイレンサーピストルを取り出した。手早くスライドを引く。

少し経《た》つと、玄関ホールでスリッパの音がした。大杉は息を詰めた。

「藤森の兄貴ですか？」

ドア越しに問いかけてきたのは能登大輔《だいすけ》だった。二十七歳の組員で、元暴走族グループの総長だ。

安西と大杉は応答しなかった。

能登が三和土《たたき》に降りる気配が伝わってきた。大杉は、トマホークの柄をしっかりと握った。

玄関のドアが開けられた。

安西が躍《おど》り込んだ。能登が驚きの声を洩らした。

大杉は敏捷《びんしょう》に玄関に身を滑り込ませた。緊張で、少し胸苦しい。

安西がマカロフPbの銃口を能登の側頭部に押し当てながら、見張りの体を探《さぐ》った。

能登はベルトの下にノーリンコ54を挟んでいた。安西がノーリンコ54を奪い、自分の腰に移す。

「兄貴たち、何を考えてんすか⁉　おれと福士は藤森さんに言われて、この家で見張り役をやってんすよ」

「人質の湯川沙矢はどこにいるんだ?」

大杉は能登に小声で訊き、西洋手斧を高く翳《かざ》した。

「二階のゲストルームに閉じ込めてあるんすよ。福士と由希さんも、そこにいます」

「人質におかしなことをしてねえだろうなっ」

「姦《や》ってませんよ、下着姿にしてあるけど。あの娘《こ》、大杉さんの客だったそうっすね。兄貴のこと、詐欺師だって怒ってましたよ」

「ゲストルームに案内しな」

安西がサイレンサーピストルの先端を能登の脇腹まで下げた。

能登が観念した顔で、玄関ホールに上がった。大杉たちは土足のまま、玄関マットの上に立った。安西が能登の背を押した。

能登、安西、大杉の順で、階段を上がる。ゲストルームは最も奥にあった。安西が能登を突き飛ばし、ドアを開けた。

セミダブルのベッドが左手に据《す》えられ、その上にランジェリー姿の沙矢が横たわっていた。両手と両足首はロープで縛られている。やつれが痛々しい。

見張りの福士秀行《ひでゆき》がベッドに浅く腰かけ、沙矢のヒップを撫《な》で回していた。

藤森の愛人の由希は右側のソファに坐り、福士の手の動きを目で追っている。ゲストルームは十畳ほどの広さだった。

「いやらしいことをするなっ」

大杉はベッドに走り寄り、福士の腰を蹴りつけた。二十六歳の福士がベッドから転げ落ち、長く呻いた。

「沙矢ちゃん、ごめん！　CD制作負担金の二百七十万は返すよ。会社が出し渋ったら、おれが弁償する」

「あんたなんか、もう信用できないわ」

沙矢が憎々しげに言った。身を横たえたままだった。

「きみなら、プロのシンガー・ソングライターになれる。おれは足を洗って、ネット音楽配信会社を立ち上げるつもりなんだ。デビュー曲の『イノセント・ワールド』をネットで配信すれば、たちまち人気を得られるよ」

「今度は、わたしから五、六百万騙し取るつもりなの？　そんなお金ないわ」

「信じてもらえないだろうが、本気《マジ》でそうする気でいるんだ。だから、兄貴の安西さんと一緒にここに乗り込んできたんだよ。沙矢ちゃんを救出するためにね」

「本当なの⁉」

「もちろんさ」

大杉は腕を伸ばして、沙矢を引き起こした。

そのとき、福士がタックルする動きを見せた。大杉は反射的にトマホークを振り下ろした。手斧《ておの》は福士の頭部を砕《くだ》いた。

福士は垂直に崩れ、ひとしきり痙攣《けいれん》した。血臭が濃い。

由希がソファから立ち上がって、悲鳴を放った。能登は何か言いかけたが、言葉を呑《の》み込んだ。顔面蒼白だった。

「騒ぐと、二人も殺《や》っちまうぞ」

安西が由希と能登に凄《すご》んだ。大杉は、福士を見下ろしたままだった。

陥没した福士の頭は、血糊に塗《まみ》れていた。ほとんど頭髪は見えない。福士は白目を晒《さら》し、弱々しく呻いている。

「まずいよ、大杉さん」

沙矢が当惑顔で言った。

「そうだな。こんなことをするつもりはなかったんだが……」

「早く救急車を呼んだほうがいいわ。福士って男が死んじゃったら、大杉さんは殺人者になっちゃう」

「もう遅いな」

大杉は虚《うつ》ろに笑った。数秒後、福士が息絶えた。

「くたばったようだな。おれがトマホークを使ったことにすりゃいい。大杉、ハンカチで柄の指紋をきれいに拭《ぬぐ》って、福士のそばに落としておけ」

安西が命じた。

そのとき、能登が安西に組みついた。安西は組み伏せられそうになったが、うまく体《たい》を躱《かわ》した。

「あんたら二人を取り押さえて、藤森さんに引き渡してやる!」

能登が向き直った。凄まじい形相《ぎようそう》だった。

大杉はトマホークを振り被った。血の雫《しずく》が飛んだ。

「余計なことをするんじゃねえ」

安西が大杉を制し、マカロフPbの引き金を絞った。サイレンサーの先から圧縮空気が洩れた。銃口炎は数センチ、吐き出されただけだった。

放たれた九ミリ弾は、能登の眉間《みけん》に命中した。硝煙が薄くたなびきはじめた。

能登は丸太のように後方にぶっ倒れた。

声ひとつ発しなかった。そのまま身じろぎもしない。

「いやーっ、この家に住めなくなっちゃう」

由希がしゃがみ込み、泣き喚《わめ》きだした。

「大杉、早くトマホークの柄の指紋や掌紋《しょうもん》を拭え！　何をしてやがるんだっ」

「福士を殺《や》ったのは、このおれなんです。安西さんに罪をしょってもらうわけにはいきません」

「半端なやくざがいっぱしのことを言うんじゃねえ！　これ以上、おれを焦《じ》らせやがると、大杉も撃《ハジ》いちまうぞ」

「そ、そんな⁉」

「おめえには、やらなきゃならねえことがあるはずだ」

「ええ、まだ死ぬわけにはいかないんですよ」

「だったら、言われた通りにしろ。早く人質を連れて、この家を出るんだっ」

「安西さん、この恩は一生忘れません」

「臭《くせ》え台詞《せりふ》だな」

「それじゃ……」

大杉はチノクロスパンツからハンカチを抓《つま》み出し、トマホークの柄を入念に拭った。手斧を福士の死体のそばに落とし、急いで沙矢の縛《いまし》めをほどく。手首に彫《ほ》り込まれたロープの痕《あと》が痛そうだ。

「この娘《こ》の服はどこにある？　早く持ってこい！」

大杉は由希に怒鳴《どな》った。由希が発条《ばね》仕掛けの人形のように立ち上がり、クローゼットの扉を開けた。

沙矢がベッドを降り、由希につかつかと歩み寄った。彼女は自分の衣服を受け取ると、バックハンドで由希の横っ面《つら》を張った。

由希がバレリーナのように体を旋回《せんかい》させ、フローリングに倒れた。

「じゃじゃ馬だな」

安西が高く笑った。大杉は釣られて口許を綻《ほころ》ばせた。

沙矢が後ろ向きになって、手早く身繕《みづくろ》いをした。大杉は沙矢の手を引き、ゲストルームを出た。階下に駆け降り、牧野宅を飛び出す。大杉はＢＭＷの助手席に沙矢を坐らせ、すぐさま発進させた。

玉川通りに出ると、沙矢が沈黙を破った。

「今度は大杉さんを信じてもいいの？」

「信じてほしいな。本気で沙矢ちゃんの夢を実現させてやりたいんだ。二百七十万を騙し取った罪滅ぼしにね。いや、それだけじゃないな。きみの才能を埋《うも》れたままにしておくのは惜《お》しいと思ってるし、それから……」

「何？」

「惚れちゃったみたいなんだ、きみにな」

「だったら、待ってる。わたし、七年でも八年でも大杉さんが刑務所から出てくるまで待ってるわ。わたしもいつの間にか、大杉さんが好きになってたの」

「そうだったのか。嬉しいよ」

「でも、いまの大杉さんには彼氏になってほしくない。一種の過剰防衛だったんだろうけど、福士って奴を殺しちゃった事実は消せないわ。だから、潔《いさぎよ》く刑に服して」

「わかった、そうするよ。おれはきみを代田の自宅に送り届けたら、藤森の愛人宅に引き返す気でいたんだ。兄貴分に罪を被ってもらうわけにはいかないからな」

「大杉さんのことだから、そう言うと思ってたわ。わたし、タクシーで家に帰る。適当な場所で車を停めてくれる？」

「ああ」

大杉は車を路肩《ろかた》に寄せた。

「安西という兄貴分は、何か藤森社長に恨みがあるみたいね」

「そうなんだ。詳しいことは言えないが、安西さんは藤森の弱みを知ったため、組の者たちに追われる身になってしまったんだよ。それで、安西さんは決着《オトシマエ》をつける気でいるんだ」

「そうなの。で、大杉さんは彼の助っ人になる気になったのね？」

「うん、まあ。そうだ、きみに頼みがあるんだ。自宅に戻る前におれのマンションに立ち寄ってほしいんだよ」

「どうして？」

「トイレの横の収納庫に二千万円入りのビジネスバッグが入ってる。ネット音楽配信会社の開業資金だよ」

「汚れたお金なんじゃないの？」

沙矢が訊いた。大杉は少し後ろ暗かったが、はっきりと否定した。

「サラリーマン時代にせっせと貯めた金で中国株を買って、大きく増やしたんだ」

「そうなの」

「おれが仮出所するまで預かっててもらいたいんだよ」

「いいわ」

沙矢は快諾《かいだく》してくれた。大杉は自宅マンションの所在地を教え、沙矢に部屋のキーを渡した。それから車代として、三万円を沙矢に握らせた。

「わたし、本当に待ってるから」

沙矢が大杉の頬に軽くくちづけし、助手席から出た。

大杉は手を振って、車を走らせはじめた。次の信号を左折し、迂回《うかい》して牧野宅に引き返す。数分で、藤森の愛人宅に着いた。

大杉はBMWを路上に駐《と》め、牧野宅に勝手に入り込んだ。二階のゲストルームに上がると、思いがけない光景が目に飛び込んできた。

なんと安西が、床に這《は》わせた由希を後背位で貫いていた。由希は下半身だけ裸だった。白い尻《しり》が眩《まぶ》しい。

由希は突かれるたびに、淫蕩《いんとう》な声をあげた。体の芯《しん》は潤《うる》んでいるようだった。摩擦音《まさつおん》は湿っていた。

「いつの間にか、藤森の愛人《レコ》を寝盗《ねと》ってたのか」

大杉は呟《つぶや》いた。

「なんでえ、戻ってきちまったのか。ばかな野郎だな。大杉、勘違いするなよな。この女とナニしたのは初めてなんだ。別につるんでたんじゃねえ。退屈しのぎに、ちょいと味見させてもらってるだけだよ」

「そうだったのか」

「もうじき終わらせるから、少し待っててくれや」

安西は由希の腰を引き寄せると、ダイナミックに動きはじめた。由希はリズムを合わせながら、頭を左右に振っている。

大杉は廊下に出て、ゲストルームの壁に凭《もた》れた。
七、八分後、由希が悦《よろこ》びの声を迸《ほとばし》らせた。それは、どこかジャズのスキャットに似ていた。安西は野太《のぶと》く唸ったきりだった。
大杉は数分経《た》ってから、ゲストルームに足を踏み入れた。室内は腥《なまぐさ》かった。

由希はベッドに潜《もぐ》り込み、頭から羽毛蒲団《うもうぶとん》と毛布を引っ被っていた。安西はソファに腰かけ、照れ笑いを浮かべている。

「女を姦《や》る気はなかったんだが、時間を持て余しちまったんでな。藤森には、もう呼び出しの電話をかけたよ。びっくりしてやがった」

「それで?」

「数十分後に、ここに来ると思う。由希を人質に取ったと言ってあるから、藤森ひとりで来るだろうよ。付録と一緒だったら、愛人《レコ》を撃ち殺すと言っといたんだ」

「そうですか。能登や福士については……」

「逆《さか》らったんで、おれが片づけたと言っておいたよ。それより、なんで引き返してきたんだ?」

「福士を殺《や》ったのは、おれですからね。沙矢ちゃんにはタクシーで帰ってもらいました」

「もっと器用に生きろや」

「しかし、けじめはつけませんとね。一応、おれも筋者《すじもの》ですから」

「半端野郎が生意気なことを言いやがって」

「安西さんは、藤森を殺《や》る気なんでしょ？」

「倉田の組長《オヤジ》に的《まと》かけさせるつもりだったんだが、能登を死人《マンジユウ》にしちまったからな。ついでに藤森も撃《ハジ》いちまうか」

「気の済むようにしたほうがいいですよ。安西さんは、陰湿な方法で藤森に追い込まれたんですから」

「二人も殺《や》っちまったら、無期懲役を喰《く》らうな。いや、死刑になるかもしれねえ。それも悪くねえか。階下《した》で藤森を待とう」

「ええ」

　大杉は同意した。

　安西がソファから立ち上がり、ベッドの上の由希に声をかけた。

「片がつくまでベッドから出るんじゃねえぞ」

「わかったわ。パパをどうする気？　殺しちゃうの？　そうなら、わたし、別のパトロンを見つけないとね」

「女は逞しいな。あっぱれだよ。男も女みてえに勁《つよ》けりゃ、何があっても生き抜けるんだがな。せいぜい男どもを手玉にとってくれ」

「そうするわ」

由希が寝具の中で小さく笑った。

大杉は呆《あき》れたが、何も言わなかった。安西とゲストルームを出て、階段を下《くだ》る。

二人は、玄関ホールに面した居間に入った。電灯は点いていなかった。

「藤森が丸腰で来るとは思えねえ。こいつは、おめえが持ってろ」

安西がベルトの下から、ノーリンコ54を引き抜いた。大杉は拳銃を受け取った。

ノーリンコ54には安全装置が付いていない。撃鉄《ハンマー》をハーフコックにしておくことで、暴発を防いでいるわけだ。大杉は撃鉄が完全には引き起こされていないことを目で確かめてから、ノーリンコ54を腰の後ろに差し込んだ。

二人はソファに腰かけ、暗いリビングで時間を遣《や》り過ごした。

玄関のドアが開けられたのは、およそ二十分後だった。大杉たちは居間から飛び出した。

あろうことか、藤森は湯川真知を弾除《たまよ》けにしていた。後頭部に押し当てられているのは、マカロフPbの先端だった。

「安西、拳銃《ドウグ》を捨てな。この女の頭がミンチになってもいいのかっ」

「誰なんだ、その女は？」

「湯川真知だよ。沙矢の姉貴さ。妹の監禁場所を教えてって、母親とオフィスに乗り込んできたんだよ。おれの人質と由希を交換しようじゃねえか」

「てめえは抜け目がねえな。それに強欲だ。去年の九月にてめえは倉田組の上納金二億五千万を誠友会本部に届ける振りをして、車ごと大金を死んだ財津に強奪させた。要するに、狂言を仕組んだわけだ。共犯者に浅く袈裟斬りさせるとは芸が細かいじゃねえか。てめえの悪事に気づいたおれをもっともらしく組から追っ払おうとした。そんな野郎は大幹部の資格なんかねえ」

「安西、口止め料が欲しくなったのか？　一千万円くらいなら、くれてやってもいいぞ」

「ふざけるな」

安西が吼《ほ》えて、ライターを真知の乳房に投げつけた。真知が呻いて、身を屈《かが》める。

藤森の上半身は無防備になった。

すかさず安西が発砲した。二発の連射だった。

一発は藤森の脇腹に当たった。藤森がよろけた。よろけながらも、すぐに反撃してきた。

放たれた二発は、安西の顔面と右胸にめり込んだ。安西が玄関ホールに仰向けに倒れた。それきり微動《びどう》だにしない。

大杉は真知を玄関ホールに引き揚げ、横に転がした。

そのとき、左腕に熱感を覚えた。痛みを伴っていた。被弾したことに気づいたのは十数秒後だった。

玄関タイルに尻餅《しりもち》をついた藤森が、マカロフPbの銃把《グリップ》に両手を添えた。

大杉はノーリンコ54を握り、撃鉄《ハンマー》を起こした。

同時に、引き金を絞りつづけた。実射回数は五回もなかった。

狙いを定めるだけの沈着さはない。撃ちまくった。反動《キック》が連続して右腕に伝ってくる。

藤森が三和土《たたき》に崩れた。

小さな銃口炎《マズル・フラッシュ》が瞬《またた》いた。大杉は額に強烈な衝撃を受けた。痛みよりも、高熱に触れたような感覚だった。

足許がぐらついた。

体が揺れた。大杉の意識は途切れた。

三カ月後のある夜だ。

百瀬一輝はミュージックパブ『ミューズ』の扉を押した。

店は、自由が丘の雑居ビルの地下一階にある。駅前ロータリーの近くだ。

オーナーは百瀬だった。オープンしてから、丸ひと月が経《た》つ。

開業資金の二千四百万円は、港友会の桂木から脅し取った二億円の中から捻出《ねんしゅつ》した。

山分けした二千万円は死んだ大杉と真知の取り分を加えて総額六千万円を先々月、『犯罪被害者家族の会』に匿名で寄附してしまった。

現在、保坂は東京拘置所に未決囚として収監中だ。百瀬は保坂から預かった千九百五十万円を他人名義の口座に入れてあった。

警察は、保坂を傷害致死容疑で東京地検に送致した。検察側は同容疑で起訴した。百瀬は過失致死にできるかもしれないと考え、遣《や》り手の弁護士を雇った。正当防衛になることを望んでいるが、それは難しそうだ。近く第二回目の公判が開かれる予定だが、検察側は強気の姿勢を崩していない。

百瀬は地裁で敗訴しても、高裁、最高裁と闘うつもりだ。もちろん、保坂の金に手をつける気はない。

弁護費用は自分が負担しつづけるつもりだ。

幸いなことに、金はたっぷりある。百瀬は架空の非営利団体の名で、土居の未亡人の銀行口座に一億円を振り込んだ。しかし、土居和歌子は振込人が百瀬であることを見抜き、数日後に全額を送り返してきた。

今岡恵美には五千万円を与えた。それでも、まだ一億二千六百万円も残っている。保坂の裁判が長引いても、弁護費用には困らない。

保坂は財津が持っていた八千万円を四人で山分けしたことはもちろん、左脚を撃った犯人には心当たりがないと一貫して供述してきた。多島護とも何もトラブルがなかったと主張している。捜査の手が百瀬や真知に伸びてくる心配はないだろう。

客席は、ほぼ埋まっていた。

カウンターのほかに、テーブルは十卓だ。正面には、ステージが設けられている。毎晩、湯川沙矢が三ステージ、ピアノの弾き語りをしていた。

「きょうは早いんですね」

支配人の真知が奥から現われた。テーラードスーツが似合っている。

「最初のステージから、沙矢ちゃんの歌をじっくり聴きたくなったんだ」

「大杉さんの代わりに、妹の応援をしてくれてるんですね？」

「そういうわけじゃないんだ。どこかソウルフルな妹さんの歌声を聴いて、いっぺんにフアンになったんだよ」

「そうですか。沙矢が聞いたら、きっと喜ぶわ」

「きみたち姉妹は、がつがつしてないんだな。育ちがいいんだろう。思いがけない形で二千万も手にしたら、たいがいの人間は喜んでネコババしちゃうと思うがな」

「わたしも妹も、根は小心者なんですよ。犯罪絡みのお金は、やっぱり懐に入れられません。沙矢は撃ち殺された大杉さんの気持ちを考えて、自分でネット音楽配信会社を立ち上げる気になりかけたんですけど、わたしが窘《たしな》めたんで……」

「そう。坐らないか」

百瀬は出入口に近い空席に腰かけた。真知がカウンターのバーテンダーに合図してから、百瀬の前に坐った。

「六、七分したら、妹のステージがはじまります。わたしたち姉妹は本当にオーナーに感謝してるんですよ」

「そのオーナーという呼び方、やめてほしいな。なんだか妙に落ち着かなくなるんだ」

「それでしたら、これからは百瀬さんと呼ばせてもらいます」

「そうしてくれないか。まだ本決まりじゃないんだが、『グロリア・ミュージック』の優秀なレコード・ディレクターを引き抜けそうなんだよ。その彼は、学生時代の友人の幼馴染みなんだ」

百瀬は煙草をくわえ、ライターを鳴らした。

「引き抜きって？」

「大杉君の代わりに、ネット音楽配信会社を立ち上げようと思ってるんだ。レコーディングスタジオを借りれば、人件費を含めて一億円弱で開業できるようなんだよ。とりあえずマンションの一室をオフィスにして、スカウトする予定の男と数人のスタッフで音楽ビジネスをやってもらう。形だけだが、こっちが代表取締役社長になって、きみと保坂さんの奥さんには役員になってもらうつもりでいるんだ」

「わたしは、とても役員なんか務まりませんよ」

「非常勤だから、特に仕事をする必要はないんだ。その代わり、黒字経営にならなきゃ、満足な役員報酬は払えないよ。もちろん会社が儲かるようになったら、それなりの金は払うがね。保坂夫人には常務になってもらって、喰《く》うには困らない程度の役員報酬は渡すつもりでいるんだ。それでもよかったら、きみにも協力してもらいたいんだよ。どうだろう？」

「そういうことでしたら、喜んで協力させてもらいます」

「具体的なプランがまとまったら、保坂さんの自宅を一緒に訪ねてほしいんだ」

「わかりました。保坂さんの奥さんもお気の毒ですよね。『ガンジス』で多島護という男が死んでしまったんで、店は畳まざるを得なくなってしまったんですから。しかも家主は、迷惑料として保証金は貰っとくなんて言い出したそうじゃないですか」

「当分、奥さんは苦労することになるだろうな」

「ええ。ところで、百瀬さんが株の個人投資家だったとは意外でした」

真知が話題を転じた。

百瀬は無意識にうつむき加減になった。株取引で一億五千万円ほど儲けたと偽っていたからだ。

ラークの火を揉み消したとき、ウェイターがスコッチ・ウイスキーの水割りとオードブルを運んできた。スコッチはオールド・パーだった。

「きみも何か飲んでくれ、おれのツケでかまわないから」

「まだ仕事中ですから。オーナー、いいえ、百瀬さん、ごゆっくり……」

真知が立ち上がり、テーブル席を回りはじめた。

そのすぐ後、ステージの照明が灯《とも》った。客席に拍手が鳴り響いた。

黒いドレスをまとった湯川沙矢が姿を見せ、ピアノの横で一礼した。

すぐに彼女は鍵盤に向かい、アームマイクを引き寄せた。百瀬はグラスを傾けた。

沙矢が『イノセント・ワールド』の前奏を弾き、張りのある声で歌いはじめた。

だが、ツーコーラスの途中で急に歌声が熄《や》んだ。

沙矢は頭上を仰《あお》ぎ、メロディーだけを奏《かな》でている。大杉のことを思い出し、悲しみを堪《こら》えられなくなったようだ。

客たちは戸惑っていた。

「歌が聴こえないぞ」

百瀬は明るく野次を飛ばした。

沙矢が正面に向き直り、ふたたび伸びやかな声で歌いだした。もう声は湿っていない。

百瀬は強く手を叩いた。

拍手は幾重《いくえ》にも重なり、ほどなく絶えた。

百瀬は、ほほ笑《え》んだ。今夜も心地よく酔えそうだった。

著者注・この作品はフィクションであり、登場する人物および団体名は、実在するものといっさい関係ありません。

注・本作品は、平成二十二年三月、徳間書店より刊行された、『リセットロード』と題して刊行された作品を、著者が大幅に加筆・修正し、『シャッフル』と改題したものです。

シャッフル

一〇〇字書評

切・り・取・り・線

購買動機（新聞、雑誌名を記入するか、あるいは○をつけてください）	
□（　　　　　　　　）の広告を見て	
□（　　　　　　　　）の書評を見て	
□ 知人のすすめで	□ タイトルに惹かれて
□ カバーが良かったから	□ 内容が面白そうだから
□ 好きな作家だから	□ 好きな分野の本だから

・最近、最も感銘を受けた作品名をお書き下さい

・あなたのお好きな作家名をお書き下さい

・その他、ご要望がありましたらお書き下さい

住所	〒				
氏名		職業		年齢	
Eメール	※携帯には配信できません	新刊情報等のメール配信を 希望する・しない			

この本の感想を、編集部までお寄せいただけたらありがたく存じます。今後の企画の参考にさせていただきます。Eメールでも結構です。

いただいた「一〇〇字書評」は、新聞・雑誌等に紹介させていただくことがあります。その場合はお礼として特製図書カードを差し上げます。

前ページの原稿用紙に書評をお書きの上、切り取り、左記までお送り下さい。宛先の住所は不要です。

なお、ご記入いただいたお名前、ご住所等は、書評紹介の事前了解、謝礼のお届けのためだけに利用し、そのほかの目的のために利用することはありません。

〒一〇一－八七〇一
祥伝社文庫編集長　坂口芳和
電話　〇三（三二六五）二〇八〇

祥伝社ホームページの「ブックレビュー」からも、書き込めます。
http://www.shodensha.co.jp/bookreview/

祥伝社文庫

シャッフル

平成29年 5 月 20 日　初版第 1 刷発行

著　者　南《みなみ》　英男《ひでお》
発行者　辻　浩明
発行所　祥伝社《しょうでんしゃ》
東京都千代田区神田神保町 3-3
〒101-8701
電話　03（3265）2081（販売部）
電話　03（3265）2080（編集部）
電話　03（3265）3622（業務部）
http://www.shodensha.co.jp/

印刷所　堀内印刷
製本所　関川製本
カバーフォーマットデザイン　芥　陽子

Printed in Japan ©2017, Hideo Minami ISBN978-4-396-34312-5 C0193

祥伝社文庫の好評既刊

南 英男

潜入刑事《デカ》 覆面捜査

不夜城、新宿に蠢く影……それは単なる麻薬密売ではなかった。潜入刑事・久世《くぜ》を襲う凶弾。新シリーズ開幕！

南 英男

潜入刑事 凶悪同盟

事件の手がかりは、新宿でひっそりと殺されたロシア人ホステスが握っていた……。恐怖に陥れる外国人犯罪。

南 英男

潜入刑事 暴虐連鎖《ぼうぎゃくれんさ》

甘い誘惑、有無を言わせぬ暴力、低賃金……重労働を強いられ、喰い物にされる日系ブラジル人たちを救え！

南 英男

刑事魂《デカだましい》 新宿署アウトロー派

不夜城・新宿から雪の舞う札幌へ……。愛する女《ひと》を殺され、その容疑者となった生方猛《うぶかたたけし》刑事の執念の捜査行！

南 英男

非常線 新宿署アウトロー派

自衛隊、広域暴力団の武器庫から大量の武器が盗まれた。生方の捜査線上に浮かんだ〝姿なきテロ組織〟とは⁉

南 英男

真犯人《ホンボシ》 新宿署アウトロー派

風俗嬢から相談を受けた生方。新宿で発生する複数の凶悪事件。共通する「真犯人《ホンボシ》」を炙《あぶ》り出す刑事魂とは！

祥伝社文庫の好評既刊

南　英男

暴れ捜査官 警視庁特命遊撃班

善人にこそ、本当の〝ワル〟がいる！　ジャーナリストの殺人事件を追ううちに現代社会の〝闇〟が顔を覗かせ……。

南　英男

偽証（ガセネタ） 警視庁特命遊撃班

元刑事・日暮《ひぐれ》が射殺された。風見たちが真相に挑む！　刑事を辞めざるを得なかった日暮の無念さを知って……。

南　英男

裏支配 警視庁特命遊撃班

連続する現金輸送車襲撃事件。大胆で残忍な犯行に、外国人の影が!?　背後の黒幕に、遊撃班が食らいつく。

南　英男

犯行現場 警視庁特命遊撃班

テレビの人気コメンテーター殺害と、改革派の元キャリア官僚失踪との接点は？　はみ出し刑事の執念の捜査行！

南　英男

悪女の貌《かお》 警視庁特命遊撃班

容疑者の捜査で、闇経済の組織を洗いはじめた風見たち特命遊撃班の面々。だが、その矢先に……!!

南　英男

危険な絆《きずな》 警視庁特命遊撃班

劇団復興を夢見た映画スターが殺される。その理想の裏には何が……。遊撃班・風見たちが暴き出す！

祥伝社文庫の好評既刊

南 英男

雇われ刑事

撲殺された同期の刑事。犯人確保のため、脅す、殴る、刺すは当然――警視庁捜査一課の元刑事・津上《つがみ》の執念！

南 英男

密告者 雇われ刑事

刑事部長から津上に下った極秘指令。警察の目をかいくぐりながら、〈禁じ手なし〉のエグい捜査が始まった。

南 英男

暴発 警視庁迷宮捜査班

違法捜査を厭《いと》わない尾津《おづ》と、見た目も態度もヤクザの元マルボウ白戸《しらと》。この「やばい」刑事が相棒になった！

南 英男

組長殺し 警視庁迷宮捜査班

ヤクザ、高級官僚をものともしない尾津と白戸に迷宮事件の再捜査の指令が。容疑者は警察内部にまで……!!

南 英男

内偵 警視庁迷宮捜査班

美人検事殺人事件の真相を追う尾津＆白戸。検事が探っていた〝現代の裏ビジネス〟とは？　禍々《まがまが》しき影が迫る！

南 英男

毒殺 警視庁迷宮捜査班

強引な捜査と逮捕のせいで、新たな殺しに？　猛毒で殺された男の背後に、怪しい警察関係者の影が……。

祥伝社文庫の好評既刊

南 英男
特捜指令
警務局局長が殺された。摘発されたことへの復讐か？ 暴走する巨悪に、腐れ縁のキャリアコンビが立ち向かう！

南 英男
特捜指令 動機不明
悪人に容赦は無用。荒巻《あらまき》と鷲津《わしづ》、キャリア刑事のコンビが、未解決の有名人一家殺人事件の真相に迫る！

南 英男
特捜指令 射殺回路
対照的な二人のキャリア刑事が受けた特命、人権派弁護士射殺事件の背後には……。超法規捜査、始動！

南 英男
手錠
弟をやくざに殺された須賀《すが》警部は、志願してマルボウへ。酷い手口、容赦なき口封じ。恐るべき犯行に挑む！

南 英男
怨恨 遊軍刑事《デカ》・三上謙《みかみけん》
渋谷署生活安全課の三上謙は、署長の神谷《かみや》からの特命捜査を密かに行なう、タフな隠れ遊軍刑事だった――。

南 英男
死角捜査 遊軍刑事・三上謙
狙われた公安調査庁。調査官の撲殺事件の背後には、邪悪教団の利権に蠢く者が!? 単独で挑む三上の運命は!?

祥伝社文庫の好評既刊

南 英男
癒着《ゆちゃく》 遊軍刑事・三上謙
ジャーナリストが刺殺された。特命を受けた三上は、おぞましき癒着《ゆちゃく》の構造に行き着くが……。

南 英男
捜査圏外 警視正《けいしせい》・野上勉《のがみつとむ》
刑事のイロハを教えてくれた先輩の死。その無念を晴らすため、野上は彼が追っていた事件の洗い直しを始める。

南 英男
警視庁潜行捜査班 シャドー
「監察官殺し」の捜査は迷宮入りの様相に……。そこに捜査一課特命捜査対策室の秘密別働隊〝シャドー〟が投入された！

南 英男
警視庁潜行捜査班シャドー 抹殺者《まっさつしゃ》
美人検事殺しを告白し、新たな殺しを宣言した〝抹殺屋〟。その狙いと検事殺しの真相は？ 〝シャドー〟が事件を追う！

南 英男
刑事稼業 包囲網
捜査一課、生活安全課……警視庁の各課の刑事たちが、靴底をすり減らしながら、とことん犯人を追う！

南 英男
刑事稼業 強行逮捕
捜査一課、組対第二課——刑事たちが足を棒にする捜査の先に辿りつく真実とは！ 熱血の警察小説集。

〈祥伝社文庫　今月の新刊〉